KB264783

잘 있나요? 내 첫사랑들

잘 있나요? 내 첫사랑들

초판 1쇄 2009년 7월 15일 발행
초판 2쇄 2009년 7월 25일 발행

펴 낸 이 | 최용철
펴 낸 곳 | 도서출판 두리미디어
글 · 사진 | 이종국
책임편집 | 김정우

등록번호 | 제10-1718호
등록일자 | 1989년 2월 10일
주 소 | 서울시 마포구 서교동 369-25
전 화 | (02)338-7733   팩 스 | (02)335-7849
Homepage | www.durimedia.co.kr
E-mail | editor@durimedia.co.kr
ⓒ 이종국, 2009 Printed in Korea

ISBN 978-89-7715-206-9 (03810)

외로움도 안나푸르나에서는 사랑이다

잘 있나요? 내친사랑들

이종국 지음

두리미디어
DURIMEDIA

지금 누군가를 그리워하고 있는 모든 분께
이 책을 바칩니다

할 수 있는 사랑이 너무 많습니다

인생유전.

당신에겐 이 말이 어떤 의미인지 궁금해집니다. '사람의 인생살이 는 고인 물이 아니어서, 한곳에 머물지 않고 이전과는 다른 곳으로 쉼 없이 흐르며 변화한다' 라는 정도로 정의할 수 있는 한자어. 많은 것을 누리며 풍요롭게 살던 사람이 하루아침에 밑바닥으로 곤두박질쳤을 때는 측은한 연민을 담아서, 로또 당첨에 버금가는 엄청난 행운을 거 머쥔 사람에게는 부러운 감탄을 담아서, 수십 년 간의 월급쟁이 생활 을 접고 늦깎이로 데뷔한 가수나 영화감독에게는 놀라움과 격려의 마 음을 담아 쓰곤 하는 말입니다. 그리고,

어느새 30대 후반으로 접어든 저 같은 사람에겐 이 '인생유전' 이 라는 말이 '희망' 비슷한 무엇을 의미하기도 합니다. '나이 제한' 이라

는 막차를 놓치지 않기 위해 숨 막히는 경쟁을 뚫고 꿈에 그리던 '직장인'이 되는 데 성공한 사람들은, 가끔 삶에 대한 막연한 좌절감과 무력감에 빠지곤 합니다. 철로에 철컥 고정돼 앞으로만 나아가는 열차처럼, 자신의 삶이 정해진 '궤도' 위에 붙박여 버렸다고 느끼기 때문일 겁니다.

사실 세상의 수많은 궤도는 우리들의 삶에 '안정'을 가져다주지만, 동시에 다른 궤도로의 이동 혹은 사람이 많이 다니지 않는 샛길로의 선회를 어렵게 만듭니다. 나이를 먹으면서 '죽음'과 '한 번뿐인 인생'의 실체를 생생하게 인식하는 순간이 늘어나고, '이 길을 걷고 있는 나는 정말 행복한가?', '나는 단 한 번의 인생에서 무엇을 해야 하고, 하고 싶고, 할 수 있을까?'라는 근본적인 물음과 자주 마주하게 됩니다. 그냥 이대로 지금의 궤도 위를 계속 달리다가 생의 끝자락에 가서 지독한 후회로 나날을 보내게 될까봐 무서워지기도 합니다. 그래서 무언가 새로운 일, 지금과는 다른 삶을 꿈꾸고 기획하는 사람들이 주위에 점점 더 늘어가는 걸 테지요.

턱걸이로 방송국에 입사해 'PD'라는 아바타로 살면서 저도 같은 경험을 할 수밖에 없었습니다. TV 프로듀서라는 직업이 싫었던 게 아닙니다. 입사 시험 한 번에 인생이 너무 쉽고 단호하게 결정돼버리는

것 같아 문득 당황스럽고 허탈해졌습니다. 제 앞에 있던 수많은 다른 길들이 빠른 속도로 자취를 감춰 갔습니다. 재능과 배짱, 용기를 두루 갖춘 사람들에게는 새로운 삶의 기회가 곳곳에 널려 있겠지만, 저 같은 보통 사람에게 그것은 대체로 막막하고 불가능해 보이는 법입니다. 그랬습니다. 저는 곧 닳아 없어질 제 인생에 뭔가 새롭고 특별하고 즐거운 변화가 생기길 바라면서도, 단단한 희망 하나 부여잡지 못한 채 살고 있었습니다.

슬픈 아이러니지만, 2004년 말에 다니던 회사가 문을 닫고 직장인 신분에서 해제되자마자 인생이 훨씬 더 막막하고 암울해졌습니다. 새로운 삶의 체험이나 특별한 변화 따위는 따질 겨를도 없이, 안정된 궤도에서 튕겨져 나와 겪는 생활고가 하루하루를 압박했습니다. 그러던 어느 날 그 모든 사건의 발단이 찾아왔습니다.

2006년 초봄, 제가 아는 한 세상에서 제일 멋진 PD 분이 해외 다큐멘터리 촬영 건을 알선해 주셨습니다.

"네, 고맙습니다. 갈 수 있으면 어디라도 가야죠. …… 그런데 어느 나라죠?"

"응, 네팔이라고."

"네팔이요? 음…….."

- **정식명칭** _ 네팔 왕국(Kingdom of Nepal, 2006년 3월 현재)
- **위　　치** _ 히말라야 산맥 중앙
- **면　　적** _ 14만 7,181㎢(한국 9만 8,190㎢)
- **인　　구** _ 2,951만 명
- **주 종 교** _ 힌두교
- **수　　도** _ 카트만두
- **G N P** _ 300$(2006년)

인터넷이 제공하는 실용 지식들만 주섬주섬 챙겨 일주일 후 저는 비행기를 탔습니다. 그리고 생전 처음, 네팔이란 곳에 착륙했습니다. 그때는 저의 네팔 착륙이 암스트롱의 달 착륙보다 더 큰 사건이 되리라고 상상조차 할 수 없었습니다. 1년 동안 네 번의 방문, 총 180일 간의 체류. 네팔을 만난 건 제 인생의 '사건'이었고, 그토록 갈망했던 '인생유전'의 선물을 제 품에 시리게 안겨주었습니다. 새빨간 거짓말처럼 말입니다.

여기 실린 글들은 여행기가 아닙니다. 저는 일반적인 의미의 여행을 하지 않았습니다. 방송 다큐멘터리 촬영이 목적이었던 처음 두 번의 방문 후에도, 네팔을 찾는 사람이면 누구나 하고 가는 에베레스트나 안나푸르나 등반도 하지 않았습니다. 이 책은 먼 이국에서 건져 올린 인생에 대한 빛나는 사색과 심오한 깨달음을 담은 아름다운 에세이집도 아닙니다. 저에게는 그런 글을 쓸 능력이 없을뿐더러, 그런 내용이라면 이미 훌륭한 책들이 넘치도록 많이 나와 있으니까요.

예쁜 한 사람을 사랑했습니다. 한국의 모든 걸 버리고 네팔에서 새 삶을 꾸릴 각오까지 했습니다. 한국에서 보기에 참 뜬금없는 일이었습니다. 인생유전이라는 게 다 뜬금없는 사건들 아니겠습니까. 그리고 제 어머니 말씀처럼 "지가 좋다는데 뭐 우짤끼고"였습니다. 한때는 주체하기 힘들었던, 나를 참 많이 웃게 하고 울게 했던 이 사랑이 결국 저를 또 다른 사랑과 인연들로 이끌었습니다.

제게는 히말라야나 티베트의 경이로운 자연보다 더 특별했던 사람들을 만나고 왔습니다. 그들과 함께 웃고, 울고, 싸우고, 사랑하다 왔습니다. 제 인생에서 가장 환한 햇살들이 부서진 나날들이었다고 감히 말하겠습니다. 히말라야를 넘어온 비구름 아래서도 반짝이던 햇살이었습니다. 웃고, 울고, 싸우는 것이 모두 사랑과 통하는 것이라면, 이 책은 '사랑 이야기'로 불릴 수도 있겠습니다.

꿈도 꾸지 못했던 곳에서 꿈도 꾸지 못했던 사람들을 만나 꿈에 그리던 인생유전 한 구절을 멋지게 만들고 왔습니다. 그리고 이렇게 팔자에 없을 것 같던 책을 내는, 또 하나의 행복한 인생유전을 누리고 있습니다. 유전에서 기름이 콸콸 치솟듯 정말 복이 터졌습니다.

물론 많은 것들이 네팔에서 부서지고 망가졌습니다. 카메라, 노트북, 선글라스, 오른쪽 무릎, 금연 계획, 다이어트, 한국의 몇몇 지인들의 기대, 1순위 주택청약부금……. 한동안 속이 상했지만 그다지 아깝지 않습니다. 그런 것들을 모두 망가뜨려 가며 살 만한 행복한 시간이었습니다. 억지를 부려 돈으로 환산해봐도 절대 밑지는 장사가 아니었습니다. 그중에서도 제가 얻어온 가장 값비싼 항목은 세상과 삶에 대한 애착과 자신감입니다. 그 애착과 자신감을 당신에게도 전염시키고 싶습니다.

'할 수 있는 사랑이 너무 많습니다.'

이종국

CONTENTS

카트만두의 연인들

만남과 소통의 시작……. 그랬다. 나는 이날 네팔과 카트만두를 처음 만났고, 이후 180일 동안 내가 이들과 나누게 될 '소통'을 시작했다. 나마스떼, 카트만두!

01

빌 바둘과 버선띠의
아주 특별한 신혼여행

"그럼, 해외 촬영 많이 다니시겠네요. 부러워라!"

나도 한때는 저런 환상을 품었었다. 방송국 PD라면 누구나 한 번쯤 들어봤음직한, 부러움이 가득 담긴 저 말은 정말 남의 속도 모르고 하는 말이다.

유학이나 연수를 빼면 세상에는 세 종류의 해외 활동이 있다. 해외여행, 해외 출장, 그리고 해외 촬영. 몇몇 딱한 직장인들의 경우를 제외하면 해외 출장까지는 부러워할 만하다. 회사의 지령을 수행하고 남는 시간에 요령껏 이국의 정취를 즐기다 올 수 있으니까.

비행기가 날아갈 때 세상은 두 개로 갈린다. 비행기 안에서 내려다보는 저 아래 '머무는 세상'과, 지상에서 올려다보는 저 위의 '떠나는 세상'. 두 세상 모두 아득하고 시리다.

그에 반해 해외 촬영은 연민과 위로를 받아 마땅한 일이다. 시간과 경비를 최대한 절약하기 위한 사투를 벌이다 정신이 들면 돌아오는 비행기 안이다. '최소의 비용으로 최대의 이윤을'이라는 경제 원칙을 실습하기에 방송국만큼 좋은 직장은 없다.

게다가 나는 어렵게 들어간 방송사가 2년 만에 문을 닫는 바람에, 해외 촬영은커녕 제주도나 울릉도 촬영도 못 가봤다. 이른바 '프리랜서'가 되어 딱 한 번 가본 곳이 호주다. 창피해서 아무한테도 안 한 얘기인데, 8일간의 호주 촬영은 무보수였다. 비행기 티켓과 숙식만 제공

미용을 배운 적도, 남의 머리를 잘라본 적도 없는 이정여 씨.
미용사가 아닌 타인에게 머리는 맡겨본 적이 없는 이승복 씨.
사랑하는 사람들, 사랑해서 결혼한 신혼부부란 이토록 거침
없는 사람들이다.

한다는 게 계약 조건이었다. 방송가 초유의 일일 게다. 하지만 오죽했
으면 그렇게라도 해외 촬영이란 걸 가보고 싶었을까.

"네팔이면, 에베레스트 같은 히말라야의 산으로 가는 건가요?"

선배의 촬영 제안은 뜬금없었다. 만기가 지난 여권을 미처 갱신해
두지 못한 선배를 대신해 네팔로 급파될 PD가 필요했던 것이다.

"아니, 수도 카트만두에서만 촬영할 거야. 거기에서 4개월간 자원
봉사를 하는 사람들에 대한 다큐멘터리야."

자원봉사가 그다지 특별한 일로 여겨지지 않는 세상이다. 곳간에
서 인심난다고, 우리가 그만큼 사는 게 나아져서 그런 걸까. 하지만 내
가 따라다니며 촬영해야 할 주인공들은 조금 유별난 사람들이었다.

6일 결혼식을 올리는 이승복_29.(左),이정여_26.(右) 씨 커플은 남다른 신혼여행을 떠난다. 결혼식 후 곧장 세계청년봉사단_COPION의 일원으로 합류해 네팔에 가서 4개월 동안 봉사활동을 벌일 예정이다.

"손해 본다는 생각은 안 들어요. 50~60년의 결혼 생활 동안 둘이서 가장 오붓하게 함께할 수 있는 때일 것 같아요." 신부 이씨의 표정과 말씨가 씩씩하기 그지없다.

두 사람은 지난해 7월 친구의 소개로 만나 8개월 만에 결혼과 '자원봉사 허니문'에까지 이르렀다. 신랑 이씨는 "순수해 보이는 첫인상에 끌렸고 서울 강서구의 한 사회복지관에서 같이 자원봉사를 하며 예쁜 마음마저 확인했다"며 신부 자랑을 했다. 자원봉사가 결혼의 촉매제 역할을 한 셈이다.

… 중략 …

그는 평생의 반려인 이씨를 만나 지난해 12월 청혼을 하면서 여권 지갑과 '네팔예찬'이라는 책을 함께 건넸다. "같이 세계 곳곳을 돌아다니며 봉사하는 삶을 살자"는 의미였다. 신부 이씨 역시 그의 뜻을 받아들였다. 대학에서 피아노를 전공한 신부는 "지금까지는 오로지 음악만 알고 살았다. 하지만 결혼을 계기로 전혀 다른 인생을 설계하게 됐다"고 말했다.

❀ 2006년 3월 6일자 중앙일보

4개월간의 네팔 자원봉사 신혼여행. 4개월씩이나 신혼여행을 간다는 게 잠시 부러울 수도 있겠지만, 놀러가는 게 아니라 '일' 하러 가는 것이다. 봉사도 일이다. 돈 안 받고 하는 일. 게다가 국제 봉사 단체의 일원으로 공식 파견되는 것이니 '걍 대충' 일하다 올 수 있는 것도 아니었다. 평생 봉사 근처에 가본 적 없는 나와는 다른 부류의 사람들이라는 경외심이 들 수밖에 없었다.

한국에서 네팔로 가는 항공편은 많지 않다. 중국과 인도를 통해 육로로 들어가는 방법이 있지만 이 역시 비행기나 배를 한 번 타야 하는데다, 시간이 너무 오래 걸린다는 치명적인 단점이 있다. 타이 항공이나 네팔 항공을 타고 방콕, 홍콩, 대만, 상해 중 한 곳을 경유해 들어가는 방법이 최선이었다. 가끔 두바이를 경유해 들어가는 카타르 항공 티켓이 나오지만 너무 많이 돌아가는데다 값도 싼 편이 아니다.

참, 때마침 한진관광에서 창립 45주년 특별기획이라며 최초의 '인천-카트만두' 직항 전세기편을 마련했다. 그러나 우리 제작팀은 그 역사적인 첫 직항기가 이륙하는 3월 28일보다 열흘 전에 출발해야 했고, 한진관광도 고가의 히말라야 등반 패키지 상품을 구매하는 고객들을 태우고 싶어 했다. 무엇보다 제작팀은 먼저 비행기를 탄 이승복, 이정여 씨 부부와 방콕에서 만나 카트만두로 함께 들어가야 하는 상황이었다.

다큐멘터리 촬영이라는 게 그렇다. 카트만두 공항에 도착하는 장면부터 보여줄지, 방콕에서의 대기 상황부터 보여줄지, 그것도 아니면 앞부분을 다 잘라내고 봉사 기관에서 활동을 시작하는 날부터 보여줄지, 미리 결정하기 힘들다. 그래서 가능한 경우의 수들을 모두 카메라에 담아두는 게 좋다. 제작팀이라고 해봤자 선배 PD 한 명과 나, 단 둘뿐이었다. 그래도 흔히 '6mm 카메라'라고 부르는 소형 캠코더를 사용하는 제작팀의 평균 인력보다 두 배나 많은 인원이다.

방콕의 카오산 로드. 세계 곳곳에서 세계 곳곳으로 이동중인 배낭여행객들이 밀려왔다 밀려가는 곳. 나에게 카오산 로드는 가까운 친구가 사는 동네처럼 편안하고 친숙한 곳이다. 한 달간의 태국 배낭여행의 거점이었고, 유럽 배낭여행과 호주 촬영의 중간 휴게소였다. (머지않아 세 번에 걸쳐 다시 카오산 로드를 거쳐가게 될 운명을 이때는 전혀 내다볼 수 없었다.) 막연한 자유와 삶의 재충전, 낯선 세상을 향한 원초적인 욕망들이 설익은 채로 거침없이 노출되는 곳. 히피 룩, 댄스 바, 레게 머리, 문신, 그리고 거리낌 없는 만남과 기약 없는 이별들이 파도처럼 출렁이는 곳.

밤 11시의 카오산 로드는 언제나 후덥지근하고 부산하다. 식당, 술집, 게스트 하우스, 안마소 등의 네온사인으로 거리는 현란하게 빛나고, 삼삼오오 몰려다니는 젊은 여행자들의 객기와 취기가 이 휘황한

거리에 몽롱한 활력을 불어넣는다. 카오산은 태국의 또 다른 섬이다.
그 섬 한편에 설치된 공중전화로 한국에서 온 신혼부부를 호출했다.

반바지에 슬리퍼를 신고 함박웃음을 지으며 우리를 마중 나온 이
승복 씨는 후에 '빌 바둘'로 불리게 된다. 이름도 기억나지 않는 허름
한 게스트 하우스 309호, 부부간의 암호인 세 번의 노크 뒤에 트레이
닝복 차림으로 우리를 맞아준 이정여 씨는 후에 '버선띠'로 불리게
된다. 이제 막 자정을 넘긴 방콕. 이렇게 우리는 '빌 바둘과 버선띠의
아주 특별한 신혼여행'에 합류하게 되었다.

P. S. 두 사람의 첫 인상?…… 참 예쁜 사람들!

나마스떼, 카트만두!

내가 처음 만난 네팔은 '어둠'이다. 밤 10시를 넘겨 도착한 공항에서 숙소로 실려 가는 길에 펼쳐진 차창 밖 풍경은 철 지난 밤바다처럼 온통 짙은 어둠으로 덮여있었다. 가로등이 아예 없는 건지, 있는데 불이 나간 건지 짐작하기 어려웠다. 다만 저 멀리 윤곽 없는 광체들이 띄엄띄엄 반딧불처럼 허공에 떠 있었고, 헤드라이트 앞으로 오토바이 몇 대가 나타났다 사라지기를 반복했다.

이날 밤 카트만두 도심은 정전이었다. 여행자 거리인 '터멜'의 '티베트 게스트 하우스'. 정전을 대비해 방마다 비치해 둔 촛불을 켜고 짐을 헤쳐 다음 날 촬영에 필요한 장비들을 점검했다. 그러다가 문

득, 카페나 술집의 장식용이 아닌, 정전이 덮친 칠흑 같은 어둠을 밀쳐
내기 위해 타고 있는 촛불을 보는 게 얼마만인가 싶었다. 피곤이 몰려
와 자리에 누우려다 말고 베란다로 나가봤다. 처음 만난 이국을 혼자
서 더 감상하고 싶었다. 전기가 나간 해발 1,300미터의 도시 위로 수백
만 개의 말간 별들이 찬연하게 빛나고 있었다.

네팔에서의 첫 아침, 재미있는 구경거리가 생겼다. 신혼부부가 앞으로 묵게 될 집으로 가기 위해 택시 두 대가 필요했다. 운전대 옆에 떡하니 설치된 미터기에는 아랑곳없이 가격 흥정이 시작됐다. 밀고 당기는 흥정도 흥정이지만, 제작진은 물론 택시 기사들까지 경탄을 금치 못하게 한 건 이승복 씨의 신기에 가까운 네팔어 실력이었다. 아내 정어 씨도 새삼 놀라긴 마찬가지였다.

승복 씨에게 네팔은 그냥 '외국外國'이 아니었다. 미국에서 대학을 졸업하고 '평화봉사단'이라는 정부 산하 기구의 단원으로 네팔에 파견되어, 산간 오지 마을의 학교 선생님으로 2년 남짓 봉사 활동을 한 이력이 있었다. 하지만 단 2년간의 체류 후 4년이란 세월이 흘렀다. 그 사이 네팔어를 계속 공부한 것도 아니라고 한다. 참 유별난 능력, 아니면 애정이다. 그때의 나로서는 네팔이란 나라에 대한 그 각별한 능력 혹은 애정의 전모를 헤아리기 힘들었다.

택시가 거리로 나서면서 드디어 카트만두의 베일이 하나씩 벗겨졌다. 몇 해 전, 형 비렌드라 왕 일가를 암살하고 왕위에 올랐다고 의심받는 갸넨드라 왕이 사는 왕궁. 그 앞 삼거리에서 우회전을 하면 네팔에서 제일 넓은 대로 '더르바르 마르그_King's Way'가 나온다. 한국의 6차선 도로보다 좁은 이 거리 위로 오토바이와 삼륜차, 소형 택시들이 차선 없이 뒤섞여 경적을 울리며 달린다. 코끼리 한 마리가 3차

로를 점령한 채 느릿느릿 걷고 있고, 저 앞 육교 정면에 'SAMSUNG' 이라고 적힌 대형 광고판이 걸려 있다.

카트만두에 온 것이다.

초등학교 시절, 내가 살던 시골 읍내에서 머리가 명석하기로 소문 난 아이들이 더 명석한 두뇌를 갖기 위해 즐겨 하던 놀이가 있었다. 놀이 이름이 좀 길다. '사회과부도 세계지도 펼쳐놓고 각국의 수도 이름 맞추기'. "프랑스?", "파리!", "오스트리아?" "빈!", "터키?", "이스탄불!" 좀 단순하지만, 세계화 시대를 예견한 수준 높은 퀴즈 놀이였던 것 같기도 하다. 모든 게임에서 그렇듯, 이 퀴즈에서도 아이들마다 비장의 무기 하나쯤은 갖고 있었다. '페루', '파키스탄', '우간다' 같은 낯선 나라들의 수도는 몇 번 들어도 금방 까먹기 십상이었으니까.

전략상 자주 써먹을 수는 없었지만, 내 필살기가 바로 '네팔' 이었다. 아이들이 좋아하는 '만두' 가 들어가서 언뜻 외우기 쉬워 보여도 그게 또 그렇지 않다. '만두' 만 기억해내고는 '군만두' 혹은 '찐만두' 따위의 우스개로 항복해버리는 친구가 대부분이었다. (80년대는 여러모로 썰렁한 시대였다.) '카트만두' 는 내가 네팔이란 나라에 대해 갖고 있는 지식의 전부였다. 물론 그 안에 뭐가 들어있는지는 몰랐고, 알 필요도 없었다.

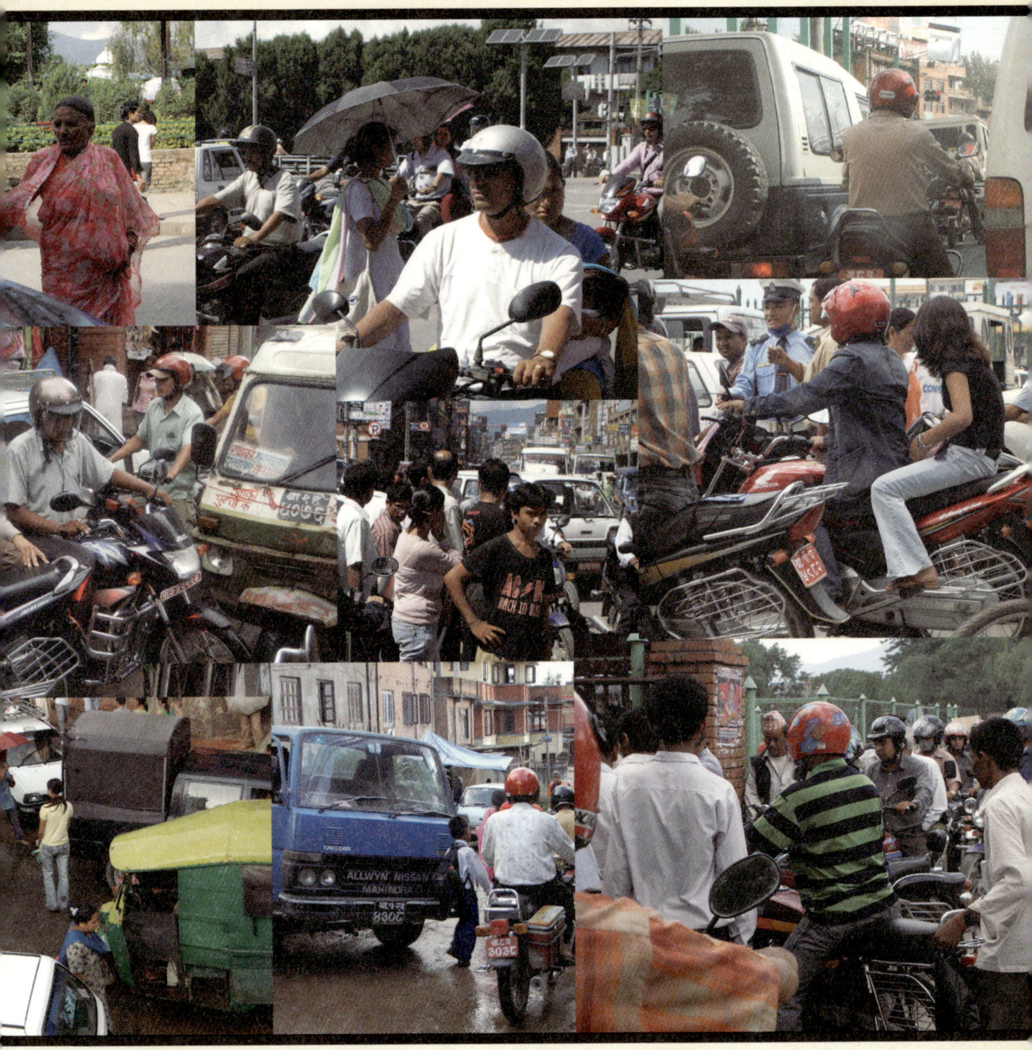
ALLWYN NISSAN
MAHINDRA

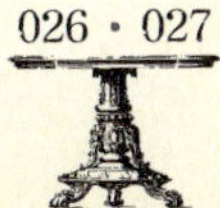

세상의 상식적 경계들이 불명확한 이곳. 공존하기 위한 이해와 배려, 느림과 기다림은 이곳의
일상이다.

그 '카트만두' 에 내가 발을 디딜 줄 누가 짐작했으랴.

어둠에서 깨어나 눈이 아프게 내리쬐는 우윳빛 햇살 아래 모습을
드러낸 네팔. 이날 나도 첫 네팔어를 배웠다. 배우려고 배운 게 아니
라, 온종일 카메라에 연결된 이어폰 속으로, 사이사이 이어폰을 뺐을
때에도 귓속으로 쉬지 않고 들려오는 이 말을 외우지 않는 게 불가능
했다. 힌두교 사회에서 손님을 정중히 맞이할 때, 상대방에 대한 존경
을 표시할 때 쓰는 인사말,

'나마스떼!'

“'나마스테'는 안녕하세요, 안녕히 가세요, 어서 오세요, 건강하
세요, 행복해지세요, 다시 만나요 등의 광범위한 뜻을 가진 네팔
말이라는 걸 나는 나중에 알았다. 만남의 의미이자 사람과 사람
사이에 아름다운 다리를 놓는 소통의 시작이 그 말에서 비롯된다
고 했다.”

❋ 박범신 소설, 《나마스테》 중에서

만남과 소통의 시작……. 그랬다. 나는 이날 네팔과 카트만두를 처
음 만났고, 이후 180일 동안 이들과 나누게 될 '소통'을 시작했다.

나마스떼, 카트만두!

➤ '나마스떼'의 정식 인사법을 완벽히 구사하는 카트만
두의 강아지. 문화란 이런 것이다.

03

당신을 처음 만난 날

    승복 씨 부부가 4개월간 묵을 집에 도착했을 때 제작진은 조금 당황할 수밖에 없었다. 2층 양옥이라니……. 연회색 시멘트로 외벽을 말끔히 바른 'ㄱ'자 건물 곳곳에 큼지막한 창들이 시원하게 나 있고, 꽤 높아 보이는 옥상 둘레에는 곧 얹혀질 3층을 의식한 철근들이 두서없이 하늘로 향해 있었다. 1층에는 크고 작은 침실이 세 개, 2층에는 큰 침실 두 개와 부엌 하나. 각 층의 면적이 30평은 족히 되는 것 같다. 그리고 층마다 수세식 좌변기를 갖춘 욕실이 있다.

    이건 뭔가 좀 잘못되어가고 있다는 가벼운 낭패감이 든다. 가난한 나라 네팔에 이렇게 번번한 집이라니. 가난한 사람들을 도우러 온 봉

카트만두의 좁은 골목길을 걷다 마주치는 삶의
풍경들. 엄마가 집에 없는 비 내리는 오후……

사자들이 이렇게 부티마저 감도는 번듯한 집에서 지낼 거라니……. 지금 생각하면 좀 부끄러운 얘기지만, 네팔에 대한, 그리고 봉사에 대한 나의 편견과 선입견이 처음으로 훼방을 받기 시작한 것이다. 예상했던 다큐멘터리의 콘셉트도 약간 수정해야 할 상황이었다.

새신랑 이승복 씨는 '오켄덴 인터내셔널'이라는 국제 난민 구호 단체의 네팔 지부에서 홍보 담당으로 일하게 된다. 네팔은 국제 난민과 국내 난민으로 두루 몸살을 앓고 있는 나라다. 중국의 티베트 점령 후, 달라이 라마가 그랬던 것처럼 고향을 등지고 히말라야를 넘어 네팔로 내려온 티베트 난민들이 2만여 명, 1990년대 초반 부탄 정부의 소수민족 탄압에 저항하다 추방되다시피 네팔로 떠밀려온 부탄 난민들이 10만여 명에 달한다. 게다가 네팔 땅 안에서 10년 넘게 지속된 내전으로 고향을 잃고 떠도는 국내 난민들이 20만 명에 육박한다. 이렇게 네팔에서 신음하는 무수한 난민들의 현실을 국제사회에 알려 관심과 도움을 이끌어내는 것이 승복 씨의 임무다. 고난이도의 자원봉사라 할 수도 있겠다.

새신부 이정여 씨는 생활 여건이 어려운 여성과 아동들을 돕는 지역 복지 센터 'CWDC_Child and Woman Development Center'에서 여러 가지 업무를 병행하게 된다. 네팔에서도 여성과 아동은 오래된 사회적 약자로 살고 있다. 가난이라는 태생적 굴레와 힌두교 사회의 남성 중심

길 위에서 비를 피하고 있는 어머니와 딸. '반복'되는 고달픈 생활의 '일시 정지'.

맘껏 배우지도, 누리지도 못하는 이곳 여자들의 삶. 저 원초적 행복이 생의 전부라는 듯⋯⋯.

문화가 여성들에게서 갖은 권리를 빼앗는 대신 팍팍한 노동의 의무만을 부과했다. 네팔 여성의 문맹률은 60%를 웃돈다. 어린이들의 상당수는 초등학교 과정을 마치지 못하고 공장이나 식당, 막노동 현장 등에서 경제 활동을 시작한다. 교사가 부족하고 시설이 열악한 일반 학교에서는 음악이나 미술 같은 예체능 수업을 제대로 받기 힘들다. 대학에서 피아노를 전공한 이정여 씨는 이런 여성과 아동들에게 필요한 봉사를 수행하기에 충분한 자질을 갖춘 셈이다.

제작진을 포함한 한국 손님들에게 흔쾌히 방을 내어준 2층 양옥집

의 주인이 바로 정여 씨가 근무하게 될 CWDC의 기관장이다. 한국에서 촬영 일정 조율 차 몇 번 주고받은 메일에서 '어디꺼리_Adhikari'라는 이름이 재미있어 '아주까리' 씨라는 애칭(?)을 붙여드린 분이다. 나중에 '어디꺼리'가 카스트 사회의 최고층인 브라만 계급의 성이라는 걸 알고 나서는 애칭 사용을 자제했던 것 같다. 1층의 큰 방에 살던 딸들을 2층으로 이주시켜가면서까지 우리들에게 안락한 거처를 제공해준 친절하고 자상하신 분이다.

결혼식의 축포 냄새가 채 가시지 않은 따끈따끈한 신혼부부가 쓸 방은, 길 쪽으로 나와 있어 햇볕이 잘 드는 1층 가운데 방으로 낙찰됐다. 성_姓과 성_性이 모두 다른 선배 PD와 나는 신혼방의 건너편에 나란히 붙은 큰 방과 작은 방을 하나씩 써야 했다. 여자 선배와 남자 후배가, 또는 남자 선배와 여자 후배가 출장을 함께 갈 때 겪는 '불편'이다. 심지어 어떤 남자 PD들은 조연출을 뽑을 때, 출장 가면 여관방을 따로 잡아야 하고 그러면 출장비가 두 배로 든다고 아예 여자 조연출을 뽑지 않으려 한다. 잠자리 외에도 차 안에서 담배를 피우거나 일과 후에 음주가무를 즐기는 데 따르는 불편이 이만저만이 아니라고 투덜대기도 한다. 따지고 보면 이런 건 '불편한' 일이 아니라 남자와 여자가 함께 일하는 사회에서 생기는 '자연스러운' 일이다. 그런데 아직도 남성 중심의 사고와 직장 문화가 건재한 우리 사회에선 이런 것들을 '여자가 끼어들어 생긴 불편'으로 치부해버리는 것이다. 다행히 어디꺼리 씨는 우리에게 방을 하나씩 따로 내주는 일을 전혀 불편하게 생각하지 않는 것이다.

승복 씨와 정여 씨가 짐을 하나씩 풀어헤쳐 방 안 여기저기에 놓았다 옮겼다 한다. 사실상 그들의 첫 신혼방이다. 부럽다. 사랑하는 사람들이 그 사랑을 '생활'로 만들기 위해 결혼이란 걸 했다. 그리고 각자가 쓰던 물건들을 한 공간 안에 합쳐 재배치하고 있다. 상대방의 '개인'을 배려하며 조심스럽게 그리고 기쁘게. 큰 짐들이 웬만큼 자리를 잡나 했더니 두 사람이 끙끙대며 무거운 원목 침대를 든다. 2인용 침실로 쓰기 위해 마주보는 벽에 하나씩 떨어뜨려 놓았던 두 개의 싱글 침대를 하나로 붙인다. 킹사이즈만 한 대형 더블 침대가 만들어졌다. 계속 부럽다.

이 집의 어머니, 그러니까 어디꺼리 씨의 부인은 영어를 거의 할 줄 모른다. 홍차에다 우유와 설탕을 탄 네팔의 전통차 '찌아_인도에선 '짜이'라고 부른다' 네 잔을 쟁반에 다소곳이 담아 건네면서 자기를 '아마'라고 소개했다. 아마 '아마'가 이름인가보다 했는데, '어머니, 엄마'라는 뜻의 네팔 말이란다. 지구상에서 어머니의 호칭은 어디나 비슷한 것 같다. 엄마, 마마, 마드레, 마, 아마……. 몸짓과 표정을 제외하고 아마와 의사소통을 하는 방법은 두 가지다. 첫째는, 승복 씨에게

아들이 귀한 네팔 사회. 그러나 딸 부잣집의 막내 '아사'
는 누가 뭐래도 이 집의 사랑스러운 '희망'이다.

우리말을 하면 승복 씨가 아마에게 네팔어로 통역하는 방법인데, 승복 씨는 그 유창한 네팔어 실력 탓에 이후 두고두고 촬영 현장에서 통역사로 봉사활동을 하게 된다. 다른 한 방법은 열세 살 '아사'를 이용하는 것이다.

'아사'는 딸만 셋인 이 집의 막내딸이다. '희망_Asha'이라는 뜻의 이름만큼 얼굴도 깜찍하고 예쁜 소녀. 문근영의 뺨을 살짝 토닥일 정도로 예쁜 생김새보다 더 놀라운 건, 이제 6학년인 이 소녀의 영어 실력이다. 앳된 목소리를 타고 또랑또랑 울리는 능숙한 원어민의 발음과 빠른 말 속에서도 한 치도 틀림이 없는 정확한 문법까지. 대학에서 영어를 전공했다는 사실이 성가신 꼬리표가 되어버린 내가 또 한 번 창피해질 일이었다.

이날부터 나는 주로 아사를 통해 아마와 대화를 하고, 아마와 할 얘기가 없을 때도 틈만 나면 아사에게 말을 걸었다. 네팔이란 낯선 땅에서 이렇게 귀여운 소녀와 영어로 이야기를 나누는 게 무척 신기하고 즐거웠다. 늦은 오후나 이른 아침, 아사가 방바닥에 교과서와 공책을 잔뜩 펼쳐놓고 숙제를 할 때면 옆에서 공부를 도와준답시고 장난을 걸었다. 저녁 무렵 야채나 빵을 사러 아사가 집을 나설 땐 나도 슬쩍 따라나서 굽이굽이 좁은 골목길을 함께 조잘대며 걸었다. 이렇게 사랑스러운 딸을 둔 어디꺼리 씨와 아마가 부러웠다.

머지않아 내 인생을 옴팡지게 뒤흔들 사건의 발단이 찾아온 것도 이날 밤이었다.

아마가 정성껏 차려준 네팔에서의 첫 식사는 기대 이상이었다. 큰 쟁반에 밥과 채소 요리, 닭고기 등을 담고는 콩을 갈아 만든 수프를 부어가며 버무려먹는 네팔 가정식. 손으로 먹을 때 제 맛이 나는! 신혼방을 꾸미느라 배가 꽤나 고팠던지 승복 씨는 2년간 단련된 능숙한 손놀림으로 물 만난 고기처럼 순식간에 쟁반을 두 개나 비워냈다. 정여 씨도 만만치 않았다. 한국에서 동대문에 있는 네팔 식당을 찾아가 예행연습을 했다지만, 손으로 밥을 집어먹는 모양새가 퍽 자연스러워 보였다. 불편했다면 남편에 뒤질세라 두 개의 쟁반을 말끔히 비워내지 못했을 것이다.

식사 장면을 찍는 내내 아마가 옆에서 불편한 표정으로 서성인다. 왜 같이 식사를 하지 않느냐는 뜻이었다. 아마에겐 촬영 팀도 자기 집에 찾아온 귀한 손님일 뿐이다. 정여 씨 부부가 자신들이 먹은 쟁반을 깨끗이 닦아내고 퇴장한 다음에야 카메라를 내려놓고 식탁에 앉았다.

숟가락이라는 '문명'을 잠시 버리면 '동물' 본연의 순진무구한 식사를 즐길 수 있다. 물론
김치찌개를 손으로 떠먹자는 얘기는 아니다. 산채 비빔밥으로 실험해보는 게 좋겠다.

숨어 있던 허기가 한꺼번에 몰려들었다. 나도 처음으로 해보는 손 식사였다. 아마가 나를 위해 다시 데워준 밥이 잠시 뜨거웠을 뿐, 다섯 손가락으로 요리조리 마음껏 비비고 버무려 집어먹는 밥맛은, 새콤, 달콤, 매콤, 고소한 것이 문자 그대로 일품이었다.

밤 8시가 약간 넘었을까. 그렇게 게걸스레 쟁반을 훔치고 있을 때, 아래층에서 뻐꾸기 초인종이 울리더니 누군가 계단을 터벅터벅 걸어 올라왔다. 이 시간에 웬 손님일까? 피곤에 절은 한숨을 내쉬며 부엌으로 들어온 사람과 눈이 마주쳤을 때 나는 한 입 가득 밥을 물고, 한 손

찬란한 빛, 디빠 양의 세 살 적 모습. 티셔츠에 쓰인 'I'm loveable_난 사랑스러워요'
이란 글귀처럼 너무 깜찍해서, 그녀에겐 미안한 말이지만 콕 깨물어주고 싶다.

가득 밥을 쥐고 있었다.

이렇게 아름다운 여자는 태어나 처음 본다. 정말이다. 눈을 어디다
둬야 할지 모르겠다. 물었던 밥을 꾸역꾸역 넘기면서 잠시 얼어붙은
나를 해동시킬 긴급 멘트를 생각했다.

"안녕하세요! 처음 뵙겠습니다. 근데 혹시……, '미스 네팔' 아니
신가요?"

아, 썰렁하다. 내가 민망할까 봐서였는지 그녀는 설핏 미소를 지어
주고는 쟁반에 자기 밥을 담아와 내 앞에 사뿐히 앉았다.

이 집의 큰딸. 스물 넷. '찬란한 빛' 이라는 뜻의 이름.

디 이 이 피 에이_Deepa, 디빠.

디빠, 개, 먼지,
그리고 까마귀들

정말 피곤하다. 승복 씨 부부가 일어나기 전에 일어나서 잠든 뒤에 잠든다. 이른바 '휴먼 다큐' 라는 게 그렇다. 사람들의 꾸밈없는 일상과 언제 어디서 일어날지 모르는 돌발 상황을 놓치지 않으려면, 경호원이라도 되는 양 카메라를 든 채로 늘 옆에서 대기해야 한다. 잠시 거리를 두고 쉴 때나 식사를 할 때, 화장실에 갈 때도 정신은 온통 주인공들의 심리 상태와 예상되는 다음 행동, 필요한 인터뷰 내용, 틈틈이 촬영해둬야 할 장면들을 체크하느라 분주하다. 회사에서 게으르고 요령 피우기에 능한 후배로 평가받던 나이지만, 일단 촬영이 시작되면 나름 안간힘을 다하느라 늘 피곤함에 지치는 건 어쩔 수 없다.

그래서 선배 PD가 대단하다는 것이다. 오늘에서야 눈치를 챘는데, 선배는 매일같이 새벽 5시에 일어나 혼자 카메라를 들고 나갔다가 내가 일어나기 전에 돌아오는 것 같았다. 동이 트는 새벽 거리 풍경, 하루를 시작하느라 분주한 사람들, 아침마다 마을 사원들에 퍼지는 향초 연기와 종소리를 카메라에 빼곡히 담아오는 것이다. 게으른 후배한테 말도 못 하고 아침잠을 제대로 설치고 있는 중이었다. 미안한 마음이 굴뚝이다.

카트만두로 가는 1,000개의 계단 중 이제 막 한 두 계단쯤 올랐을 뿐이겠지만 첫인상 정도는 얘기할 수 있겠다. 사람들이 가장 궁금해하는 것이 타인들이 자신에게서 받는 첫인상이니, 카트만두에게 솔직한 얘기를 들려주는 것도 괜찮겠다. 대략 네 가지다.

하나, 카트만두는 먼지의 도시다. 눈에 보이고 손에 잡히는 황톳빛 먼지. 황사를 제외하고 서울을 비롯한 한국의 대도시에 누런 먼지가 일어나지 않는 이유는 땅을 포장해놨기 때문이다. 그래서 흙먼지가 뚫고 올라올 틈이 없다. 카트만두에서 아스팔트나 콘크리트로 포장된 곳은 이름이 붙은 도심의 대로와 차가 양방으로 다닐 정도로 크게 난 길뿐이다. 그런 포장들도 가장자리에 흙바닥을 그대로 남겨두기 일쑤. 촘촘히 어깨를 건 2, 3층 건물들에 포위된 채 힘겹게 나 있는 좁은 흙길은 사람들이 지날 때마다 흙먼지를 폴폴 뿜어 올린다. 오토바이

팍팍한 노동과 먼지가 조화를 이룬 신산스러운 풍경. 조금만 더 바라보면 애틋하게 아름다워질……

s·e·a·s·o·n #01

나 자동차가 지나갈 때는 한바탕 먼지들의 군무를 연출한다. 이럴 땐 배에 힘을 주고 10초 정도 숨을 참아야 한다. 군대에서 화생방 훈련 때 한 번 써봤던 방독면이 그리워질 정도다. 우리가 머무는 '빠떤_Patan, Bagmati' 이라는 지역엔 황갈색의 논밭과 신성한 '바그머띠' 강가의 모래사장, 황무지나 마찬가지인 공터들— '구글 어스' 를 이용하면 한 눈에 내려다보이는—이 많아서, 힘센 바람이 부는 날엔 국지적인 황사 현상마저 일어난다. 낡고 오래된 오토바이, 3륜차_'템포' , 자동차 등에서 쉴 새 없이 뿜어대는 매연은 환상의 짝꿍이다. 게다가 지금은 공기를 씻어내며 땅을 적셔줄 비가 좀처럼 내리지 않는 건기.

이런 먼지 판에서 천 마스크나 플라스틱 마스크를 차고 다니는 사람은 관광객들뿐이다. 이곳 사람들에게는 먼지가 산소와 같은 일상이다. 보기에 좀 답답하고 '이방인' 이라는 표식같이 느껴져도 마스크를 쓰는 편이 몸에 좋다. 승복 씨와 나는 마스크를 한 번도 착용하지 않았는데, 이건 순전히 개인적인 선택이다. 나는 원래 거추장스러워서 마스크나 모자 따위를 잘 쓰지 않는 습성 때문에, 승복 씨는 6년 전 처음 네팔에 왔을 때부터 가급적 현지인들의 생활 방식을 따르며 최대한 동화되는 쪽을 선호해왔기 때문이다. 승복 씨가 거리에서 자주 마스크를 쓰고 다니는 정여 씨를 말리거나 나무란 적은 한 번도 없었다.

둘, 카트만두는 개들의 도시다. 태국 카오산 로드에서도 거리의 개들을 많이 봤지만, 그곳의 개들은 쪽수에서 사람한테 게임이 안 되는 '마이너리티'였다. 여긴 아예 사람 반, 개 반이다. 사람의 집에 사는 애완견도 간혹 눈에 띄지만 네팔의 개들은 거의 길에서 산다. 길거리의 개가 너무 귀엽거나 가여워서 집에 데려다 키우려 해도 정부의 허가를 받아야 한다. 관공서의 승인 없이 개를 포획하는 것 자체가 불법이다. 그러니 이곳에선 '집 잃은 개' 혹은 '집 없는 개'라는 말이 성립하지 않는다. 당연히 거리는 '개판'이다. 길을 걷다 보면 차이는 게 개들이고 밟히는 게 개똥이다.

이 정도면 '견구 조사' 같은 게 필요하지 않을까. 2005년에 실시된 인구조사에 의하면 카트만두의 인구는 약 2백만 명. 나의 '눈 통계'로 어림짐작해 보건대 카트만두의 '견구'는 약 1백만 마리는 족히 될 것 같다. 이 많은 개들 중 우리에게 친숙한 '시츄'니 '슈나우저'니 '코커스패니얼' 등의 개들은 절대 볼 수 없다. 집에서 기르는 개들조차 우리가 흔히 '잡종'이나 '똥개'라고 낮춰 부르는 종들뿐이다. 혼자 힘으로 숙식을 해결해야 하지만 카트만두의 개들을 들개라고 볼 수는 없다. 사람의 집 밖에서 생활한다 뿐이지 어디까지나 도시 안에서 사람들과 부대끼며 살아가고 있으니까. 허가 없이 포획하는 걸 금지시켰다고 해서 정부가 개들을 관리하거나 보호하는 건 또 절대 아니다. 완벽한 방치다. 아프면 참고, 낫지 않으면 앓다가 죽어야 한다. 지나는 자동차, 오토바이, 사람들에 치이고 밟혀서, 또 먹이와 영역을 놓고 매일 자기들끼리 혈전을 벌여야 하는 탓에 이 도시에서 몸이 온전한 개를 발견하기란 쉽지 않다. 절름발이 개, 애꾸눈 개, 벌건 살점이 삐져나온 개, 아예 만신창이가 된 개…….

낮 동안 개들은 인간들 앞에서 납작 엎드려 지낸다. 응달을 찾아 새우처럼 몸을 말거나 아예 'ㄷ'자로 뻗은 채 자다 깨다 하며 밤이 오길 기다린다. 가끔, 세상 물정에 밝지 않거나 간이 배 밖으로 나온 개들이 골목길이나 도로 한복판을 가로막고 누워 교통체증을 유발하기도 한다. 밤이 오면?

이곳에선 종종 사람과 개가 구분이 안 된다. 표정이나 습성이 서로를 퍽이나 닮아버렸다.

9시 경을 넘기면 '쪽수'에서 개들이 절대적으로 우세하다. 상점과 음식점 등이 모두 문을 닫고 대부분의 사람들은 TV를 보다가 10시가 채 되기 전에 잠자리에 든다. 가로등이 거의 없어 어두컴컴한, 게다가 이런 어둠이 전혀 불편하지 않은 개들이 활개치는 밤거리를 걷는 건 위험천만한 일이다. 낮 동안 오토바이, 자동차, 사람 떼에 치이고 주눅

들었던 녀석들은 밤의 점령군이 되어 떼 지어 몰려다니며 간 큰 사람들을 위협한다.

자정 즈음을 넘기면 자기들끼리 영역 다툼을 하느라 물어뜯고 싸우는 녀석들의 포효와 비명 소리가 사방에 울려 퍼진다. 예민한 사람들만 그 소리에 잠시 잠을 설칠 뿐, 인간들은 개들의 사회에 절대 간섭하지 않고 바깥의 밤을 고스란히 그들에게 내어준다. 아침이 오면?

간밤의 왕성한 야생 활동으로 얻은 상처와 피로를 안고 개들은 다시 길가에 널브러져 있고, 사람들은 그들을 가급적 밟지 않으려 노력하며 분주히 인간의 세상을 회복한다.

셋, 카트만두는 까마귀들의 도시다. 이른 아침과 저물녘이면 사자성어로만 알아왔던 '오합지졸'의 진상이 머리 위에 펼쳐진다. 어릴 때 큰아버지 댁 앞에 있던 논으로 놀러 나갔다가 갑자기 날아온 시커먼 까마귀 떼를 보고 식겁했던 적이 있지만, 그놈들과는 스케일이 다르다. 낮 동안에는 한 마리도 보이지 않던 녀석들이 땅거미가 깔릴 즈음이면 어디서 숨어 있다 나오는지 카트만두 하늘 여기저기에 새카만 천막을 친다. 어둠을 반기며 활개를 치는 박쥐 떼 또는 흡혈귀 떼 같다고 느껴질 땐 섬뜩해서 소름이 다 돋는다.

이곳 사람들에게 까마귀는 별 의미가 없다. 녀석들이 그악스레 울어대며 머리 위를 어지럽게 해도 잘 올려다보지 않는다. 이 녀석들 역시 자욱한 먼지와 같은 일상이니까. 한국에서는 까마귀가 길조냐 흉조냐를 놓고 논쟁이 벌어지기도 하는데, 그건 우리나라에서 까마귀가 참새처럼 늘 볼 수 있는 새가 아니기 때문이다. 사람들은 평소에 보이지 않다가 가끔 나타나는 대상에 특별한 의미를 부여한다. 그래서 참새는 길조도 못 되고 흉조도 못 된다. 사람 중에도 만나면 불길한 예감을 주는 사람이 있고 볼 때마다 좋은 예감을 주는 사람이 있다. 하지만 늘 곁에 있는 사람들, 부모님이나 단짝 친구, 애인은 우리에게 그저 '소중한 사람'일 뿐이다.

길조도 흉조도 아닌 카트만두의 저녁 까마귀 떼는 가끔, 퍽 아름답게 느껴질 때가 있다. 그래서 나는 후에 이런 시까지 쓰게 된다. 당연히 삼류 통속시다.

낯선 땅, 객기마저 바닥나면
이곳까지 날 따라온 외로움
여기가 어디냐며 능청스레 묻는다

폐차 직전 간신히 국경을 넘은
인도산 800cc 택시에 실려갈 때
날마다 새삼 서러운
이승의 모든 저녁

또 하루가 저물었다고
그걸 알고 있기나 하는 거냐고
울고 불며 시커멓게 미쳐 날아다니는

카트만두의 저녁 까마귀 떼

넷, 카트만두는 디빠의 도시다…….

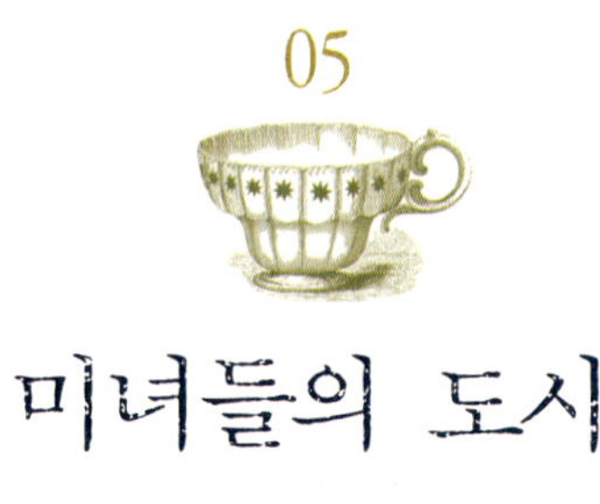

미녀들의 도시

머칠 내내 밤 8시 경에 돌아오던 디빠가 저녁 6시에 집에 있다. 아침에 디빠가 보이지 않더라니, 오늘부터 오전 근무가 시작됐단다. 아침 7시부터 오후 4시. 특별한 약속이라도 있는 듯 세련된 청바지에 민소매 티셔츠를 차려입은 디빠의 얼굴에 생기가 돌았다.

"어, 좋은 일 있나 봐요. 어디 가요? 혹시 데이트 있어요?"

아니다. 영어에는 존댓말이 없으니까,

"어. 좋은 일 있나 봐. 어디 가? 혹시 데이트?"

아니다, 아니다. 영어를 옮겨 쓸 때 헷갈려서 간혹 이런 실수를 한다. 존댓말 없이 맞먹는 것 같아도 상황과 관계에 따라 말에 실리는 마음은 달라진다. 영어에도 무수한 '존경의 결'이 있다. 내 영어를 디빠가 저렇게 받아들였을 리도 없다.

"어, 무슨 좋은 일 있어요? 어디 가요? 데이트라도 있는 거예요?"

"아뇨, 쇼핑하러 가요. 당신도 같이 갈래요?"

진짜 좋은 일들은 이렇게 갑자기 찾아온다. 촬영도 한 시간 정도는 쉬어도 될 것 같다. 새벽 촬영을 도맡아 하면서도 결코 후배를 미워하지 않는 너그러운 선배의 허락도 받았다. "행동 조심하고"라는 의미심장한 당부와 함께…….

좁은 골목길을 벗어나 큰 통행로로 나서니 저녁의 부산스런 인파가 우리를 빨아들였다. 이 일대에서 가장 큰 러건켈 시장으로 가는 길이었다. 지나는 사람 중 열의 아홉이 우리를 흘깃거리며 지나갔다. 열심히 바른 선크림 덕분에 아직은 피부가 '한국 살색'인 게 티가 많이 나나 보았다. 이곳 사람들은 백인들보다 일본인이나 한국인들에게 더 많은 호기심을 보인다. 서양인들은 오래 전부터 많이 봐왔던 데다, 같은 아시아 사람이라는 친근감, '성공을 향한 비상구'가 되어버린 일본행, 한국행에 대한 막연한 기대감 등이 작용하는 듯하다. 그런데 가만히 보니, 사람들의 이목을 끄는 건 내가 아니라 디빠인 것 같다. 한국 남자보다 한국 남자와 나란히 걷고 있는 네팔 여자를 보기가 더 어렵다는 단순한 이치! 또래의 남녀가 단둘이서 걷기만 해도 스캔들이 되기 십상인 '엄한' 사회에서, 한국 남자와 함께 걷고 있는—그것도 해질녘에!—디빠는 대담한 아가씨였다.

게다가 디빠는 눈에 띄는 미인이다. 90년대 초부터 지구촌 미녀들의 아이콘으로 부상해 각종 세계 미인 대회를 주름잡아온 인도 여성들. 네팔 인구의 80%를 차지하는 인도아리아계 사람들, 그중의 절반인 여자 사람들. 작은 얼굴에 검게 그을린 듯한 피부, 쌍꺼풀 진 큰 눈, 긴 속눈썹, 오뚝한 코, 도톰한 뺨과 입술, 갸름한 턱……. 웬만해선 예쁘지 않기가 힘들다. 카메라를 들고 거리로 나서면, 눈 돌아가는 소리가 선배한테 들릴까봐 불안할 지경. 다섯 명 중에 네 명이 눈에 띄는 미녀, 아니, 이제 눈에 띄는 건 미녀가 아니라 평범하고 수수한 외모의 여자들이다. '카트만두는 미녀들의 도시!' 라고 내가 외친다면, 선배는 '아니, 카트만두는 꽃미남들의 도시!' 라고 반박할 것이다. 미녀들 많은 나라에는 미남들도 많은 법. 아무튼, 디빠는 이 미녀들의 마을에서도 단연 시선을 끄는 미녀다. 적어도 내 눈에는 그렇다.

디빠는 출중한 미녀에다 '원더우먼' 이기도 하다. '원더우먼 디빠'. 이 집에 온 지 며칠 뒤부터 우리가 사용하는 존경어린 애칭.

디빠는 자신이 졸업한 '카트만두 의료 전문학교' 부설 병원의 간호사다. 3교대 근무라지만 디빠가 온전히 쉴 수 있는 날은 한 달에 3일. 오전 근무가 배정되는 날을 제외하고는, 야간 근무에서 돌아온 직

후와 오후 근무를 하러 가기 직전에 매일 아침 아버지의 보건 의료 교육 기관에서 학생들을 가르친다. 휴일에는 특별한 사건이 없는 한 어머니의 약국을 대신 지킨다. 그리고 집에 있을 때도 어머니의 부엌일을 돕고, 빨래며 청소를 하느라 좀처럼 몸을 쉬이지 않는다.

병원에서 비상이라도 걸리면 3~4일 집에 못 들어오는 경우도 많다. 한국에서도 간호사들을 보면서 안쓰러웠던 적이 많았지만, 같은 집에 살면서 마주하는 이 네팔 간호사의 생활은 정말 팍팍하다. 힘들어도 그만둘 수 없는 일. 무엇보다 디빠는 돈을 벌어야 한다.

수세식 변기가 딸린 2층 양옥집에 사는 '중산층'이긴 해도, 디빠네의 가계는 불안정하다. 아버지 어디꺼리 씨는 고정된 수입이 없다. 그의 직업은 앞서 소개한 CWDC라는 복지 센터와 'ECHO_에코'라는 의료 교육·봉사 단체의 기관장이다. 네팔에선 아직 NGO 활동을 위한 정부 지원금이나 회원제를 통한 회비 모금을 기대하기 어렵다. 어디꺼리 씨의 단체들도 '삼성' 같은 외국 기업이나 '월드비전' 같은 국제 NGO에서 조금씩 지원받는 활동비로 어렵게 운영되고 있다. 물론 운영 예산 중 공식적으로 기관장에게 책정된 급여가 있지만, 요즘엔 월급마저 다시 운영비에 보태야 할 형편이라고 한다. 디빠가 에코에서 무보수 강사로 일하는 것도 그 때문이다.

한때 디빠와 같은 간호사였지만 오랫동안 주부로만 살아온 아마_

저 사이 어디쯤에 디빠가 있다.

s·e·a·s·o·n #01

어머니는 집에만 있는 게 겸연쩍어서 얼마 전 세를 내 조그만 약국을 열었다고 한다. 하지만 대로변이 아닌 주택가 골목에 있고, 그 부근에 다른 약국들이 두세 개 더 있어서 벌이가 시원치 않단다. 참, 세 딸 중의 둘째, 디빠의 바로 아래 동생은 방글라데시에서 유학 중이다. 동생 역시 간호사가 되는 길을 걷고 있는데, 방글라데시 행은 네팔 젊은이들이 선택할 수 있는 가장 쉽고 저렴한 유학길이다. 다행히 장학생으로 뽑혀 학비는 면제받고 있지만, 의식주를 비롯한 체제비는 집에서 보내줘야 한다. 거기에다 사립학교에 다니고 있는 막내 아사의 학비까지…….

지금 사는 단독주택으로 이사 오면서 가계가 많이 위축된 것 같기도 하다. 몇 년 전까지만 해도 디빠네는 네팔식 다세대 주택에서 월셋집살이를 하고 있었다. 이곳에서도 '내 집 마련' 의 꿈은 실현 전, 후가 모두 힘든가 보다. 행복 지수라는 게 GNP와 상응하지 않듯, 생활고란 상대적인 것이다. 하지만 어렵게 선진국 대열에 진입한 나라의 행복 지수가 전보다 훨씬 낮아졌다고 해서, 일부러 GNP를 낮추고 국가 경제를 재편해 개발도상국으로 돌아가는 일은 일어나지 않는다. '행복 지수 세계 1위' 를 몇 번씩이나 차지했다고 해서 방글라데시로 이민을 가는 한국인 수가 급증하지도 않았다. 송충이가 솔잎을 먹듯, 중산층은 중산층의 고통과 기쁨을 먹고 살아간다. 'GNP 300불' , 네팔 중산층 집안의 맏딸 디빠도 그렇게 자신의 생활과 힘겹게 씨름하고 있다.

"갠, 여기서 닭고기 좀 사가요."

생살과 내장 비린내가 물씬 풍기는 '도살장 직영 정육점' 앞에서 디빠가 멈춰 섰다. 디빠의 쇼핑거리는 생닭이었다. 한국 손님들이 온 후로 식탁에 닭고기가 올라오는 일이 잦아졌다. '갠'은 내 네팔 이름 '갠 바둘_Gyan Bahadur'의 약칭이다. 디빠 아버지가 정여 씨 부부에게 네팔 이름을 지어주면서 덤으로 만들어주었다. 어디꺼리 씨는 한국 이름이 발음하기 힘들다며 정여 씨에겐 '버선띠_Basanti', 승복 씨에겐 '빌 바둘_Bir Bahadur'이라는 이름을 지어줬다. '버선띠'는 우스꽝스러운 우리말 어감과 달리 '봄'을 뜻하는 예쁜 네팔 말이고, '빌 바둘'은 '힘과 용기를 지닌 사람', '갠 바둘'은 '지혜와 용기를 지닌 사람'이란 뜻이다. 셋 다 네팔에서 제일 흔한 이름. 한국으로 치면 '철수', '영희', '만수'와 맞먹는 이름들이란다.

어쨌든 나는 '갠 바둘'이 마음에 든다. 내겐 과분한 뜻의 이름이기도 하거니와, 아마나 어디꺼리 씨가 "갠 바둘, 밥 먹어!", "갠 바둘, 몸은 좀 어때?"라고 말을 걸어오면 기분이 좋아진다. 그러나 내가 제일 좋아하는 호칭은 '갠'이다. 디빠가 나를 부르는 '갠'.

"갠, 가는 길에 좋은 사원이 있는데 구경할래요?"

비를 부르는 신, '마친드라'를 모신 사원에 들어섰을 때 사방엔 고

즈녁한 어둠이 깔리고 있었다. 마당 한쪽의 석탑을 돌며 할아버지 한 분이 쉼 없이 쳐대는 종소리가 사원 가득 울려 퍼졌고, 신상 앞에 머리를 조아린 할머니가 피워 올리는 향초 연기가 저녁 하늘에 낮고 게으른 무늬를 그리고 있었다. 그 풍경을 디빠와 말없이 지켜보았다.

나의 첫 네팔식 데이트였다.

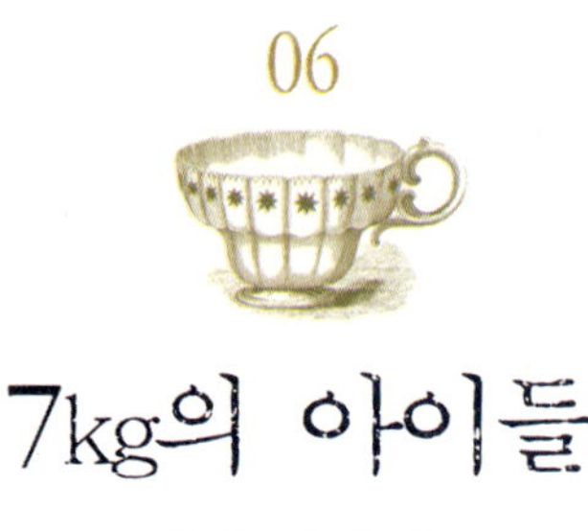

06

7kg의 아이들

숨이 턱턱 막힌다. 가슴과 등허리로 땀이 죽죽 흘러내린다. 촬영 중에 육체적으로 제일 힘든 것이 산 타는 사람을 찍는 것이다. 한참 아래에서 올려다보이는 뒷모습도 찍어야 하고 한참 위에서 내려다보이는 앞모습도 찍어야 한다. 지구력이 턱없이 약한 나한테는 숫제 '쥐약'이다. 카트만두 분지를 에워싸고 있는 산들의 평균 높이는 표고 1,200미터. 카트만두의 높이가 해발 1,300미터니까 해발로 따지면 평균 높이가 2,500미터인 산들이다. 2006년 3월 22일, 오늘 우리가 이 중 하나의 산을 오르고 있다.

정여 씨, 아니 버선띠가 저 앞에서 가파른 비탈길과 씨름하며 힘겹

게 걸음을 옮기고 있다. 가슴팍에 꽂아 놓은 무선 마이크를 통해 내 이어폰으로 들려오는 버선띠의 숨이 심하게 헐떡거린다. 사람의 숨소리가 가장 은밀하고 신성한 프라이버시라면 이건 명백한 사생활 침해다. 이 무선 마이크 세트의 사정거리는 200미터. 미안할 때가 많다. 상대방이 들려주고 싶지 않은 소리, 이를테면 무심결에 작심하고 뀐 방귀 소리 같은 게 들릴 때는 정말…….

하지만 힘들어하는 몸짓과 표정을 놓칠 수는 없다. 뒤로 바짝 따라붙어 자갈 황톳길에 번갈아 가며 무거운 도장을 찍는 두 발을 담고, 앞

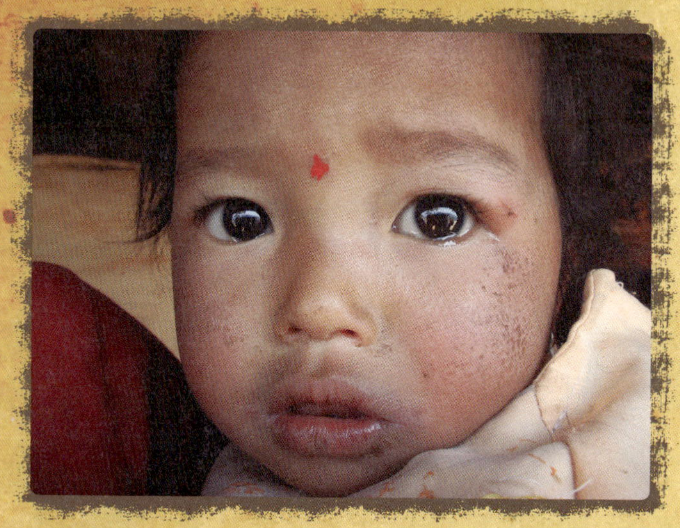

으로 가서 뒷걸음질을 치며 안쓰럽게 찡그러진 얼굴을 찍는다. 그리고는 30도
의 경사를 거슬러 뛰어올라 언덕마루에 선다. 저 밑에서 올라오는 사람들과 주
변의 풍경을 큰 프레임으로 잡아야 한다. 마침 하늘색 교복을 입고 등교하는 소
녀들이 내 옆을 지나 비탈길로 우르르 미끄러지듯 내려간다. 학교는 한참 아래
에 있다. 맨발에 슬리퍼를 신고 두 손에는 교과서와 공책을 움켜쥐었다. 이 거
친 산길을 매일 오르내리는 어린 생활인들이다. 뻥 뚫린 사방으로 끝간데 없이
펼쳐진 높고 낮은 봉우리들과 진초록 산줄기들. 목적지인 '따블랏' 마을은 아
직 저 위쪽에 조그맣게 걸려 있다. 네팔의 중부 산악지대로 거침없이 내리쬐는

3월의 햇살이 산을 넘는 바람을 덥히고 있었다.

　여성·아동 복지 기관 CWDC는 월드비전의 지원을 받아 가난한 산악 마을 아이들을 위한 영양 프로그램을 시행하고 있다. 산에서 재배하는 곡물과 야채를 섞어 만든 '슈퍼 플라워_super flower' 라는 아동 영양식을 보급하고, 주 1회 정기적으로 아이들의 발육과 건강 상태를 체크한다. 네팔 인구의 절반가량이 거주하는 산간지대는 위생과 건강의 적신호 지역이다. 마을마다 정도의 차이는 있지만, 충분한 식량과 다양한 영양을 섭취하기 힘들다. 식수는 물론 씻을 물마저 부족하다. 기초적인 의료 서비스도 없으니, 병이 나면 그냥 앓는 수밖에 없다. 여러 개의 마을이 동시에 이용하는 보건소는 너무 멀고 감기나 설사 같은 가벼운 질병밖에 감당하지 못한다. 높은 산중까지 걸어 올라와줄 의사도 없다. 다행히 하루 안에 당도할 수 있는 병원이 있다 해도 치료비 걱정에 엄두조차 내지 못하는 이들이 대부분이다. 정부의 보건 복지 정책 역시 높은 곳까진 좀체 올라오지 않는다. 지난 10여 년간 네팔의 내전을 주도한 '모택동주의_마오이스트' 반군이 산간지대의 농촌을 중심으로 세력을 확장해온 데에는 이런 동기도 작용했다.

　카트만두 시내에서 한 시간 반 동안 버스를 타고 와서, 두 시간에 걸친 산악 등반 끝에 마침내 도착한 곳. '따블릿' 마을은 산속이 아닌 가파른 산등성이에 몇 개의 층을 이뤄 간신히 얹혀 있었다. 난간이나 울타리도 없다. 눈앞으로 트인 광활한 산세에 넋을 잃고 발을 잘못 디뎠다가는 두 시간 전 버스에서 내린

s·e·a·s·o·n #01

곳까지 굴러 떨어져야 할 판이었다. 그 낭떠러지 가에서 한 할머니가 쪼그려 앉아 위태로운 빨래를 하고 있었다.

정여 씨가 숨을 돌릴 틈도 없이 아주머니들이 아이들을 안고 밀고 끌며 모여들었다. 아주머니라고 부르긴 어색한 열일곱 살, 열아홉 살께의 앳된 엄마들도 보인다. 네팔 사람들의 겉모습이 보통 나이보다 10년은 더 늙어 보이는 점을 감안하면, 이곳에 모인 엄마들 대부분이 나보다 훨씬 어릴 것이다. 도시에서 먼 곳일수록, 그리고 가난할수록 결혼 연령은 낮아진다.

오늘 정여 씨의 임무는 아이들의 몸무게 측정을 돕는 것이다. 현장 활동 책임자 '딜터' 씨가 가방에서 둥근 벽시계 모양의 저울을 꺼내더니, 어느 집의 대들보에다 빨랫줄로 튼튼하게 묶어 달았다. 그리고 저울 아래의 갈고리에다 작은 보자기를 끈으로 걸어 달았다. 첫 번째 아이가 쑥 들리더니 양 다리를 벌린 채 보자기에 쏙 담겼다. 공중부양 체중계. 하지만 네 살에서 여섯 살 사이의 아이들에게 공중부양은 달가운 일이 아니다. 게다가 오늘은 피부가 하얀 낯선 아줌마도 보이고, 이상하게 생긴 아저씨가 시커먼 소형 미사일을 들이대며 얼쩡거리고 있다. 보자기가 찢어져라 울어 재끼는 아이들의 몸무게가 하나씩 건강 기록부에 적힌다. 6.5kg, 7kg, 7.5kg, 6kg…….

70년대 초반에 태어난 나는 어렸을 때 몸집이 꽤 작은 아이였다.

그래도 다섯 살 무렵에는 몸무게가 16kg 정도 나갔던 것 같다. (나하고 동갑인 한 여자친구는 여섯 살 때 몸무게가 18kg이었단다. 또래들에 비해 몸도 작고 가냘팠단다.) 정말 이 아이들, 너무 가볍다. 놀고 뛰어다니며 체지방을 줄일 수 있는 땅덩이도 거의 없는 마을이다. 정말 이 아이들, 너무 못 먹나 보다. 이런 판국에 한국의 아이들은 편식을 하고, 한국의 음식물 쓰레기는 연간 400만 톤을 넘는다는 식의 반성을 또 한 번 하자는 게 아니다. 그냥, 그렇다는 얘기다.

차례를 기다리다 엄마 품에서 잠든 아이의 얼굴에 파리들이 득시글댄다. 가려워서 긁어댔는지, 발개진 양 볼과 이마에 마른버짐이 잔뜩 피어 있다. 한 아주머니가 내 앞으로 아들을 데려와, 우는 아이를 때려가며 아래위 옷을 다 벗겨 보였다. 촬영을 해달라는 것이다. 얼굴뿐 아니라 몸 전체에 아토피성 피부염 같은 것이 퍼져있다. 곳곳이 헐어서 문드러져 있고, 귀에는 고름이 잔뜩 고여 있다. 아이들이 제대로 씻지 못해 저 지경인데 부모들 몸은 오죽할까. 마음은 또

오죽할까.

"오늘 처음 와서 이곳 아이들 보니까 어때요?"

인터뷰 요령이 없는 PD는 이렇게 빤한 질문만 던진다.

"온몸에 다 치료가 필요한 것 같아요. 여기 이렇게 방치할 상태가 아닌데…… 영양 프로그램 한다고 와서 그냥 몸무게 재고 주의사항들 얘기해주는 걸로 끝나는데, 의사가 오지 않는 이상 실정은 별로 나아지지 않을 것 같아요. 흠……"

정여 씨가 애간장 타는 목소리로 말했다. 우문에 현답일까? 그런데 의사가 어디서 와준단 말인가. 흠……

집 뒤뜰이 소란스럽다. 돌아가 보니, 보자기에서 빠져나온 아이들이 가지가 많은 나무 여기저기에 매달려 키득거리며 놀고 있다. 원숭이한테 배웠을 리도 없는데 이 가지 저 가지를 넘나드는 녀석들의 몸놀림이 날렵하다. 이 나무가 마

을 아이들의 유일한 장난감이자 놀이터이리라. 열댓 명이 한꺼번에 올라탔는데도 나무는 별로 힘들어하는 것 같지 않았다.

일이 다 끝나갈 때 쯤, 정여 씨가 오줌 마려운 강아지처럼 끙끙대며 사방을 두리번거렸다. 오줌이 마려운 거였다.

"저기, 화장실이 어디에요?"

"편하실 대로 아무데서나 일 보시면 돼요."

'What?' 이라고 되묻는 표정의 정여 씨에게 딸터 씨가 보충설명을 했다.

"이 마을엔 화장실이 따로 없어요. 개방형 야외 화장실! 흐흐……."

상황을 파악한 정여 씨가 겸연쩍게 웃으며 옆집 뒤란 쪽으로 총총 사라졌다.

나는 얼른 무선 마이크 수신기의 스위치를 껐다.

50켤레의 슬리퍼

외국에 나갈 땐 흡연량이 늘어난다. 나만 그런 게 아니다. 어렵게 금연에 성공한 사람도, 평생 비흡연자였던 사람도 외국에서는 가끔 담배를 입에 물게 된다. 내가 서 있는 '위치'를 가늠할 수도, 할 필요도 없는 낯선 땅, 아무도 나를 모르는 '이상한 나라'에서 맛보는 들뜬 해방감. 이런 자유 혹은 객창감에다, 미지의 공간에서 느끼는 약간의 긴장과 불안이 가미돼 흡연 욕구를 유발하는 것이다. 더군다나 지금 나는 힘들게 일을 하고 있다. PD들의 흡연량은 촬영과 편집 시에 두세 배로 늘어난다. 새해에 세운 금연 계획이 계속 헝클어지더니 기어이 네팔에서 흡연량이 두 배로 증가하고 말았다.

세상의 모든 옥상은 자유와 일탈의 공간이다. 저 위에서 인간들을 굽어보는 '신'처럼 우리도 잠시 눈 아래 세상을 굽어보며, 가뭄 끝의 단비 같은 짧은 해방감을 맛보는 것이다.

오늘도 아침을 먹고 살짝 눈치를 살핀 뒤 옥상으로 올라가는 계단을 탄다. '브라만' 집안인 디빠네에서 음주와 흡연은 대표적 금기사항이다. 집을 나가 두세 번 골목을 꺾어 돈 다음쯤에야 담배를 무는 게 예의지만, 뻔뻔하고 대담한 내가 애용하는 장소는 옥상이다. 허리 높이의 벽돌 난간에 색색의 꽃 화분들이 놓여 있는 디빠네 옥상에는 작은 물탱크와 아담한 빨래터가 있다. 그리고 두 칸짜리 닭장에 암탉 네 마리가 산다. 가끔 모이를 주러 올라오는 아마의 발소리에 피우던 담배를 후다닥 처치해야 할 때가 있지만, 오늘은 닭들이 일찌감치 식사를 끝낸 것 같다. 눈앞에 펼쳐진 '멍걸 바자' 마을의 집들이며 사원들, 옥상 바로 아래에서 노란 햇살을 받고 있는 텃밭들을 바라보며 태우는 담배 한 개비의 즐거움이란……

토요일. 네팔의 빨간 날. 이곳에선 모든 토요일이 '놀토'이고, 일요일이 우리나라의 월요일이다. 오늘은 정여 씨와 승복 씨가 함께 CWDC로 출근한다. 승복 씨가 일하는 '오켄덴'은 국제 NGO여서 국제적 휴일인 일요일에 놀고, 마침 네팔 지부여서 토요일에도 논다. (내가 용산 미군부대에서 카투사로 복무할 때 미군들은 독립기념일이나 부활절에도 놀았고, 삼일절이나 부처님 오신 날도 빠짐없이 챙겨 놀았다.) 반면 정여씨는 토요일에 일하고 일요일에 쉰다. 매주 토요일은 CWDC에서 '어린이 클럽'이 열리는 날. 승복 씨도 토요일엔 이 클럽의 자원봉사자가 되기로 했다. 워낙 아이들을 좋아하는 성격이라지만, 잠시라도 정여 씨와 함께 있고픈 심정을 누가 모르랴.

'ㅁ'자 형의 버려진 2층 건물. 'ㅁ' 안에는 한쪽 모퉁이에 우물을 만든 작은 정원이 있고, 정원 안에는 풀밭 사이로 난 좁은 십자로가 있고, 십자로 중앙에는 최홍만보다 조금 더 큰 키의 열매나무가 있다. 1.5층 계단 꺾임 목에 조막만 한 슬리퍼들이 발 디딜 틈 없이 빼곡 들어차 있다. 50켤레는 넘어 보인다.

뻥 뚫린, 30평 남짓의 길쭉한 방. 정여 씨가 '50켤레의 아이들'과 첫인사를 나눴다. 틈날 때마다 승복 씨에게서 배우고 있는 네팔어가 아직은 쭈뼛쭈뼛 서툴다.

"메로 남 정여 리 호."(내 이름은 이정여입니다.)

"키득키득⋯⋯."(반가워요, 예쁜 한국 선생님!)

"네팔리 남, 버선띠 호!"(네팔 이름은 '봄' 이에요!)

"으하하하!"(와, 네팔 이름도 있어요? 얼굴처럼 이름도 예뻐요!)

네 살부터 열네 살까지, 닳고 때 묻은 슬리퍼처럼 가난한 집에서 온 아이들. 대부분, 제반 시설이 열악하지만 '등록금이 훨씬 싼' 공립 학교에 다닌다. 정부가 세운 학교들은 선생님 수가 원체 부족한데다 음악, 미술, 체육 등을 가르칠 수 있는 전문 교사가 거의 없다. 테니스 코트만한 운동장이 있는 학교도 많지 않다. 그래서 학교에 안 가도 되는 황금 같은 휴일마다 아이들은 '특별 보충 수업'을 받기 위해 CWDC로 등교한다. 이곳에서 요가와 그림을 배우고, 춤과 노래를 따라하며 토요일의 즐거운 세 시간을 보낸다.

"예희 누나 알아요? 잘 있어요?"

'디페쉬'란 남자 아이가 촬영중인 내게 다가와 다짜고짜 물었다. 예희?

3년 전까지만 해도 어린이 클럽은 재정난과 인력 부족 탓에 오랫동안 중단된 상태였다고 한다. 그즈음 정여 씨와 마찬가지로 '세계청년봉사단'을 통해 이곳으로 파견된 한국 아가씨가 한 명 있었다. 네팔 사람들, 그중에서도 아이들을 너무 좋아했던 그녀가 몇 개월의 준비 끝

에 어린이 클럽의 문을 다
시 열었다고 한다. 그때 자
원 봉사자로 나서 함께 힘
을 보탰던 많은 네팔 대학
생들이 아직도 이 클럽의
지킴이들로 남아있다. 병원
일 때문에 매주 오지는 못
하지만 디빠도 그 봉사자들
중의 한 명이다. '예희' 씨

며칠을 감지 않아도 마냥 윤기가 나는 가난한 여자 아이의 머리
카락, 가난 따위 아랑곳없는 해맑은 웃음. 봄 진달래꽃 같은.

는 몇 달 뒤 한국으로 돌아갔지만, 지금도 그 이름은 이곳 아이들의 마
음속에 '한국에서 온 선생님' 또는 '참 좋은 한국 사람' 의 대명사처럼
남아 있는 듯 했다. 어디 사는 누구인지는 모르지만, 예희 씨 마음속에
도 이 아이들의 천진한 얼굴들이 아직 선연히 간직돼 있을 것이다.

어린이 클럽의 얼굴색도 두 가지다. 인도아리아계의 가무잡잡한
얼굴을 가진 아이들, 우리와 같은 몽골계의 황갈색 얼굴을 가진 아이
들. 가무잡잡하든 황갈색이든 하나같이 너무 귀엽고 사랑스럽게 생겼
다. 조막만한 얼굴에 오밀조밀 또렷한 이목구비가 새겨진 아이들이
그 땡그란 눈을 뜨고 나를 쳐다보면 그냥 막 깨물어주고 싶다. 이름들
도 예쁘고 정겹다. 수니따, 아니따, 빨상, 산토쉬, 럭스미, 서르밀라,

로지, 오믈릿……

오늘부터 음악 수업은 당연히 '피아니스트' 버선띠가 맡게 됐다. 승복 씨는 밀착 통역사 겸 다용도 조수. 정여 씨가 가방에 말아 넣어온 플라스틱 고무 피아노를 펼치는 순간부터 아이들의 감탄사가 터진다. 비록 조잡한 전자음이긴 하지만 아이들에겐 이렇게 눈앞에서 피아노 소리를 듣는 게 처음일 것이다. 이곳에선 간혹 있는 음악 수업에서도 서양 음계는 가르치지 않는다고 한다.

두근두근 첫 수업. 아이들과 정여 씨 모두 상기된 표정들이다. 네팔 봉사자들도 호기심 가득한 얼굴로, 한국에서 온 피아니스트의 첫 음악 수업을 지켜보고 있다. 새하얀 화이트보드 위에

검은 줄 다섯 개가 그어지고 사탕 같은 빨간 동그라미가 여덟 개 그려졌다. 아이들이 처음 만나는 '도레미파솔라시도' 였다.

많은 한국 사람들이 그랬을 테지만, 나는 음악의 첫 단추를 잘못 끼웠다. 초등학교 때 처음 배운 음악은 듣고 즐기는 것이 아니라 보고 외우는 것이었다. 음악의 3요소가 무엇이고, 화성법이 어떻고, 장조와 단조의 차이가 무엇인지 머리로 이해하고 암기해야 했다. 음악 시험에서 늘 90점 이상을 받았지만 내가 다룰 줄 아는 악기는 하나도 없었다. 다루고 싶은 악기가 없었다는 게 맞겠다. 악기란 내가 다가가고 싶지 않은 복잡하고 골치 아픈 '공식' 의 세계일뿐이었다. 이 불행한 증후군은 지금도 내 안에 건재해서 나는 아직 어떤 악기도 다루려 하지 않는다.

"도도도, 레레레, 미미미, 파파파……, 도시라솔파미레도~."

야단스런 응원단의 리더 같은 승복 씨의 신명난 제스처를 따라 짜랑짜랑 울리는 아이들의 '도레미송'에 방이 들썩거린다. 카메라 뷰파인더 속에서 동동동 건반을 누르는 정여 씨의 손가락이 참 예쁘다. 모두 행복해 보인다. 이 아이들에게는 음악이 어려운 공부가 아니라 즐거운 놀이가 됐으면 좋겠다. 그 첫 단추를 제대로 끼워주는 것이 정여 씨가 이곳 아이들에게 줄 수 있는 가장 큰 선물일 것이다.

활짝 열린 창으로 쏟아져 들어오는 토요일 오후의 햇살을 받아 방안의 모든 얼굴들이 더욱 환하다. 자, 세상에서 제일 명랑한 합창으로, 다시 한 번

도 레 미 파 솔 라 시 도~.

P. S. 수업 후 와르르 몰려나오는 인파 속에서 크기, 모양, 색깔 모두 거기서 거기인 50켤레의 슬리퍼들이 제 주인을 잃고 방황하는 경우는 절대 없다고 한다. 요 앙증맞은 생활의 달인들!

NAMASTE!

08

사랑에 관한 두 가지 시선

"그게 어떻게 가능해요?"

디빠가 얼굴을 살짝 찌푸렸다.

"연애나 사랑에도 시행착오가 있을 수 있는 거 아닌가요?"

나도 진지한 얼굴로 되받았다. 은근히 기다려왔던 대화다.

디빠는 일주일에 두세 번 꼴로 아버지가 운영하는 에코_지역 의료 봉

사·교육 기관에서 강의를 한다. 병원이 없는 가난한 지역들의 보건소에

서 일할 의료 보조사들을 양성하는 과정이다. 보수 같은 건 없다. 재정

난을 겪는 아버지의 부탁도 있었지만, 희생과 봉사는 아주 어렸을 적

부터 디빠가 체화시켜온 습성인 듯했다. 오
늘도 아침을 먹자마자 에코로 향하는 디빠
를 슬쩍 따라나선 길이었다. 물론 내 '알리
바이' 인 카메라를 챙겨 든 채로.

　'꾸르따' 라는 네팔 여성들의 전통 의상
을 차려 입은 디빠가 유난히 예뻐 보였다. 사
실 날이 갈수록 예뻐지고 있다. 내 눈에 뭐가 점점 쓰이는 것 같기도
하다. 디빠의 목에 감긴 귤색 솔이 산들바람에 수줍게 하늘거렸다.

　정상 속도로는 5분이면 족한 거리. '무슨 얘기를 해야 5분을 알차
게 보낼 수 있을까' 하고 고민하던 끝에 내가 꺼낸 말이 "남자 친구 없
어요?" 였다. 없을 게 뻔했다. 그토록 바쁜 생활을 소화해야 하는 '원
더우먼' 에게 연애는 '미션 임파서블' 임이 분명했다.

　"최근에 세 번 청혼을 받은 게 다에요."

　"아……!"

　"친척들을 통해 들어왔었는데, 제가 다 싫다고 했어요. 그리고 전
지금 결혼 같은 거 생각할 겨를이 없어요."

　"음……."

　"그런데 요즘 자꾸 절 따라다니는 사람이 있어요. 자기랑 결혼해
달래요."

“아……!”

그렇다. 바쁜 원더우먼에게도 청혼은 들어올 수 있는 것이었다.

디빠가 그 남자들을 직접 만난 적은 한 번도 없다. 세대가 바뀌면서 연애결혼이 증가하고 있다지만, 여전히 남녀가 유별하고 같은 카스트끼리의 결혼만이 축복을 받는 네팔 사회에서, 청혼은 주로 친척들을 통해 딸을 둔 부모에게 전달된다. 이런 관습은 브라만 같은 상류 카스트로 갈수록 더욱 엄격해진다. 대체로는 부모 마음에 들면 그만이지만, 요즘엔, 특히 카트만두 같은 도시에서는 딸에게 남자의 사진을 보여주고 선택권을 주는 경우가 많다고 한다. 사진이 마음에 들면 동물원 같은 데이트 코스에서 한두 번 만난다. 물론 양가 부모나 친척의 동행 하에. 최종 결정은 딸의 의견을 참고하여 부모가 내린다.

디빠 나이 스물 넷. 이곳에선 결혼 적령기다. 1959년의 법 개정으로 ‘조혼’이 금지됐지만, 아직도 네팔의 산간벽지에서는 어린 아이가 시집을 가기도 한다. 조혼은 아니더라도 시골에서는 대부분의 여성들이 중학교나 고등학교를 졸업하고는 스무 살이 되기 전에 결혼을 한다. 요즘 카트만두의 ‘신여성’들이 생각하는 결혼 적령기는 스물넷, 스물다섯으로 상향됐다고 한다. 스물다섯을 넘기면? 서서히 ‘노처녀’ 신세로 접어든다. 서른을 넘기면? 결혼을 포기하는 게 낫단다.

“전 남자들 안 믿어요. 다들 거짓말쟁이들이에요.”

이런 믿음을 가진 여자들은 한국에도 많다.

"걘, 당신은 여자 친구 없어요?"

"네. 지금은 없어요."

디빠가 이해가 잘 안 간다는 표정으로 쳐다본다. 언뜻 불길한 예감이 스쳐갔지만, 이해가 필요한 사람에겐 이해의 기회를 줘야 한다.

"당연히 연애를 몇 번 했었죠. 보통 한국 남자들에 비해 많이 한 건 아니지만. 물론 저 혼자 좋아했던 여자들도 몇 있고요."

이제야 알겠다는 듯 고개를 끄덕이더니 의미심장한 표정으로 다시 물어온다.

"그 여자들을 다 사랑했다는 거예요?"

이제야 우리가 어느 지점에서 엇갈리고 있는지 명확하게 감이 온다. 하지만 이미 '루비콘의 강'을 건넜다.

"글쎄요. 돌아보면 정말 사랑했던 여자도 있고, 아니었던 여자도 있는 것 같아요."

사실, 내가 '사랑했다'라고 주저 없이 말할 수 있는 여자는 한 명뿐이었다. 생각만 해도 마음이 아려오는 20대 후반, 그 시절의 3년을 함께 한……

"어떻게 그럴 수가 있죠? 사랑을 어떻게 두 번 할 수 있어요?"

진부한 듯 하면서도 신선한 질문이다.

　　"사랑했던 사람과 헤어지고 또 다른 사람을 사랑할 수도 있는 거 아닌가요? 내가 그 사람이 싫어져 헤어졌대도 한때는 그 사람을 사랑한 거잖아요. 그 사람이 내가 싫어 떠났을 땐 평생 그 사람이 돌아오길 기다려야 하나요? 또, 새로운 사람을 사랑하게 됐다고 해서 예전의 그 사람을 사랑하지 않았다고 말할 순 없잖아요?"

　　나직한 목소리로 열변을 토하는 것도 가능하더라. 사랑? 내가 사랑에 대해 이렇다 저렇다 정의를 내릴 수 있는 건 아무것도 없다. 사랑이란 단호하게 일반화시킬 수 있는 게 아니다. 하지만 내 경험과 다른 사람들을 통한 간접 경험으로 얻은 '경우의 수' 같은 건 있다. '이런' 사랑도 있고 '저런' 사랑도 있다. 사는 동안에 100명이 넘는 사람을 사랑할 수도 있고, 디빠의 생각처럼 단 한 사람만을 사랑할 수도 있다. 적어도 우리가 '사랑'이란 단어를 함께 사용해야 한다면, 그 경우의 수를 가급적 넓게 잡아야 한다는 게 내 생각이다. 그러나 여긴 네팔이다. 게다가 디빠는 힌두교 윤리의 정수를 체득한 브라만 여성이다.

　　"아무튼 나는 그렇게 사랑하는 거 싫어요. 단 한 사람만 사랑하고 그 사람과 결혼해야 하는 거 아녜요?"

　　이곳에선 사랑과 결혼을 따로 생각할 수 없다. 힌두 사회에서 여성들에게 주어지는 가장 신성한 의무는 결혼 전까지 순결한 몸을 유지하는 것이다. '처녀', '순결'을 뜻하는 '꾸마리'라는 단어를 가운데 이름으로 많이 끼워 넣는 것도 그 때문이다. 육체적 접촉이 전혀 없어도 연애를 하는 것은 '완전한 순결'을 다치게 한다.

이제 저 모퉁이만 돌면 '에코'다. 대타협이 필요한 시점이다.

"역시 세상에 대한 시각이 많이 다르군요. 확실히 다른 나라 사람들이긴 한가 봐요. 이래서 요즘 젊은이들이 세계 곳곳을 돌며 새로운 경험을 하고 싶어하죠. 이야기 너무 즐거웠어요. 아무튼 우린 더 많은 대화가 필요한 것 같네요."

횡설수설.

짧은 미소와 눈인사를 나누고 돌아서려다 다시 디빠를 불렀다.

"그런데 요즘 결혼하자고 졸라댄다는 그 남자 말예요. 부모님도 그 사람 알아요? 당신 마음은 정해졌어요?"

"부모님이 알 필요도 없어요. 그 사람은 제 타입이 아닌 걸요. 그럼 저녁에 봐요."

혼자 돌아오는 길에 여우비가 한두 방울 듣기 시작했다. 이마에 떨어진 굵은 빗방울이 잘게 부서져 콧잔등으로 튀었다. 상쾌하다.

내 고운 당신들

"이 PD님, 그거 모르셨어요?"

정여 씨가 귀띔해준 내용은 조금 충격적인 것이었다. 어디꺼리 씨와 아마가, 그러니까 디빠의 부모님이 사실은 카스트의 장벽을 뛰어넘어 결혼한 부부라는 제보. 그 드물다는 '인터 카스트_inter-caste' 결혼을 감행한 커플이 바로 눈앞에 있었다니…….

저녁 식사를 마치고 어디꺼리 씨 부부의 침실 겸 거실에서 버찌를 까먹고 있을 때였다. 야간 근무에 걸린 디빠를 제외한 온 식구가 빙 둘러앉아 3개 국어로 담소를 나누던 중, 아마가 이제야 생각났다는 듯 유리 수납장에서 사진첩 네댓 개를 부산스레 빼들고 왔다. 손바닥만

왼쪽에서 두 번째. 결혼 전, 20대 초반 간호사 시절의 아마. 사진 속의 저 아리따운 여인이 내 마음을 잠시 설레게 했다. 아름다움은 시공을 초월하고 세속의 규범을 뛰어넘는다.

한 크기의 때 묻은 가족 사진첩. 그 속에는 진기한 볼거리들이 가득했다. 막내 아사의 코흘리개 유치원 시절 사진, 방글라데시에서 유학중인 둘째 딸 '죠띠' 양의 사진, '아로미'('개구리 왕눈이'의 여자친구)를 빼다 박은 디빠의 갓난아기 적 사진……. 하지만 단연 정여 씨 부부와 나의 눈길을 사로잡은 건 디빠 부모님의 젊은 시절 모습이었다. 어디꺼리 씨는 예나 지금이나 훤칠한 키에 세련된 콧수염이 돋보이는 전형적인 미남. 아마……, 아마는 예와 지금의 격차가 퍽, 매우, 너무, 컸다. 실례인 줄 알면서도 이게 정말 당신이 맞느냐고 몇 번이나 물어볼 수밖에 없었다. 며칠 전에 알아낸 아마의 이름은 '럭스미'. 20대 초반, 간호사 시절의 럭스미 양은 문자 그대로 '절세미인'이었다. 네팔의 '완소녀'로 불렸어도 무방하다 싶을 정도다. 늘씬한 몸매에 잡티 하나 없는 구릿빛 피부, 젊은 시절의 메릴 스트립을 연상시키고야 마는 갸름한 얼굴과 매끈한 이목구비……. 맞은편에서, 지금은 영락없는 40대 중반의 아줌마로 변신한 럭스미 씨가 발개진 얼굴 위로 연신 삐져나오는 웃음을 삼키고 있었다.

정여 씨가 두 사람의 결혼에 얽힌 놀라운 '비하인드 스토리'를 제보한 것은 앨범 한쪽에 꽂힌 '단 한 장의 결혼사진'을 발견했을 때였다. 한 시골 마을의 의료 봉사 프로그램을 계기로 거침없이 시작된 두 분의 사랑은 애초부터 위험한 것이었다. 어디꺼리 씨의 카스트는 브라만 중에서도 높은 신분에 속하는 '바훈', 아마는 브라만과 체뜨리_크샤트리아에 이은 평민 계층 '바이샤' 출신이었다. 집안과 마을 공동체의 서슬 퍼런 반대에 굴하지 않았던 어디꺼리 씨는 5년간의 힘겨운 연애 끝에 아마를 아내로 맞이할 수 있었다. 하지만 이들의 결혼은 끝내 신랑 측의 냉대와 무시 속에 치러졌다. 결혼 후 오랜 세월이 지나서야 아마는 남편의 마을로 초대를 받게 되고, 시부모님과 마을로부터 며느리로 인정받을 수 있었다고 한다. 그 축복받지 못한 결혼식을 담은 한 장의 사진 속에서 새색시 럭스미 양은 환하고 수줍게 웃고 있

축복도 하객도 없는 결혼식. 하지만 아마에겐 이날이 생에서 가장 행복한 날이었다고 한다.

었다.

"단예밧, 럭스미." (여보, 고마워요.)

어디꺼리 씨가 부엌에서 식사를 마치거나, 아마로부터 차를 건네받을 때 자주 하는 말이다. 이 부부의 내력을 알고 난 지금, 저 '고맙다'라는 말 속에 담긴, 어디꺼리 씨 자신도 미처 모를 수 있는 의미들을 생각해본다. '그때 많이 힘들었죠? 나랑 결혼해 줘서 고마워요', '항상 그때처럼 날 믿고 지탱해줘서 고마워요', '그때보다 많이 늙고 뚱뚱해졌지만 변함없이 당신을 사랑해요…….'

며칠 전, 이 집에 있는 또 한 쌍의 커플이 부부싸움을 제대로 한 판했다. 초저녁 무렵부터 기운이 심상치 않았다. 산간 마을 아이들의 몸무게 측정을 위해 또 한 번 옴팡진 산행을 하고 돌아온 정여 씨가 방으로 들어서자마자 그대로 바닥에 뻗어버렸다.

"오빠, 나 너무 힘들어요. 일주일에 두 번씩 이걸 어떻게 해요……. 내가 산 타려고 온 산악인도 아니고……."

"제이, 네팔에 산이 많은 걸 어떡해요. 힘들어도 조금만 참아요. 얼마 안 있으면 금방 적응될 거예요."

'제이'는 승복 씨가 정여 씨를 부르는 애칭이다. 울먹이던 어조의 제이 씨가 갑자기 발끈했다.

"또 시작이다. 오빠는 내 편이 좀 되어줘요. 힘들어서 하는 투정인데 왜 매일 날 가르치려고만 들어요? 내가 애도 아니고, 힘들다고 당장 그만두겠어요?"

아무리 사랑하는 사이라도 이렇게 감정의 타이밍이 맞지 않을 때가 있다. 일단 작은 균열이 생기면 그 틈을 사이에 두고, 지나간 상처와 불만들의 찌꺼기까지 끌어 담아 평행선을 그으며 달리게 된다.

"맞아요! 내가 달라진 거예요. 예전에 오빠가 그랬잖아요. 내가 하고 싶은 말이 있어도 참고만 있으면 답답하다고요. 그래서 섭섭한 게 있으면 오빠가 답답해지기 전에 먼저 말하려고 노력하는 거예요."

저녁 식사를 마치고 부엌에 둘만 남게 되자 잠시 막아뒀던 감정이 더 거칠게 터져 나왔다. 옆에서 숨죽이고 돌아가는 카메라도 전혀 의식하지 않았다.

"그런데 너무 많이 달라진 것 같아요! 나는 대화를 했으면 좋겠다고 한 거잖아요. 근데 제이는 지금 싸우자는 식이잖아요."

어릴 적 우리 아버지는 부부싸움에 임할 때마다 잘 차린 밥상을 마당으로 투척해주셨고, 어머니의 까만 파마머리를 한 움큼씩 뽑아주셨다. 그런데 버선띠와 빌 바둘은 싸울 때도 높임말을 쓴다. 서로에 대한 존경의 태도를 습관화시키고, 가급적 싸우는 횟수를 줄여보기 위해 전략상 존댓말을 쓰는 커플이나 부부들은 많다. 그러나 돌이킬 수 없는 싸움이 발발하고, 감정이 뒤죽박죽 헝클어져버리고 난 뒤까지 높임법을 유지하기란 정말 쉽지 않다. 그것도 살을 맞대고 사는 부부 사이에. 어쨌든, 싸움은 싸움이다.

"오빠 말을 듣고 내 성격을 바꾸려 하는 건데, 그게 또 싫다고 하는 거잖아요 지금. 그럼 나더러 어떻게 하라는 거예요?"

사랑싸움을 많이 해본 사람은 알 것이다. 이렇게 한번 겉돌기 시작하면 정말 두 사람 다 '미치고 환장하는' 지경까지 가기 십상이다. 미치고 환장한 상태에서 절제력을 잃으면 유리컵과 화분이 날아가고, 심지어 대형 냉장고까지 쓰러지기도 한다. 그러나 승복 씨 부부는 그렇게 자제력이 부족한 사람들도 아니고, 낭비벽이 심한 사람들도 아니다.

"잠깐만, 제이는 카메라를 너무 의식하는 거 같아요. 그거 아니에요? 그것 때문에 나한테 지기 싫어하는 거 아니에요?"

"제가요? 어떻게, 어떻게 저한테 그런 말을 할 수 있어요?"

이런 싸움에서는 항상 누군가가 먼저 '선'을 넘어야 한다. 잠시 뒤면 다 후회할 말들이지만, 그렇게 해야만 일단 싸움을 멈출 수 있다. 그렇다고 누가 이기고 지는 게 아니다. 정여 씨가 받은 엄청난 상처 때문에 조금 뒤면 승복 씨의 마음이 찢어지게 아릴 것이다.

정여 씨가 두 눈 가득 눈물을 머금고 1층으로 내려갔다. 잠시 벽에 기댄 채로 한숨을 몇 번 내쉬던 승복 씨도 겸연쩍은 미소만 잠깐 지어 주고는 신혼방으로 따라 들어갔다. 아무리 다큐멘터리라지만 이쯤에선 '컷'이다. 신혼방은 부부의 성역이거니와 더 이상의 촬영은 사족이다. 의미심장하게 닫혀 있는 방문을 밖에서 잠시 촬영하고 카메라도 순순히 일과를 마감했다.

걱정 같은 건 전혀 들지 않았다. 오히려 부러웠다. 순전히 내 경험 상의 얘기지만, 많이 싸울수록 더 깊이 사랑하게 된다. 할퀴고 쓰다듬고, 멍들게 하고 찜질해 주며 서로의 의미를 끊임없이 재인식하는 것. 나도 그런 사랑을 다시 시작하고 싶다, 는 청승맞은 생각만 들 뿐. 그리고 승복 씨 부부에겐 철칙이 하나 있다. 무슨 일이 있더라도 그날의 부부싸움은 그날 해결할 것! 자정을 넘기기 전까지 꼭 화해할 것! 평행선이 다시 만나기 위해선 가끔 이런 장치가 필요하다. 너무 사랑하지만 조만간 또 싸우게 될 것을 아는 노련한 커플들의 선견지명, 혹은 열 띤 싸움을 더 열띤 사랑으로 둔갑시키는 연금술!

내일 아침 승복 씨는 이불을 함께 개며 정여 씨에게 이렇게 말할지도 모른다.

"제이, 나랑 결혼해줘서 고마워요……."

짧은 이별, 긴 설렘

2006년 3월 30일, 햇볕, 따갑도록 쨍쨍했음

기어이 설사가 나고 말았다. 자나 깨나 '물조심' 하라고 디빠가 몇 번이나 말했건만……. 따블릿 마을에 갔을 때 얻어 마신 물 때문인 것 같다. 언뜻 봐도 끓이지 않은 '자연산' 물 같았지만, 목도 말랐던 데다 눈앞에서 도저히 사양할 수가 없었다. 물을 한번 길어오려면 그 가파른 산길을 한참이나 더 올라가야 하는 마을에서 귀한 손님들이 왔다고 내어온 물이었다. 가벼운 몸살 기운까지 이끌고 10분에 한 번꼴로 화장실을 들락거려야 하는 존재의 성가심이란…….

이틀 뒤면 1차 촬영을 마치고 서울로 돌아간다.

이런 마음을 어떻게 말로 풀어 쓸 수 있을까. '문득' 찾아온 것 같기도 하고 '마침내' 시작된 것 같기도 한, 내 마음 속 새로운 '운동'.

밥 생각이 없었다. 집으로 돌아오자마자 솜이불 두 겹을 푹 뒤집어 쓰고 새우가 됐다. 그래도 저녁은 먹어야 한다는 아마의 집요한 권유를 뿌리치느라 꽤 애를 먹었다. 몇 시간 전 '두꾸찹' 이라는 또 다른 산간 마을에서 촬영을 하다가 카메라를 놓고 땅바닥에 누워버렸다. 극심한 오한과 고열과 두통이 뒤엉켜 탈진 상태가 된 몸을 도저히 가눌 수 없었다. 졸지에 응급 환자 신세가 되어, 마을 주민들의 건강을 보살피러 갔던 간호 보조사들이 교대로 나를 간호해야 했다. 카메라 두 대가 흩어져 동시에 돌아가도 모자랄 판에 애꿎은 선배가 마을 곳곳을 혼자 뛰어다니며 죽을 고생을 했다. 며칠 전의 무리한 산행 때문에 한쪽 다리가 성치 않은 선배였다.

'똑똑똑⋯⋯.'

아마가 기어이 쟁반 가득 밥을 담아온 게 아닌가 겁이 났다. 자는 척하고 이불을 내리지 않았다.

"걘, 많이 아파요?"

디빠?

오후 근무를 마치고 방금 돌아온 디빠가 조심스레 문을 열고 들어왔다. 원래 별 볼일 없는 꼴이지만 이런 초췌한 꼴까지 보여주긴 싫다, 고 해서 고개를 안 내밀면 이상한 꼴까지 될 것이다.

"Oh, good evening……!" (이제 와요? 꼴이 말이 아니죠……?)

"다들 저녁 먹는데 당신이 안 보여서 물어 봤었어요. 촬영하다 쓰러졌다면서요?"

좀 부풀려진 얘기지만 애써 정정하진 않았다. 일어나 앉을 힘도 없어서 어색하게 웃으며 눈만 멀뚱거렸다. 바로 이때였다. 디빠가 조용히 내 머리맡으로 다가와 몸을 기울였다. 그리고 내 이마에 그녀의 손이 와 닿았다.

촉감. '외부의 자극을 피부 감각으로 느끼는 일, 또는 그런 느낌.' 사람의 피부에는 여러 종류가 있다. 어떤 것이 이마에 와 닿았을 때의 느낌과 팔뚝에 와 닿았을 때의 느낌은 퍽 다르다. 이마. '얼굴의 눈썹 위로부터 머리털이 난 아래까지의 부분.' 얇은 피부가 단단한 얼굴뼈와 맞닿아 있는 신체 부위다. 이마를 만지는 것은 살갗과 얼굴뼈를 함께 만지는 것이다. 그리고 얼굴뼈 안에 있는 뇌를 밖에서 어루만지는 것이다. 이마를 만지는 것은 '그 사람'을 만지는 것이다. 누군가 내 이마를 만질 때 내 전체가 고스란히 그의 손 안에 담기는 듯한 느낌을 받게 된다. 그리고, 누군가의 손이 이마에 얹혀질 때 콧잔등을 타고 손바닥의 냄새가, 그 사람의 냄새가 생생하게 전달된다.

지금까지 내 이마를 만진 사람은 몇 명일까? 고향에 계신 어머니, 지금은 이 세상에 없는 아버지, 얼굴이 기억나지 않는 초등학교 양호 선생님, 질풍노도 학창 시절의 은사님들, 내가 옮겨 다닌 동네들의 친절한 약사 몇 분, 5년 전에 헤어진 여자 친구……. 그리고 오늘,

디빠가 '나'를 만졌고, 나는 가무스름한 디빠의 손 냄새를 맡았다.

"열이 많아요. 약은 먹었어요?"

디빠가 2층에서 인도산 감기약 두 알과 물 한 컵을 가지고 왔다. 끙끙대며 일어나 앉아 약을 삼키고 목마른 이등병처럼 꿀꺽꿀꺽 물을 들이켰다. 물이 들어가니 갈증이 더 심해졌다.

"물 더 마실래요?"

디빠가 물을 가지러 다시 2층으로 올라간 사이의 1분. 오랜만에 행복감이 몸 구석구석에 들어차는 기분이었다. 설렘으로 마음이 자꾸 간지러웠다.

"내일 떠나기 전까진 많이 좋아져야 할 텐데……. 언제 다시 와요?"

물을 건네준 디빠가 침대 맡에 다소곳이 내려앉으며 말했다.

"글쎄요. 2차 촬영이 4월 말이나 5월 초로 잡혀있는데, 그때는 내가 못 올 지도 몰라요. 미스 장_선배 PD이 혼자 올 수도 있고, 나 말고 다른 사람과 같이 올 수도 있어요."

친구의 눈썹을 그려주고 있는 디빠. 그녀를 감싸고 있는 저 햇살의 아우라처럼, 사랑의 느낌
은 저녁 호수의 안개처럼 언제나 신비스럽게 우리 안에 스며든다.

사실이면서 사실이 아니었다. 2차 촬영의 스태프가 확정되지 않았지
만, 이날 저녁 내 마음은 이미 정해졌다. '디빠, 꼭 다시 올 거예요.'

"내가 못 오면 당신이 한국으로 놀러 와요."

이땐 정말 그럴 수도 있을 거라고 생각했다.

"그래요. 전화만 해요. 후훗."

내 촬영 수첩 한쪽에 디빠가 휴대전화 번호와 이메일 주소를 적고
있을 때 아마가 들어왔다. 고개를 든 디빠의 얼굴에 흠칫하는 기색이
역력했다. 아마와 내가 쥐꼬리만한 영어와 네팔어에 손짓 발짓을 섞
어 안부를 묻고 대답하는 사이, 디빠는 슬그머니 방을 나가 2층으로

올라갔다. 괜스레 어색하고 미안한 기분이 들었다.

처음 온 나라, 네팔에서의 2주가 끝나고 맞는 마지막 밤. 해발 1,300미터의 찬 밤기운이 솜이불 새로 스며들었지만, 참 달고 편안한 잠을 잤다. 사이사이 드나들었던 꿈속에서 디빠의 얼굴이 잠깐 스쳤던 것 같기도 하다.

4월 2일, 봄기운 살랑살랑

상하이에서 잠을 설치고 인천공항에 도착하니 아침 9시 경이었다.

3월에서 4월로 건너뛴 한국은 사방에서 넘실대는 알찬 봄기운으로 들떠 있었다. 노란 개나리들이 아파트 단지를 에워싸고 있었고, 여의도의 벚꽃 봉오리들이 따스한 봄 햇살 속에서 금세라도 터질 듯 부풀어 있었다. 의류 매장들은 봄 신상품들을 세일로 밀어내며 여름을 호출하고 있었다.

조금 낯설다. 태국이나 유럽 여행을 마치고 돌아왔을 때와 전혀 다른 느낌. '돌아왔다' 기보다는 '잠시 들렀다' 라고 해야 할 것 같은……. 지금 나에게 돌아가야 할 곳은 한국이 아니다. 2주 전 한국에 두고 떠난 것들보다 더 많은 것들을 그곳에 두고 온 것일까.

어제 오후, 1차 촬영을 마감하는 빌 바둘과 버선띠의 인터뷰를 끝

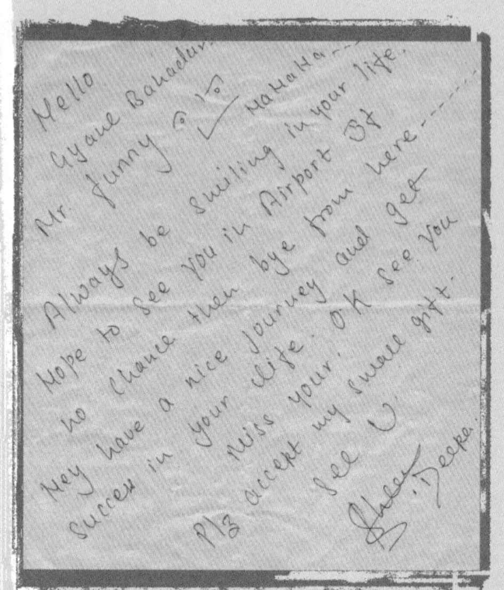

내고 방으로 돌아왔을 때 보라색 포장지에 싸인 조그만 선물이 침대 위에 놓여 있었다. 바느질로 'NEPAL'을 새겨 넣은 천 지갑과 정사각형으로 반듯하게 두 번 접은 분홍색 쪽지. 쪽지 안 하얀 면에 검정 볼펜으로 쓴 몇 줄의 글.

언제나 재밌는 남자, 걘 바둘 씨.

당신 얼굴에 앞으로도 늘 웃음이 가득하길 바라요. 이따 공항에 나갈 수 있으면 좋겠는데, 사정이 안 되면 이게 작별 인사가 되겠네요. 잘 돌아가요. 그리고 당신 인생에서 꼭 성공을 이루길 빌어요.

제 작은 선물을 받아주세요.

다시 볼 수 있기를……

디빠

네팔 1차 테이프 #48

0020 │ 옷감 가게, 디빠와 함께 네팔 옷감 고르는 정여

(주황색 옷감을 몸에 대보며) 정여 / 검은 건 오늘 못 사겠다. 없나 봐요.

(디빠 몸에 대보며) 디빠가 하니까 예쁘다. 나한텐 너무 튀는 거 아닌가.

(다른 것 가리키며) 오히려 저런 은은한 색, 그냥 한국적인 걸로……

엄지와 검지로 되감기와 재생 버튼을 분주히 눌렀다. 이렇게 수동 구간 반복 재생을 네댓 번쯤 했을까. 선배가 내 뒤를 지나는 바람에 재빠르게 빨리 감기 버튼을 눌렀다.

4월 12일, 벚꽃 눈 '초속 5cm'

여의도에 분홍색 눈이 내린다. 2차 촬영이 한참 뒤로 연기될 것 같다. 외교통상부는 네팔에 대해 여행 경보령을 내렸고, 카트만두의 한국 대사관은 네팔에 체류 중인 한국 여행자들에게 출국령을 내렸다. 며칠 전부터 네팔은 나라 전체가 일촉즉발의 비상사태에 놓였다.

독재정치를 해온 갸넨드라 비르 비크람 국왕의 하야를 요구하는 네팔 야당과 학생들의 총파업과 시위가 10일까지 닷새째 이어졌다. 정부의 강경진압으로 희생자가 잇따르면서 네팔 정정이 예측 불허 상태로 치닫고 있다.

네팔 정부는 주·야간 통행금지령을 선포했으나, 시위대는 이를 무시하고 10일에도 수도 카트만두 곳곳에서 시위에 나섰다. 정부군과 경찰은 최루탄과 고무탄환을 쏘고 시위대를 곤봉으로 때리며 강경진압을 계속했다. 지난 주말 보안군의 발포로 동부 바네파와 서부 포크하라 등에서 최소 3명이 숨졌다. 〈BBC〉는 통행금지령을 어긴 사람에게는 발포해도 된다는 명령이 네팔 경찰에 내려졌다고 전했다. 시위대도 정부 건물을 공격하고 타이어에 불을 붙여 바리케이드를 만든 뒤 경찰을 향해 돌을 던지며 맞섰다. 〈AP통신〉은 지금까지 800여명의 야당 지도자와 시위대가 체포됐다고 보도했다.

2006년 4월 11일자 한겨레 신문

온라인 뉴스의 사진 속에서 한 청년이 의식을 잃은 채, 사람들의 발에서 벗겨진 신발들이 흩어진 거리에 널브러져 있었다. 청년의 몸으로부터 흥건한 피가 진홍빛 실개천을 이뤄 흘러나오고 있었다.

정부에서는 시위 확산을 막기 위해 그나마 잘 터지지 않던 휴대전화 서비스를 중지시켰다고 한다. 지난 10년간 정부와 유혈 게릴라

고대 왕조의 신전과 사원들이 모여 있는 더르바르 광장의 밤. 마오이스트 공산주의자들이 힌두교의 신성한 의식에 쓰이는 붉은 염료로 공산당의 기호인 낫과 망치를 그려놓았다. 힌두교와 공산주의의 어색하고 절묘한 만남.

전을 벌이며 네팔 국토의 40%를 장악한 마오이스트_모택동주의자 공산 반군도 전투를 멈추고 이번 파업과 시위에 동참하고 있다고 했다. 아무래도 네팔의 현대사를 다시 쓸 대규모 민주화 항쟁으로 번질 조짐이다.

디빠로부터 메일이 왔다.

아직도 감기와 설사 기운이 남아있다니 걱정되네요.

여기서처럼 음식을 너무 많이 먹지 말아요. 당신의 위는 휴식이 필요

해요.

알고 있나요? 며칠 전부터 네팔에선 연일 격렬한 시위가 벌어지고

있어요.

통행금지령이 내려 병원에도 못 나가게 됐어요.

덕분에 이제야 당신한테 메일을 쓸 시간이 생겼네요……. ^^

많은 사람들이 거리에서 다치거나 죽고 있어요. 정말 슬픈 일이에요.

(걱정 말아요. 바깥출입을 마음대로 할 수는 없지만 우린 모두 무사

해요.)

빌 바둘과 버선따는 네팔에 계속 남아있기로 결정한 것 같아요.

이 모든 사태가 하루 빨리 해결되길 바랄 뿐이에요.

당신의 장난기 가득한 얼굴과 웃음이 그립네요…….

빨리 나아요. 안녕…….

내가 그곳에 없어서 미안했다.

4월 20일 아지랑이 가물가물

2차 촬영은 5월 말 즈음에나 떠날 것 같다. 승복 씨 부부의 자원봉

사 허니문이 7월 중순에 끝나니 굳이 서둘러 떠날 이유도 없다. 일정

도 불확실하고 공백이 길어서 당분간 프로덕션에서 나와 다른 일을 하고 있기로 했다.

네팔의 민중 항쟁이 정점을 향해 치닫고 있다. '새벽 2시부터 밤 8시까지'라는 이상한 통행금지령이 내려지고 '위반 즉시 사살'하라는 명령을 받은 군경들이 거리에 배치됐지만 갸넨드라 왕의 하야와 민주화를 요구하는 시위대는 계속 거리로 나서고 있다.

어제까지 모두 열 명이 보안군의 발포로 목숨을 잃고 수천 명이 다치거나 체포됐다.

4월 26일 바람 바람 바람

가끔 한강을 걸어서 넘는다. 양화대교 위로 불어오는 시원한 강바람에 머리칼이 제멋대로 흩날리는 기분이 참 좋다. 그래서 이런 날은 꼭 집을 나서기 전에 머리를 감고 오랜만에 린스까지 하려고 노력한다.

오늘 아침, 네팔로부터 반가운 소식 두 개가 날아왔다.

19일간 이어진 네팔의 '피플 파워'가 14명의 시위대들이 흘린 피 위에서 마침내 승리를 거뒀다. 갸넨드라 네팔 국왕은 25일 국민들의 민주화 요구 시위에 굴복, 2002년 5월 해산한 의회_하원를

복원하겠다고 밝혔다. 25일 20만 명이 참여하기로 예정된 시위는
'승리의 행진'으로 변모했으며, 평화적으로 진행됐다. … 중략 …
새로 구성되는 의회의 주요 의제는 헌법을 다시 구성하기 위한
선거를 실시하는 것으로 왕의 권력을 줄이고 군주제를 폐지할 전
망이다.

4월 26일자 서울신문

그리고 디빠에게 두 번째 메일이 왔다.

잘 지내죠?
우리 가족은 무사해요. 빌 바둘과 버선띠도 잘 있어요.
또 답장이 늦어서 미안해요. 이곳 사정이 그러니 이해해줘요.
알아요? 어제 저녁부터 이곳 상황이 극적으로 나아지고 있어요!
당신이 우리를 위해 기도해줬고 그 기도를 신이 들어주셨나 봐요.
제발 웃지 마세요. 농담으로 하는 말이 아니니까. ^^
많이 바쁜가 봐요. 하지만 바쁘다고 나까지 잊으면 안 돼요. 알았죠?
안녕. 곧 볼 수 있기를……

메일 끝에 'E-Card'로 연결되는 하이퍼 링크가 있었다. 클릭! 미리
디자인된 갖가지 카테고리와 메시지의 카드들을 골라 발송해주는 네
팔 웹사이트. 디빠가 날 위해 고른 카드의 카테고리는 '그리움_Miss U'

이었고, 제목은 '당신이 떠난 후_Since U Left' 였다. '당신이 떠난 뒤에 내 마음을 글로 옮겨보려고 했지만 끝내 알맞은 말을 찾을 수가 없었어요. 당신이 너무 보고 싶다는 말밖에는…….' 관계자가 아닌 타인에게는 극도의 닭살, 관계자에게는 극도의 설렘을 유발하는 정통 클래식 로맨스 멘트. 물론 웹사이트 관계자가 연구하여 만든 말이다. 중요한 건 카드 아래 디빠가 직접 쓴 한 줄의 문장이었다.

이봐요……. 정말 당신이 그립답니다.

한강 위로 반짝이는 물비늘이 유난히 눈부시다. 시원한 바람이 내 몸 안팎에서 몰려다닌다. 물비늘을 스치고 올라온 물 냄새 그득한 강바람, 그리고 내 마음 속에 부는 새콤달콤한 바람, 바람, 바람.

6월 7일 초여름 햇볕 촘촘

내일 아침 8시 방콕행 비행기.

일주일 전, 프로덕션으로부터 기다렸던 호출을 받고 2차 촬영을 준비했다. 이번엔 나 혼자 간다. 지난번 고산지대_따블릿 마을 아동 영양 프로그램을 촬영하다 탈이 난 선배의 다리가 아직 완쾌되지 않았다.

이번 다큐멘터리의 진액을 뽑아와야 하는 2차 촬영에 나만 혼자 보내는 게 미안하고 불안한 선배의 마음을 편하게 해주려고 애를 썼다.

66일이 지났다.

짧은 이별이었고, 긴 설렘이었다.

카트만두에서 제일 바쁜 여자

카트만두로 돌아온 첫날, 당연히 나는 두 달 사이에 달라진 것들을 포착하느라 분주했다. 몬순 기후의 우기로 접어든 6월의 카트만두. 질척거리는 골목길마다 고인 작은 빗물 연못, 시장통 좌판 위에 두서없이 쌓여 있는 수동식 1단 우산들, 바람에 실려 다니는 장마철 시골의 물비린내, 그리고 내 키보다 훨씬 더 커진 디빠네 집 앞 텃밭의 옥수수들······.

가장 큰 변화는 정여 씨의 네팔어 실력이었다. 6월의 정여 씨는 승복 씨가 없는 부엌에서 아마와 네팔어로 도란도란 얘기를 주고받고 있었다. 카메라를 들고 있어서 눈을 비벼댈 수는 없었지만, '괄목상대' 라는 말은 이럴 때 쓰라고 있는가 보다. 정여 씨는 정말 이곳에서 '산' 것이다. 아닌 게 아니라 2개월 사이, '버선띠' 는 카트만두에서 제일 바쁜 여자가 돼 있었다.

"사실 처음엔 딱히 시키는 일도 없고 해서 뭘 해야 하나 굉장히 난감했었어요. 그런데 자원봉사라는 것이 꼭 어떤 주어진 일만 하는 게 아니라, 이쪽 기관의 활동을 평가하고 개선해야 할 점, 필요한 프로그램을 찾아서 제안하는 것도 중요하단 생각이 들었어요. 그래서 고민 끝에 찾은 게……."

어린이 클럽 아이들의 거리 공연이었다. 노래면 노래, 춤이면 춤, 아이들의 주체할 수 없는 끼와 재능을 맘껏 분출시킬 수 있는 자리를 만들어주고 싶은 정여 씨의 욕심이었다. 내친 김에 공연 수익금으로 어린이 클럽을 위한 펀드를 조성하자는 야심까지 더해졌다. 미술 시간마다 열 명의 아이들이 4B 연필 두 자루를 서로 돌려가며 스케치를 해야 하는 여건이 줄곧 정여 씨의 마음을 무겁게 눌렀다고 한다. 그럼 거리 공연에 입장료라도 받을 건가요?

"입장료 같은 건 물론 없고요. 그날 제가 한국 깨경단을 만들어서 공연을 보러 온 사람들한테 팔 거예요. 민주화 시위 때문에 집안에 갇혀 지낼 때 재미삼아 경단을 만들어봤는데, 여기 가족들이 너무 맛있다고 난리가 났었어요, 하하. 그때 디빠가 '거리에 내다 팔아도 되겠

다' 라고 농담으로 한 말이 이번 '경단 프로젝트' 의 아이디어가 된 셈이죠."

나는 경단을 먹어본 적이 거의 없다. 원래 떡을 싫어하는 데다 경단은 고급스럽고 비싼 떡에 속한다. 그리고 대개의 경단은 달디 달다. 밋밋한 도넛도 달아서 안 먹는 나한테는 쥐약이다. 네팔 사람들은 애어른 할 것 없이 단것을 좋아한다. 생계를 위한 밥 외에 군것질로 해먹거나 사먹을 수 있는 게 별로 없어서일까. 설탕이 네팔에서 누리는 인기는 대단하다. '미타이_일명 '스위트' 라는 게 있다. 네팔 사람들이 생일이나 결혼처럼 좋은 일이 있는 날에 선물로 주고받으며 나눠 먹는

고품격 주전부리다. 경단처럼 생긴 흰 떡도 있고 도넛처럼 생긴 과자도 있다. 떡을 깨무는 순간 입안 가득 진한 설탕물이 넘쳐흐르고, 과자를 삼키는 순간 설탕 가루가 입안을 점령해 정신을 혼미하게 만든다. 정여 씨는 경단에 꿀을 잔뜩 바른 뒤 깨를 촘촘하게 입힐 거라고 했다. 꿀이든 설탕물이든, 얼마나 많이 바르느냐가 관건일 것 같다.

퇴근한 승복 씨가 반가움에 나를 안으려다 카메라를 들이대자, "이것도 찍어요?" 하며 겸연쩍게 팔을 거둔다. 그리고 잠시 후, 뻐꾸기 초인종이 울리더니 2층으로 올라오는 귀에 익은 슬리퍼 소리가 콩닥콩닥 내 귀에 울렸다. 그쪽을 돌아보지도 않고 계속 촬영을 하고 있는 의뭉스러운 내 옆구리를 디빠가 쿡 찌르고 지나갔다. 66일 만이다.

"공항에 마중 나갈 사람이 없어서 걱정했어요. 시간만 맞았으면 내가 나갔을 텐데. 그래도 병원 옥상에 올라가 비행기가 잘 착륙하나 지켜봤어요, 후훗."

이런 농담보다 더 기쁜 건 오늘부터 내가 디빠의 옆방을 쓰게 됐다는 사실이다. 1차 촬영 후 우리가 떠나자 두 딸들은 원래 자기들이 쓰던 1층 방으로 내려왔고, 나는 지난번에도 묵었던 그 옆방을 그대로 쓰게 된 것이다.

"갠, 오늘부터 잠이 잘 안 오겠네요?"

"네? 뭐, 그거야, 뭐……."

부모님도 계신 자리였다.

"내가 코를 좀 심하게 골거든요. 풋."

한 방 먹었다. 두 달 사이 디빠의 유머 감각도 많이 발전했다.

복수는 아니었다. 인터뷰가 그렇게 길어질지 몰랐다. 다시 만난 빌 바둘과 버선띠의 인터뷰를 위해 조명 기사가 필요했다. 네팔의 형광등 아래에서 촬영을 하면 화면이 파르르 깜박인다. 동남아시아의 다

른 나라들에서도 비슷한 경험을 했다. 빛의 주파수 문제인 것 같은데, 카메라 설정을 바꿔봐도 해결이 안 돼서 결국 따로 조명을 쓰기로 했다. 조명의 높이와 방향, 각도를 조절해서 승복 씨와 정여 씨의 얼굴에 떨어지는 빛을 최적화시킨 지점에서 '얼음!'을 유지해야 했다. 도와줄 사람은 디빠 밖에 없었다. 촬영이 끝나고, 한 시간 반 동안 얼음을 유지한 디빠의 손목에 사과와 경의를 표했다.

"정말 미안해요. 조만간 꼭 맛있는 거 사줄게요. 약속할게요."

"생각해 보죠. 뭘 먹어야 하나……?"

간지러워할 필요 없다. 이런 건 작업의 정석에도 못 낄 것이다.

경단 프로젝트 외에도 정여 씨가 벌인 '큰일'이 하나 더 있었다. 문맹 여성들을 위한 네팔어 교실. 네팔 여성들의 60% 이상이 네팔어를 읽고 쓰지 못 한다. 모국어를 읽고 쓰지 못 한다 해도 '생존'은 할 수 있다. 내 할머니도 그

무허가 빈민촌에서 온 늦깎이 학생들. '가난'과 '여자'라는 굴레를 오롯이 감내하며 살아온 애달프고 어여쁜 당신들. 세상의 모든 어머니들……

렇게 살다 가셨다. 정여 씨는 어느 날 한 여성에게서 생존 너머의 고통을 목격했다고 한다.

"저희가 사는 집에서 가끔 일손이 모자랄 때 일을 도와주고 가는 이웃 아주머니가 한 분 계세요. 어느 날 남편이랑 저랑 둘만 집에 있는데 누가 문을 세차게 두드려서 나가보니 그 아주머니인 거예요. 다급한 목소리로 아마를 찾으시더라고요. 지금 없다니까 얼굴이 일그러지시더니 디빠는 언제 오냐고 묻는 거예요. 이유를 물었더니, 다짜고짜 '아이들 학교에 가야 한다' 라는 말만 되풀이하시는 거예요. 아주머니가 한참을 발만 동동 구르다 돌아간 다음에야 짐작이 되더라고요. 학교에 가서 선생님을 만나 상담을 하려면 글이라도 읽을 줄 알아야 하는데……! 그 생각을 하니까 마치 내 일인 양 마음이 먹먹해지더라고요."

정여 씨는 '빠떤' 지역에서 가장 가난한 사람들이 모여 사는 빈민촌을 직접 찾아갔다. 갠지스 강으로 이어진다는 성스러운 '바그머띠' 강가에 벽돌을 쌓고 함석판을 올려 지은 무허가 빈민촌. 네팔 말로 '수꿈바시_sukumbashi, 빈민가' 라고 불리는 이 마을 여성들 대부분이 문맹이었다. 가난과 남성 중심주의 탓에 초등학교도 졸업하지 못한 아주머니들을 일일이 만나며 열 명의 지원자를 모았다.

토요일을 빼고 매일 오후 4시부터 6시까지. 강사는 어디꺼리 씨의 '에코'에서 일하는 간호 견습생 중 한 명인 '천더 구룽' 양이 맡았다. 천더는 지난 3월 촬영 중 내가 실신하듯 땅바닥에 몸을 놓았을 때 나를 간호해준 후로 '갠 다이_갠 오빠' 라고 부르며 살갑게 나를 따르는 스물두 살의 참한 아가씨다. 정여 씨의 역할은 그날그날 수업에 필요한 잡다한 업무 지원과 칼 같은 출석 체크. 이웃 마을 누구네 결혼 잔치가 있어 품팔이를 하러 갔다는 식의 결석 사유도 자세히 적는다. 수업이 시작되면 정여 씨도 아주머니들 틈에 끼여 학생이 된다. 듣고 말하는 만큼 네팔 글자를 읽고 쓰는 실력도 키우고 싶은 학구열이 발동했다. 수업 후 천더와 함께 그날 수업과 아주머니들 개개인의 학업 성취도를 꼼꼼히 체크하는 것도 빼먹지 않는다.

매주 월, 수, 금 오전 정여 씨는 러건켈 시장에 들러 장을 본다. 일주일에 세 번, 수업이 끝난 뒤 아주머니들에게 감자, 당근, 토마토 등의 찬거리를 나눠드리고 있다. 남의 집에서 품을 팔거나 집안 살림을 챙기느라 바쁜 아주머니들의 출석률을 높이기 위한 '생계형 인센티브!' 그렇다고 화, 목, 일요일의 출석률이 저조한 일은 좀처럼 없다고 한다.

토요일 아침 5시 30분. 바깥 날씨가 화창하다. 정여 씨는 제발 비가 오지 않게 해달라고 밤새 빌었을 것이다. 어제 저녁 늦게까지 진행된 아이들의 최종 리허설도 썩 괜찮았다. 이제 남은 일은 네팔 사람들의 혀끝을 사로잡을 꿀맛 경단 만들기. 아마와 정여 씨가 밀가루를 반죽한다. 조금 늦잠을 잔 승복 씨가 합류해 동그랗게 경단을 빚는다. 막

내 아사가 빚어진 경단들을 뜨거운 물에 담가 쪄낸다. 찐 경단에 꿀을 바르고 미리 볶아둔 깨를 탐스럽게 입히는 건 디빠의 몫. 아이들에게 나눠줄 4B 연필과 스케치북이, 그것들로 그려질 아이들의 작은 소망들이 달콤한 냄새를 가득 풍기며 차곡차곡 비닐봉지에 담긴다.

네팔 비닐봉지에 담긴 달디 단 코리아 깨경단 6개가 '뻔드라_15' 루피.

우리 돈으로 220원.

청혼을 한다는 것

"그래요, 당신이 보고 싶다는 얘기였어요."

도착한 지 3일째 되던 날 아침에야 단둘이서 얘기할 시간이 생겼다. 디빠는 아침 식사를 준비해야 하는 아마를 대신해 혼자 약국을 지키고 있었다.

"하지만 누군가를 그리워하는 게 그 사람을 사랑한다는 뜻은 아니잖아요……."

…… 그랬다. '그립다' 라는 말이 우리가 주고받은 '표현_表現, 생각이나 느낌 등을 언어나 몸짓 등의 형상으로 드러내어 나타냄' 의 전부였다. 더 내밀한 감정의 묘사 따위는 없었다. 내가 먼저 더 표현을 하고 싶은 걸 몇

번이나 꾹꾹 눌러 참았었다. 섣부르게 마음을 드러냈다가 후회를 한 적이 한두 번이 아니다. 누군가와 특별한 관계를 맺고 싶을 땐 적시가 도래할 때까지 참고 기다려야 한다.

두 사람이 서로를 그리워할 때, 그 그리움들 사이엔 본인들도 모르는 넓은 공터 혹은 바다가 존재한다. 아는 선배 중에 술만 취하면, "야, 사람들 사이에 섬이 있는데, 난 그 섬에 가고 싶단 말이야."라고 주정을 부리는 사람이 있는데, 이 섬이 위치한 곳이 바로 저 바다다. 두 사람 사이, '감정의 아전인수'가 더해질수록 그 바다는 점점 넓어진다. 아직 나는 디빠와 나 사이에 놓여 있는 바다의 넓이를 가늠할 수가 없다. 한국과 네팔의 거리만큼, 제법 분방한 사회에서 태어나고 자라 감정 표현에 익숙한 30대 초반의 남자와, 굳게 닫힌 사회에서 보수적인 신분으로 태어나 마음 노출이 쉽지 않은 20대 중반의 여자가 서 있는 거리만큼, 대화가 필요하고 이해의 노력이 필요할 것이다.

"전에 나한테 결혼하자고 졸라댄다던 남자 기억나요? 그 사람 얼마 전에 결혼했어요. 남자들이란 왜 그런 거죠?"

따끔하다. 디빠가 그를 좋아하지 않았다 해도, 상처와 불쾌와 혐오감을 주기에 충분한 사건이다. 이 사건과 우리 사이에 어떤 함수관계가 있을까 잠시 헤아려보았다.

"그리고 나, 몇 주 뒤면 방글라데시로 갈지 몰라요. 좋은 학교에서 간호학을 더 공부해서 학사 학위를 따고 싶은데, 삼촌이 있는 영국으론 못 가게 됐어요. 동생이 다니는 방글라데시 대학교에 원서를 넣었어요. 2, 3주 후에 입학 허가가 나오면 바로 가야 해요.”

…… 가면 2년이 걸릴 거라고 했다. 미국으로 가고 싶지만, 비싼 학비와 생활비를 혼자 해결해야 하는 게 두렵다고 했다. 답답함과 단호함이 뒤섞인 표정으로 디빠가 말했다.

“아무튼 여길 벗어날 거에요. 여기선 아무 것도 할 수 없어요.”

방글라데시라……. 미국보다, 영국보다, 더 멀게 느껴진다.

그녀가 간다. 하고 싶은 얘기, 듣고 싶은 얘기가 참 많은데…… 더 곁으로가고 싶고, 더 가까이 와줬으면 좋겠는데……. 그녀가 간다. 방글라데시로 가도 만날 수는 있겠지만, 2년간 그녀와 나의 관계는 ‘유예될’ 것이다. 그녀는 낯선 땅에서 아예 마음을 걸어 잠글지도 모른다. 그럴 수 있는 사람이다. 그녀에게 내 마음을 다 보여주지 못했고, 그녀의 마음을 온전히 들여다보지도 못했다. 모든 것들이 불확실한데, 그녀가 간다…….

정오를 넘기면서부터 내리쬔 햇볕에 아침나절에 내린 소나기가 바짝 말라버렸다. 까페 ‘Third World’ 의 4층 테라스. 힌두교 사원과 신전들이 모여 있는 옛 왕궁터 ‘빠떤 더르바르_Patan Durbar’ 광장의 뒷골목에 숨은 곳. 나는 진한 밀크

언젠가부터 내가 사랑하는 쉼터가 된 디빠네 집 앞 담벼락. 내 못난 고단함, 외로움, 그리움을 따뜻하게 보듬어주던 햇살, 바람, 풀 냄새. 그녀와 나 사이의 작은 섬.

커피를, 디빠는 환타를 주문했다. 한 시간 전부터 이어폰을 꽂고 햇살 찰랑이는 집 앞 담벼락에 기대앉아 디빠를 기다렸다. 오전 근무를 마치고 돌아오면 만나기로 약속했었다.

오후 세 시. 다시 카메라를 들기 전까지 한 시간이 남았다.

"디빠, 그 학사 공부 말인데요……. 한국에서 하는 게 어때요? 한국에도 간호학 학사 과정이 있는 좋은 대학들이 많거든요. 한국말을 다시 배워야 하는 게 문제겠지만, 외국 학생들을 위한 어학 과정도 잘 갖춰져 있고, 또 한국말 배우는 게 어렵진 않을 거예요. 네팔어랑 여러모로 비슷하거든요. 빌 바들 봐요. 네팔 말 금세 배워서 아주 잘하잖아요. 그리고, 내가 있잖아요……. 그러니까 내 말은, 음……. 내가 무슨 말을 하려는지 알겠어요?"

디빠가 고개를 끄덕였다. 의외로 담담하고 침착한 표정이었다. 짐작 과는 달리 나 또한 홀가분하고 편안한 기분에 감싸였다. 이렇게 나는 이국의 한 아가씨에게 내 생애 첫 청혼을 감행했다.

"불가능하다는 거, 당신도 알잖아요."

모른다.

"우린 너무 다른 세상에서 살아 왔어요."

그래서?

뭔가 모를 시름이 있을 때면 늘 등을 굽히고 고개를 떨어뜨리던 디빠. 내겐 한없이 애틋했던 그녀의 옆모습.

"우리 부모님이 절대 허락하지 않을 거예요. 그리고……."

"디빠, 너무 이르고 갑작스러운 일이라는 거 알아요. 미안해요. 하지만 어쩔 수 없었어요. 나한테 주어진 시간이 많지 않은 걸요. 이것만 물어볼게요. 나를 좋아하지 않는 거예요?"

'나를 좋아하나요?' 라고 물을 용기는, 나지 않았다.

"그건 아녜요."

"당신보다 너무 나이가 많은 건가요?"

이런 못난 자격지심, 자기방어. 디빠가 어이없다는 듯 웃는다.

"왜 그런 생각을 하죠? 절대 아니에요."

"그럼, 내가 힌두교인도 아니고 카스트도 없는 한국 사람이라서 곤란한 거예요?"

"얘기했잖아요. 난 그런 거 상관없어요. 하지만 아빠가 절대 허락하지 않을 거예요."

이번엔 내가 어리둥절한 낯으로 웃었다. 어머니도 아니고 아버지? 지금껏 겪고 관찰한 바에 의하면, 디빠의 아버지는 내가 네팔에서 만난 가장 합리적이고 개방적인 사람이다.

"누구보다 아빠를 잘 아는 사람이 저예요. 전 그분의 맏딸이잖아요. 엄마는 항상 끝에 가선 아빠의 뜻을 따를 수밖에 없고요."

그래도 선뜻 받아들일 수 없는 이유다. 합리적이고 개방적인 데다, 나한테 너무도 살갑고 자상하게 대해주시는 분이다. 아무리 브라만 출신이지만 종교나 카스트를 이유로 딸의 사랑과 결혼을 훼방할 사람이 아니다, 라는 생각과 기대를 접기엔, 너무 일렀다.

"그럼 이렇게 하죠. 내가 오늘 한 얘기를 아버지께 그대로 전하세요. 아버지의 반응과 의견에 따를게요!"

일종의 '베팅'이었다. 승률이 3분의 2는 될 거라는 믿음이 깔린. 디빠는 몇 분 동안 속으로 무언가를 곱씹고, 삼키고, 채비를 하는 것 같았다.

“네, 그럴게요……. 하지만 지금 당장은 힘들어요. 나한테 시간을 좀 주세요.”

승복 씨는 약속대로 노크 한 번에 일어나 나의 야간 무단 외출을 도와줬다. 방금 잠이 들었다 깬 모양이다. 며칠 사이 승복 씨 부부는 나의 은밀한 지지자들이 되었다. 1차 촬영 때부터 무슨 냄새를 맡았는지, “디빠, 괜찮지 않아요?”, “이 PD님, 파이팅!” 이라는 농담을 심심찮게 했던 그들이다. 이틀 전, 나는 정여 씨에게 기어이 실토를 하고 말았고 정여 씨가 나의 허락을 받은 뒤 승복 씨에게 전달했다. 온종일 붙어 지내다시피 하는 정여 씨에게 진실을 감추는 게 힘들었고, 여자의 마음을 여자에게 물어보고 싶었다. 디빠를 위한, 심야의 ‘깜짝 병원 방문’ 을 제안한 것도 정여 씨 부부였다. 승복 씨는 정말 맛있는 피자집을 알고 있으니 그 집 피자를 꼭 한 판 사서 가라며 터멜_여행자 거리에 있는 한 이태리 음식점의 약도까지 상세히 그려줬다.

11시 30분. 잠시 누워 있는다는 게 잠이 들어버려 피자는 못 사게 생겼다. 한밤의 골목길엔 희미한 달빛과, 거짓말 같은 완전한 정적만이 흘렀다. 그리고 예상대로 밤을 되찾은 개들이 어둠과 고요의 바다 속을 점령하고 있었다. 갑작스럽고 유일한 영상과 소리의 출현에 길에 넙죽 엎드려있던 개들이 고개를 쳐들고, 떼를 지어 이동하던 개들이 일제히 걸음을 멈추고, 곳곳에서 가만히 푸른 눈빛을 발하던 개들이 더 푸르게 날이 선 눈을 희번덕였다. 돌아갈까 잠시 망설였다. 태국의 ‘꼬 사멧’ 이라는 섬에서 개떼한테 물려본 적이 있어서 안다. 이럴 땐 멈춰서거나 쭈뼛거리면 안 된다. 당당한 걸음으로 거침없이 나아가야 한다. 그리고 나에겐 카메라라는 좋은 무기가 있다. LCD 모니터의 발광으로 녀석들에게 겁을 준다. 그래도 발광하듯 덤벼드는 놈이 있다면 냅다 후려친다. 그런데 이 시간에 택시가 있을까?

있었다. 크리슈나 신전 앞에 조용히 웅크리고 있는 불 꺼진 택시, 인도산 800cc 흰색 '마루띠 스즈끼'. 시트를 젖히고 새우잠이 든 기사를 깨우기 위해 창문을 두드렸다. 야간 교대로 나온 사람이 아니다. 돈 많은 업자에게서 임대한 택시 안에서 일을 하고 잠을 자는 거리의 유목민이다. 에어컨도 나오지 않는 차 안에서 온종일 카트만두의 유명한 무더위와 먼지, 교통 체증에 시달린 흔적이 얼굴 가득 묻어 있다. 이 시간에 황인종 손님이라……. 의아함과 반가움이 뒤섞인 표정이다. 캔 유 테이크 미 투 카트만두 메디컬 칼리지? 예스, 카트만두 메디컬 칼리지, 예스 예스. 투 헌드레드 루피즈, 오케이? 음, 쓰리 헌드레드. 노우 웨이! 오케이, 투 헌드레드 피프티! 오케이, 렛츠 고우. 250루피, 삼천사백 원의 기쁨에 부푼 택시가 어둠 속을 덜컹거리며 달렸다.

외국에서 졸지에 동물원 원숭이 신세가 돼본 사람들은 많겠지만, 자정을 넘긴 이국의 병원 응급실 앞에서 동물원 침팬지 신세가 돼본 사람은 없을 것이다. 디빠가 5층 정형외과 병동에서 내려오는 사이, 나는 벤치에 앉아 응급실을 찾은 환자와 가족들, 의사와 간호사들, 경비 직원들, 기타 등등의 네팔 사람들에 둘러싸인 채 그들의 뜨거운 관심과 시선을 받아줘야 했다. 네팔에 '화제집중'

이나 '세상에 이런 일이' 류의 TV 프로그램이 있다면 당장 취재진이 몰려올 만한 사건이라는 뒤늦은 깨달음이 뒤통수를 두드렸다. 이상하게 생긴 한국 남자가, 반바지에 티셔츠 차림으로, 엄청나게 큰 방송용 카메라를 들고, 네팔 간호사를 만나러 병원을 찾아왔다. 자정이 넘은 시각에!

"당신 미쳤어요?"

디빠의 생각도 다르지 않았다. 화제의 주인공이 나타나자 사람들이 더 가까이 몰려들었다. 영어가 짧아서 나한테 미처 던지지 못한 질문들이 디빠에게 날아들었다. 디빠의 곤혹스러운 얼굴을 보고 있기가 힘들었다.

"미안해요. 그냥 카트만두의 밤 풍경을 찍으러 나왔다가 잠시 들른 거예요.

예전에 병원으로 한번 놀러오라고 했잖아요."

"여긴 한국이 아니에요. 내가 얼마나 난처해질지 생각 안 해봤어요? 그리고 카트만두에서 이 시간에 바깥을 돌아다니는 건 정말 위험한 일이라고요. 당신이 집에 없는 걸 엄마 아빠가 알면 걱정돼서 잠도 못 이루실 거예요."

할 말이 없다. 화가 가라앉길 기다리는 수밖에 없다. …… 풀릴 기미가 보이지 않는다. 돌아가야겠다. 벤치에서 일어나 "갈게요."라고 말하려는 순간, 디빠의 표정이 바뀌었다.

"내가 일하는 곳 보고 갈래요? 5층까지 걸어 올라가야 해요."

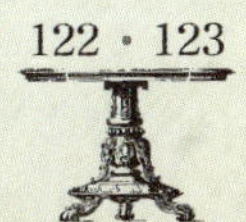

‘25인실’ 쯤 될까. 입원 환자들과 가족들이 뒤섞여 잠들어 있는 대형 병실 두 개. 형광등 불빛이 눈이 부시게 환한데도 모두 깊은 잠에 곯아떨어져 있었다. 당직 의사와 동료 간호사까지 소개받은 뒤, 병동 뒤편에 있는 한갓진 테라스로 나왔다. 할 말이 있어서 온 것이다.

“아버지한테 아직 말 안했죠?”

벌써 닷새가 지났다.

“힘들면, 내가 대신 말할까요?”

“아뇨. 당신이든 나든, 말 안하는 게 나을 것 같아요. 절대 허락하시지 않을 거예요. 그렇게 되면 촬영이 아직 끝나지 않은 당신도 불편해질 거 아니에요.”

그렇다면 얘기는 다시 원점으로. 무엇이 디빠를 이토록 두렵게 하는 걸까. 하지만 촬영에 지장이 생길 수 있다는, 지극히 일리 있는 지적이 나를 뜨끔하게 했다. 요 며칠 새 이 문제 때문에 나도 적잖이 괴로웠다. ‘좋은 프로그램 제작’이라는 본연의 임무를 망각하고 사적인 욕망을 좇는 ‘나쁜 PD’의 전형이랄 수 있었다. 이래저래 계획의 수정이 필요했다.

“방글라데시에서 입학 허가가 나오면…… 갈 거예요?”

“가야겠죠. 나한텐 선택의 여지가 없는 걸요.”

그렇다면, 나도 선택의 여지가 없다.

“마지막 제안 하나만 들어줘요. 빌 바둘과 버선띠가 돌아가고 나도 한국에서 모든 일을 다 끝내면 7월 안으로 돌아올게요. 그 사이 생각도 좀 더 하고, 훨씬 자유로워진 상태에서 다시 만나 얘기해요. 그때까진 어디로도 떠나지 않겠다고 약속해줘요. 결국 방글라데시로 가게 되더라도 그 정도의 지연은 가능하지 않나요? 부탁할게요. 그것만 약속해줘요."

디빠는 고개를 난간에 얹고 눈을 감은 채 한참을 생각했다. 그리고 천천히 고개를 끄덕였다. 결의를 담은 끄덕임인지, 마지못한 끄덕임인지 알아채기 힘들었지만 그건 그리 중요하지 않았다. 모든 게 무척 촉박하고, 적잖이 애매하게 흘러왔다. 지금부터라도 서두르지 않고, 무리하지 않고, 합리적인 속도로, 함께 가는 게 중요하다.

인적 없는 계단을 말없이 내려오다 2층 언저리에서 디빠의 오른쪽 어깨를 살짝 토닥여줬다.

"기운 내고, 웃어요."

"네, 그럴게요……."

디빠는 병원 정문까지 나를 배웅해줬다. 경비들이 수시로 열고 잠그는 큰 미닫이 철문을 사이에 두고, '카트만두 의료 전문학교 부설 병원' 간호사가 단호하게 말했다.

"다른 곳으로 가지 않고 바로 집으로 가겠다고 약속해요. 너무 위험한 시간이에요."

"예스, 마담!"

s·e·a·s·o·n #01

그녀에게 장난기 가득한 윙크를 한 뒤, 택시를 잡기 위해 길을 건넜다. 예상 대로 아까 그 유목민 기사가 택시 밖에 서서 내게 손을 흔들었다. 택시를 타려다 말고 흘깃 뒤를 돌아다봤다. 힛, 철문 사이로 여전히 이쪽을 주시하고 있는 디빠가 보였다. 힘껏 손을 흔들며 소리 없이 크게 입 모양을 만들었다.

"안녕, 나 정말 집에 가요! 내일 봐요!"

카트만두의 밤은 위험하고 정겹다.

13

떠나갈 때 이야기하는 것들

내일이면 서울로 다시 돌아간다. 방에서 혼자 그동안 녹화한 테이프들을 정리했다. 93권의 테이프들. 삼천 칠백 이십 분. 선배가 기겁을 할 것이다. 유능한 PD라면 20권 정도로 충분했을 것이다. 그런데도 94권 째 테이프를 뜯고 말았다. 두 사람이 남기고 간 빈자리들이 자꾸 눈에 채이고 마음에 밟혔다. 밤마다 모기장 속에서 수다를 떨던 싱글 침대 두 쪽, 정여 씨의 다채롭고 실험적인 요리가 승복 씨의 경탄과 트림을 자아내던 부엌, 화창한 휴일이면 부부가 나란히 쪼그려 앉아 참방참방 손빨래를 하던 옥상 빨래터, 정여 씨가 나른한 햇살 아래 기대앉

힌두교인들이 그들의 소망과 지원을 담아 물에 띄우는 촛불과 붉은 꽃잎. '부디 안녕히 가세요', '그 사람의 병을 낫게 해주세요', '그 사람이 저를 사랑하게 해주세요……'

아 콧노래를 흥얼거리며 승복 씨를 기다리던 집 앞 담벼락……. 그리고 한동안 토요일이면, 갑자기 사라져버린 버선띠 선생님의 피아노 소리와 빌 바둘 선생님의 고함 소리가 아이들의 마음을 알알하게 할 것이다.

나는, 어떤 빈자리를 남기고 떠나는 걸까?

오후 1시 30분 발 방콕행 비행기. 늦어도 11시에는 집을 나서야 했다. 9시 30분. 짐을 다 싸고 어제 저녁에 쓴 짧은 편지를 다시 읽고 있

s·e·a·s·o·n #01

었다. 똑똑. 나를 배웅하기 위해 출근을 늦춘 어디꺼리 씨가 카메라를 들고 서 있었다.

"걘 바둘, 디빠가 지금 출근해야 된대. 헤어지기 전에 사진 한 장 찍어주려고. 괜찮아?"

촬영 차 네팔 동부의 산악 마을 '떼라툼'에 다녀온 후 디빠를 거의 보지 못했다. 어쩌다 한번 마주쳐도 가벼운 인사만 주고받았다. 나를 대하는 그녀가 편치 않아 보였고 나 역시 그랬다. 둘 다 서로에게 어쩔 수 없는 미안함 또는 부담을 느끼고 있었다. 방글라데시로부턴 아직 아무 소식이 없었다. 애매하고 모호한 시기였다.

애매하고 모호한 포즈로 사진을 찍은 뒤 디빠를 잠시 배웅했다.

"선물, 고마워요."

어깨에 메는 귀여운 수제 천 가방. 어젯밤 디빠가 2층에 있는 사이 그녀의 침대 위에 놓고 나왔었다.

"다음에 더 예쁜 거 사줄게요. 그럼, 갔다 올게요."

"…… 잘 가요. 건강 잘 챙기고요."

담벼락에 기대, 타박타박 멀어져가는 그녀를 바라봤다. 좁고 가녀린 어깨가 살며시 처져 보였다. 옥수수밭 모퉁이를 돌아나갈 때, 디빠가 길 쪽으로 휘어져 나온 옥수수잎 한 장을 톡 하고 뜯었다. 그리고 내 시야에서 사라지기 직전, 그 잎을 허공으로 휘리릭 날렸다. 그녀는 어떤 마음으로 날 보내고 있을까?

"초라, 2층으로 잠깐 올라올 수 있어? 마지막으로 차 한 잔 마실 시간은 있지?"

어디꺼리 씨는 2차 방문 초기부터 나를 '초라_아들'라고 부르기 시작했다. 갠 바둘 초라. 그리고 자신을 '부바_아버지'로 부르라고 권유했다. 1차 방문 때부터 디빠의 어머니를 '아마_어머니'라고 불렀으니, '부바'라는 호칭이 간지럽거나 이상하진 않았다. 다만, 디빠에게 청혼을 한 후로 그녀가 함께 있을 땐 그 호칭을 쓰지 않으려 했다. 모든 손님을 가족으로 생각하는 네팔의 문화지만, 디빠에게 쓸데없는 부담을 줄 수도 있을 것 같았다. 그런데,

차를 마시다 문득 예기치 못한 고민에 휩싸였다. 지금이 디빠 아버지의 의사를 가늠할 수 있는 절호의 기회라는 생각이 머릿속을 찔렀다. 촬영은 모두 끝났다. 가능한 한 빨리 돌아오겠다고 했지만, 그게 언제일지는 장담하기 힘들었다. 돌아와도 어차피 디빠가 아버지에게 직접 얘기하긴 어려울 것 같았다. 승복 씨 부부가 떠나고, 디빠와 아사까지 부재중인 집안은 어느 때보다 조용하고 평화로웠다. 10시. 한 시간밖에 남지 않았다.

"부바, 긴히 말씀드릴 게 있는데, 저한테 잠깐 시간 좀 내주시겠어요?"

아마는 특히 내가 하
는 영어를 거의 알아듣
지 못한다. 부바가 눈짓
으로 물었다.

　'아마는 빼고?'

　끄덕끄덕.

　'옥상으로 갈까?'

　끄덕끄덕.

　죄송스러운 마음에 아마와 눈을 마주치지 못하고 방을 나왔다.

　옥상 중앙에 낮고 작은 나무 의자 두 개가 놓였다. 찌든 때가 빠지
지 않은 디빠의 흰 병원 가운이 빨랫줄 위에서 하늘거리고 있었다. 느
릿느릿 기어가는 뭉게구름이 따가운 햇살을 잠시 가려줬다. 마음이
편안했다.

　"당신의 딸을 사랑하고 있습니다."

햇살 부서지던 날들

'…… 지난 번에 당신이 말했죠. 삶은 따로따로 흐르는 강이라고.
난 당신과 함께 흐르고 싶은 거예요.'

사랑한다면 카메라를 버려라

당신에게 내가 얼마나 큰 짐과 혼란을 주고 있는지 알아요.
하지만 난 이쯤에서 당신을 놓고 싶지 않아요.
당신이 내 유치한 농담에 천진하게 웃는 소리가 좋았어요.
당신이 세상에서 단 하나뿐인 영어로 내게 말하는 게 좋았어요.
당신이 그 어눌하고 귀여운 모양으로 내 앞에서 걷는 게 좋았어요.
당신이 얇고 예쁜 손으로 내 못난 이마를 만지는 게…….

지난번에 당신이 말했죠. 삶은 따로따로 흐르는 강이라고.
난 당신과 함께 흐르고 싶은 거예요.
잘 지내요.

내 옆방, 당신의 문 앞에서, 언제나 나를 쳐다보며 수많은 말들을 걸어주었던, 당신의 작고 고운 슬리퍼가 무척 그리울 거예요.

그날 옥상에서 내려와 집을 나서기 전, 디빠의 침대 밑에 살그머니 떨어뜨리고 온 편지. 한 달 하고 나흘이 지났다. 카트만두는 인도양이 한껏 불어 보낸 몬순의 더위와 장마 속으로 깊숙이 들어와 있었다. 열흘 전, 폭염과 폭우가 거짓말처럼 번갈아 쏟아지던 날 디빠를 만났다.

앞이 안 보이는 장대비 때문에 약속 시간을 30분이나 어겼었다. 맞으면 아픈, 그런 비였다.

"당신, 정말 오고 말았군요."

크리슈나 사원 뒤, 두 달 전 내가 청혼을 감행했던 '제3세계'의 테라스. 그녀가 오랜만에 건넨 첫인사에 마음이 잠시 아렸다. 올 수밖에 없었다. 내 삶을 송두리째 다시 쓸 각오까지 했는데, 한 번 더 오는 게 뭐가 대수인가.

"떠나던 날, 당신 아버지한테 말해 버렸어요. 미안해요."

당신의 딸을 사랑하고 있다고 고백하기 전, 누구에게도 말하지 않겠다는 부바의 약속을 받았었다. 특히 디빠에겐 절대 비밀로 해달라고 부탁을 했다. 내 청혼에 대한 당신의 응답과 관계없이 절실한 전제조건이었다. 그리고 당신의 의사를 확인한 다음에 더 절실해진 약속이었다. 그날 우리가 나눈 옥상 회담은 내 인생에서 가장 스릴 넘치고 극적인 경험으로 길이 남을 것이다.

"누구? 아사?"

부바는 처음에 무척 당황스러워했다. 그래도 그렇지, 내가 어찌 6학년 아사를 사랑할 수 있겠는가.

"오, 미안. 디빠겠지. 그렇지. 음……. 정말?"

나는 에두르지 않고 핵심만 얘기했다.

네, 사랑합니다. 그래서 청혼했습니다. 방글라데시로 가지 말라고 했습니다. 한국으로 같이 가서 원하는 공부를 마치고 네팔로 돌아오자고 했습니다. 디빠는 당신이 절대 허락하지 않을 거라고 했습니다. 나는 당신이 그럴 분이 아니라고 했습니다. 그래도 디빠는 당신이 그럴 분이라고 주장했습니다. 부바, 당신 생각이 궁금해요.

눈에는 눈, 가슴에는 가슴. 부

바도 거침없이 핵심만 얘기했다. 내가 그렇게 꽉 막힌 '네팔 아버지'
가 아니란 거 잘 알잖아. 디빠한테도 늘 얘기했어. 그 애가 사랑하는
사람이라면 미국인이든, 일본인이든, 기독교인이든, 이슬람교인이든
상관없다고. 다만, 디빠가 공부를 다 마치면 네팔에서 내가 하는 일을
이어받아 우리 네팔 사람들을 위해 봉사하며 살길 바라네. 그게 내 희
망 사항의 전부야. 딸의 사랑과 결혼에 훼방 놓을 생각 전혀 없어. 아
마가 조금 문제가 될 순 있을 거야. 나와는 다른 전형적인 '네팔 어머
니'니까. 하지만 결국 럭스미_아마도 딸의 의지를 꺾진 못 할 거야. 모

든 게 디빠의 진심과 결심에 달렸어.

감격적이고 행복한 반전이었다. 아마와 함께 택시 앞까지 배웅을
나온 부바가 마지막 포옹을 나누며 귀엣말로 속삭였다.

"초라, 빨리 돌아와."

빨리 돌아오기 전에 한국에서 해야 할 일들이 무척 많았다. 테이프
94권 분량의 프리뷰 노트 작성, 영어 인터뷰 번역 등 프로덕션에서 주
어진 마지막 임무를 수행했다. 나를 아껴주는 사람들을 찾아가 특별
인생 상담을 받았다. 한국에서의 신혼 생활과 네팔에서의 새로운 삶
을 그려보며 준비물들을 하나씩 어림하고 체크했다. 가장 중요한 준
비물은 내 안의 각오였다. 여태껏 한국에서 누리고 쌓아왔던 많은 물
질들, 사람들, 어렵게 시작해 나름대로 야무진 야심을 키워온 PD라는
직업까지. 그 모든 것들을 미련 없이 뒤로할 채비가 돼 있어야 했다.
그리고 경주로 내려가 어머니를 만나야 했다.

엄마, 나 결혼하고 싶은 사람 생겼는데, 아직 그쪽에서 마음을 정
한 건 아니지만, 청혼해도 되지? 눈데? 네팔 아가씨. 네팔? 거가 어딨는
나란데? 세계에서 제일 높은 에베레스트 산이 있는 나라 있잖아. 그라
머, 베트남하고 가깝제? 아니, 베트남보다 한참 위에 있는 나라지. 가
가 좋나? 응, 좋아. 니가 좋으머 할 수 없제. 응, 그러게……

(한 시간 뒤)

편의점도 아닌데,
365일 일을 하며
사진이라곤 평생 집 앞에서
어정쩡하게 서서 찍은 게 전부인,
울 엄마 옆에
365일 자기 피를 빨아먹어 온
아들놈 먹으라고 만든
시뻘건 딸기잼
어정쩡하게 놓여 있다.

와 하필 네팔이고? 디게 못 사는 나라라믄서? 베트남보다 더 못 산
다믄서? 을매 전에 우엣 마을에 베트남 처녀 하나 시집왔다 아이가. 아
이고, 사는 거 보이 둘 다 고생이드라. 한국에는 아가씨 읍나? 없어. 꼭
가랑 해야겠나? 응. 니가 좋으머, 할 수 없제. 내사 모르겠다……

아직 어머니와 함께 사는 노총각 형이 말렸다. 평소엔 연락 한번

없던 누나들까지 전화를 걸어왔다. 작은 아버지 내외까지 집을 찾아왔다. 그 어색한 관심들 속에서 잠깐 아버지 생각을 했다. 아버지가 살아 있었다면, 즉시 반 죽도록 몽둥이질을 당한 뒤 듣도 보도 못한 곳에 감금됐을 것이다. 아니, 그랬다면 나는 지금과는 전혀 다른 인간이 됐을 것이다…….

평생 술장사와 밥장사로 사남매를 뒷바라지한 어머니의 기사식당. 늘 그랬듯, 영업이 끝난 뒤 그녀와 삼겹살에 소주를 마시고 서울로 돌아왔다. 습관처럼 차비를 챙겨주시며 어머니는, 잘 다녀오라고 했다.

"그래도 전, 당신과 결혼할 수 없어요."

왜? 그토록 그녀의 발목을 잡고 있던 아버지까지 허락을 했는데. 도대체 왜?

"아무래도 우린 너무 다른 세상에서 살아왔어요. 서로에게 적응하는 게 쉽지 않을 거예요. 의사소통도 문제예요. 웬만큼은 영어로 대화를 한대도, 결혼을 하고 함께 사는 데 필요한 세밀한 이해와 소통은 어려울 거예요. 그리고 당신 어머니를 슬프게 하고 싶지도 않아요. 더 신중히 생각해 봐요."

뫼비우스의 띠 안에 갇힌 기분이었다. 한국과 네팔의 간극, 아버지의 반대, 다시 문화와 언어의 장벽……. 하지만 그녀를 더 다그칠 수 없었다. 이제 그녀의 '진심'이 오리무중에 빠져버렸다. 늦었지만 그걸 찾아내 확인하는 수밖에 없었다.

"그래요. 더 신중히 생각해 볼게요."

고등학교 시절부터 알고 지낸 고향 친구 J가 카트만두에 들렀다. 마침 인도를 여행하고 있는 J에게 한국에서 미리 연락을 해둔 터였다. 죽마고우라 해도 무방할 여자 '친구' J에게 그간의 모든 이야기를 털어놨다. J는 디빠를 만나보고 싶다고 했다. 디빠네 가족들에게 알리지 않고 근처의 게스트 하우스에 묵고 있던 내가 부바에게 전화를 했다.

"저 며칠 전에 왔어요. 한국 친구랑 같이 저녁 먹으러 가도 될까요?"

저녁식사 한 번으로 디빠와 J는 너무도 다정한 친구 사이가 됐다. 바로 다음날 J와 나는 디빠네 집으로 짐을 옮겼다. 나는 원래 쓰던 방인 디빠의 옆방으로, J는 승복 씨와 정여 씨가 쓰던 신혼방으로 들어갔다. 일주일 동안 J는 나와 함께 많은 사람들을 만났다. 다시 찾은 CWDC 어린이 클럽의 아이들, 그곳에서 자원봉사자로 일하는 네팔 친구들, 강가 빈민촌의 문맹 여성 교실 아주머니들, '코리안 만체_한국 사람'를 보고 반갑게 말을 걸어오는 저잣거리의 낯모르는 네팔 사람들. 그리고 틈이 날 때마다 J는 디빠와 함께 시장으로, 사원으로, 금붕어처럼 싸돌아다녔다.

디빠가 J의 방에 들어가서 한참 동안 나오지 않고 있다. 마지막 밤이다. 내일 J는 인도로 돌아간다. 10시, 11시, 12시……. 병원 야간 근무를 제외하고 디빠가 자정이 넘은 시각에 깨어있는 일은 절대 없었다. 사방은 열길 물속처럼 조용하고, 건넛방에서 새어나오는 나지막한 두 여자의 대화가 먼, 밤 물소리로 흐르고 있었다. 그 소리를 따라가다 잠이 들었다.

J는 밤을 새워 찾아낸 진실을 나에게 귀띔해주고 떠났다. 곧 마음의 평안을 찾을 거라는 고마운 격려도 남겼다. J의 리포트를 전해들은 뒤, 소란했던 내 마음은 금세 고요해졌다. 모든 욕망과 번민과 계산들이 일거에 내 안을 빠져나갔다. 마술같이 텅 비어버린 마음이 헛헛하고 낯설었다.

그것은 간단하고 명쾌한 일이었다. 디빠는 '순결을 잃은 남자' 와 결혼할 수 없었다. 디빠에게 순결이란, 육체의 그것뿐 아니라 마음의 그것까지 아우른다. 다른 여자와 육체적 관계를 맺은 사람, 다른 여자를 사랑한 적이 있는 사람, 심지어 사랑을 두 번 이상 할 수 있다고 생각하는 사람까지 그녀에게는 모두 순결과 거리가 먼 사람들이다. 미국 남자, 일본 남자, 한국 남자는 열이면 아홉, 그녀가 생각하는 순결을 상실한 사람들이다. 게다가 나는 여러 번의 연애 이력을 그녀에게 친절히 고백해버린 사람이었다.

아무리 멀고 험한 길을 걸어왔어도, 막다른 절벽 앞에선 순순히 발길을 돌릴 수밖에 없다. 아무리 그 사람을 사랑하고 원해도, 내 육체와 정체성을 거절하는 사람 앞에선 하릴없이 돌아설 수밖에 없다. '그렇게 사랑한다면서 어떻게 그렇게 빨리 단념할 수 있어?' 라고 즉각적인 비난을 할 사람도 있을 것이다. 하지만 이런 경우 사랑의 정도와 단념 사이에는 별 상관관계가 없다. 죽을 만큼 사랑했어도 언제 그랬냐는 듯 단념할 수 있다. 아무리 사랑해도 나는 그녀가 될 수 없고, 그녀가 바라는 사람도 될 수 없으니까. 나의 육체와 과거사를 청산하는 일이란 불가능하니까.

내 이마를 만지던 그녀의 손, 내 가슴을 두근두근 가쁘게 했던 그녀의 몸짓과 말과 편지들, 예기치 않은 곳에서 예기치 않은 사람을 사랑해 예기치 않은 삶을 새로 살게 될 것이라는 달뜬 희망들, 옥상에서의 극적인 반전, 한국에서의 각오와 준비, 가여운 내 어머니의 염려와 체념……. 이 모든 것들을 기억의 강 위로 흘려보내야 한다. 마치 '한여름 밤의 꿈' 에서 깨어난 것처럼…….

다만, 약간의 상처는 남는다.

02

안나푸르나 버팔로 반딧불

뽀카라_Pokhara는 네팔에서 세 번째로 큰 도시이자 세계적으로 유명한 휴양 도시다. 해발 8,000미터가 넘는 안나푸르나 히말_Annapurna Himal과 그 너머의 티베트로 오르기 위한 관문 도시어서, 세계 곳곳에서 전문 산악인들과 배낭여행객들이 몰려든다. 카트만두와 같은 분지이면서 고도가 약 850미터밖에 되지 않아, 일년 내내 온화하고 상쾌한 날씨를 누린다. 덕분에 네팔 사람들도 뽀카라를 최고의 휴양지로 꼽는다. 허니문을 떠날 정도로 형편이 괜찮은 네팔의 신혼부부 중 열에 아홉은 이곳을 찾는다. 70~80년대의 한국에서 제주도가 가졌던 위상이랄까. 이 아름다운 신혼여행지로 나는, 실연 여행을 왔다.

에베레스트 산을 비롯해 해발 8,000미터 이상의 봉우리가 14개나 모여 있는, '눈의 거처' 라는 뜻
의 히말라야 산맥. 그 14좌 중 하나인 안나푸르나는 '수확의 여신' 을 뜻한다. '안나' 와 '푸르나' 라
는 모호하면서도 아름다운 두 말이 만나 원초적 노스탤지어를 자극하는 지명, 안나푸르나.

네팔에서 처음 떠나는 여행. 카트만두는 내게 여행지가 아니라
일터이자 거주지였다. 동부 히말라야에서 내려온 비취색 뜨리슐리
_Trisuli 강을 따라 200킬로미터를 내달려온 버스. 창문을 열어젖히고
강 쪽으로 한껏 내민 얼굴, 바로 곁에서 나와 같은 속도로 내처 흐르
던 거침 없는 강물. 이어폰을 꽂은 채 바람을 맞으며 나는 김연우의

s·e·a·s·o·n #02

〈바람, 어디에서 부는지〉라는 노래를 듣고 또 들었다.

힘겹게 사랑한 기억을 싣고 달리는 버스 안. 혼자라는 게, 살아가는 게, 낙인처럼 아픈 상처를 주고받으며, 나를 죄인으로 만들어왔다는 생각에 사로잡혔다. 사정없이 펄럭이는 바람이 눈을 찔러, 찔끔 눈물이 삐져나왔다.

뽀카라에는 크고 작은 호수가 많다. 지명 자체가 호수, 연못을 뜻하는 단어 '뽀카리_pokhari'에서 유래했다. '포카리 진땀'이라는 우리나라의 음료수 이름도 이 '뽀카리'라는 네팔 말에서 따온 것이다. 호수의 도시 뽀카라를 상징하는 거대한 '페와' 호 언저리에 숙소를 잡았다. 2층 테라스에서 호수의 전경이 한눈에 들어오는 '레이크 뷰 리조트_Lake View Resort'. 건너편에 울창하게 우거진 '여왕의 숲_Queen's Forest'을 오롯하게 받아 안은 호숫물이 에메랄드빛으로 반짝이고 있었다. 날이 좋으면 그 잔잔한 에메랄드 호수 위로 해발 7,000~8,000미터에서 고개를 내민 안나푸르나의 설산들이, 희고 흰 히말라야의 장엄을 연출한다고 한다.

이곳에서 나는 무엇을 하고 돌아갈까. 뽀카라에 온 모든 여행객들이 너나없이 하고 가는 안나푸르나 트레킹, '사랑꼬트 Sarangkot' 에서의 일출 구경 따위는 하기 싫었다. 그냥, 지도와 안내 책자를 버리고 목적지 없이 쏘다니고 싶었다. 그래서,

오토바이를 빌렸다. 야마하 125cc 오토바이의 대여료는 퍽 겸손했다. 아침 일찍 나가 저녁 7시까지 돌아오는 데 우리 돈 5천원. 3년 전까지 나의 애마는 250cc 오토바이였다. 2004년 늦가을, 휴직원을 내고 떠난 한 달간의 유럽 배낭여행에서 돌아왔을 때, 4년 동안 나를 반려했던 그 오토바이는 회사 선배의 왼쪽 다리와 함께 안쓰럽게 부서져 있었다.

몇 해 만에 몸을 싣는 두 바퀴에 마음이 둥둥 설렌다. 오토바이는 바람 제조기다. 잠자는 바람을 벌떡 일으켜 세우고, 불고 있는 바람에 신나게 채찍질을 한다. 부릉부릉, 씽씽, 휙휙.

반바지에 민소매 티를 입고 호수의 동쪽 끝으로 내달렸다. 이런 데서까지 헬멧을 쓰는 건 무리이자 '오바' 다. 8월의 따가운 햇살도 호수

아이들에겐 낯선 사람에 대한 두려움이나 경계심 따위가 없다. 고독한 여행의 도처에서 허물없이 나를 반겨준 고마운 코흘리개들.

를 훑고 올라온 시원한 바람 앞에선 맥을 추지 못했다. 바람이 파고든 머릿속엔 아무 기억도, 아픔도 없었다. 시속 80킬로미터의 속도감도 느낄 수 없다. 시간은 정지되고, '이상한 나라의 폴' 처럼 나 혼자 그 안을 천천히 유영하고 있었다.

티베트 난민촌에 들러볼까 싶었다. 50년 전 달라이 라마를 따라 티베트에서 쫓겨나 2대, 3대를 넘기며 네팔 곳곳의 난민촌에서 살아가는 '상실자' 들을 만나보고 싶었다. 그러려다가, 옆길로 새버렸다. 아스팔트 옆으로 꼬불꼬불 감아 내려간 예쁜 시골길이 있었다. 풀 냄새, 물 냄새가 코끝으로 물큰 번져왔다. 1단 기어를 넣고 3분쯤 내려가자

냄새의 진원지가 나타났다.

참방참방, 첨벙첨벙! 발가숭이 아이들이 한판 물놀이를 벌이고 있었다. 넓은 논밭 들녘에 한 줄기 넉넉한 개천이 흐르는 낯익은 시골 풍경. 계집아이들은 얕은 물에서 까르르 물장구를 치고, 사내아이들은 철근에 콘크리트를 입히다가 만 다리 위에서 포효하며 뛰어내리고 있었다. 시골 아이들의 영원한 '캐리비안 베이'. 어릴 적 우리 마을 꼬맹이들의 물놀이도 꼭 이랬다. 물가 자갈밭에 오토바이를 세우고 단숨에 윗옷을 벗어젖힐 수밖에 없었다.

낯선 이방인의 출현에 아이들은 도리어 신이 난 듯했다.

"빠니 치소 차이나?"(물이 차지 않아?)

어느새 나도 이 정도의 네팔어는 할 수 있게 됐다.

"차이나, 차이나! 마띠 아우누스!"(안 차요, 안 차요! 다리 위로 올라오세요!)

다이빙으로 나의 용맹함을 보여 달라는 얘기였다. 용기를 주려는 건지, 겁을 주려는 건지, 몇몇 아이들이 자기가 하는 걸 보라며 고난이도의 포즈로 연달아 다리에서 뛰어내렸다. 물 깊이는 적당해 보였지만 다리 높이가 만만치 않았다. 하지만 이방인에게 부여되기 마련인 이런 통과의례를 생략하고 그 무리에 섞여들긴 힘들다. 죽거나 혹은 아프거나. 나는 한참을 뒤로 물러나서 "얍!" 하는 기합과 함께 힘껏 도움닫기를 했다. 눈을 감고 허공으로 몸을 날렸다. 다행히 아이들은 "엄마!"라는 비명의 의미를 알아듣지 못했다. 풍덩! 무사 합격이다. 자신감과 객기가 마구 솟았다. 2차 시도는 공중 1회전 후 일자로 입수. 얍! 엄마! 풍덩! 대성공! 아이들의 환호성이 푸르른 들녘에 울려 퍼졌다. 너무 우쭐해진 나머지 나는 물속에서 엄지손가락을 치켜세우고 "코리아!"라고 외치고 말았다. "와! 코리아! 코리아!"

기쁨은 잠시, 2차 관문이 기다리고 있었다. 한 아이가 시커먼 버팔로 떼를 데려오더니 물속으로 함께 걸어 들어왔다. 어, 어, 어! 집채만한 덩치에 사나운 뿔까지 달린 버팔로들의 침입에 나는 헛발로 뒷걸음질치며 원초적인 비명을 내뱉었다.

"호이나, 호이나! 메로 사티 어루!" (괜찮아요! 제 친구들이에요!)

내가 가까스로 안전거리를 확보했을 때, 아이는 눈과 코만 물 밖으로 내민 버팔로의 등 위에 올라타 있었다. 팔다리를 뻗고 엎드린 채 두 손으로 버팔로의 뿔을 잡아 흔드는 보너스 동작까지 곁들였다.

"야, 아우누스!" (이리 와 보세요!)

가기 싫다.

"거르누스, 거르누스!" (어서 타 보세요! 어서요!)

옆에 있던 아이들이 내 등을 떠밀고 팔을 잡아끌었다.

"엑친! 거르추, 거르추!" (잠깐만! 할 거야, 할 거라고!)

내가 세상에서 제일 싫어하는 스포츠가 가만히 있는 소 등에 괜히 올라타서 분란을 일으키는 투우다. 하지만, 죽거나 혹은 징그럽거나. 심호흡을 하고 아이가 올라탔던 버팔로 옆으로 다가가 녀석의 눈치를 살폈다. 세상에 완벽하게 무관심한 표정. 엑, 두이, 띤! (하나, 둘, 셋!) 우하하! 엑, 두이, 띤! 우하하하! 정말 간다. 엑, 두이, 띤! 개울 바닥을 박차고, 부력을 이용해 튀어 올라 녀석의 시커멓고 무시무시한 등에 철퍼덕, 올라탔다.

"우와! 코리아! 코리아!"

또다시 아이들의 환호가 터져 나왔다. 그 소리에 버팔로가 놀라 날뛰지 않을까 조마조마했다. 그러나 녀석은 미동도 하지 않았다. 내가 자기 등에 타고 있는 걸 알기는 하는 걸까. 아니면 아주 오래전부터 이 아이들에게 등을 빌려줘

온 터라, 이제는 아무래도 좋은 일상이 된 걸까. 무서웠던 녀석의 등이 금세 편안해졌다. 어느덧 서쪽으로 기울어진 햇살이 개울 위에 긴 물비늘을 드리우고 있었다. 반짝 반짝 반짝……. 아이들의 해맑은 얼굴이 반짝였고, 버팔로의 게으른 눈자위가 반짝였다. 내 마음도 덩달아 반짝거렸다.

마을 입구까지 따라 나온 아이들에게 부셔먹는 라면을 하나씩 들려주고 오토바이를 돌려 나왔다. 바람이 제법 사늘했다. 한 시간 쯤 뒤면 땅거미가 질 모양이다. 거대한 빙수처럼 솟은 안나푸르나를 흘깃거리며 무심히 내달리던 결에 숙소를 그냥 지나치고 말았다. 그러나 유턴을 하고 싶지는 않았다.

여행의 백미는 뭐니 뭐니 해도 '궤도 이탈'이다. 여행이 우리를 설레게 하는 건, 그것이 안전하게 계획된 일탈이기 때문이다. 그러나 혹은 그래서, 출발

후 얼마간이 지나면 여행은 본의 아니게 또 다른 일상이 된다. 그것을 벗어나는 방법은 호시탐탐 새로운 일탈을 기획하는 것뿐이다. 여행이라는 '큰 샛길' 위에서 또 다른 '작은 샛길'들을 쉼 없이 개척하는 것이다.

게스트 하우스와 식당들이 늘어선 호숫가를 따라 북쪽으로 10분을 내달리면 작은 삼거리가 나온다. 그대로 직진을 하면 히말라야의 장엄한 일출과 일몰을 볼 수 있는 유명한 '사랑꼬트' 봉으로 이어진다. 봉우리 바로 아래까지 올라가는 오토바이 드라이브 코스가 일품이라고 숙소의 어린 직원이 아침에 귀띔해 줬다. 택시와 오토바이들이 주저 않고 직진해서 삼거리를 건너가고 있었다. 어느덧 사방으로 스며든 네팔의 저녁 어스름 속에서 나는 좌회전을 했다.

1.5차선의 좁은 아스팔트 길 위엔 아무 것도 없었다. 오른편엔 물기 자욱한

논밭을 품은 낮은 산자락이, 왼편엔 발간 석양이 내려앉기 시작한 호수가 끝없이 펼쳐졌다. 숲, 호수, 노을, 고요. 이렇게 아름다운 저녁을 보는 게 얼마만인가. 이어폰에서 이글스_Eagles_의 〈데스페라도_Desperado_〉가 흘러나왔다. 어디론가 멀리 떠날 때마다 늘 나와 함께하는 노래. 태국 치앙마이의 데스페라도, 라오스 루앙프라방의 데스페라도, 스위스 인터라켄과 헝가리 부다페스트의 데스페라도도 아름다웠지만, 네팔 뽀카라의 저녁 데스페라도는 슬프도록 황홀했다. 눈가에 몇 밀리쯤의 눈물이 스며 올랐다.

아스팔트가 문득 끊기고 비포장 길이 시작됐을 때 세상은 완연한 어둠 속에 들어와 있었다.

'돌아갈까?'

오토바이를 세우고 잠시 망설였지만, 결국 나는 호수의 끝까지 가보고 싶었다. 한 점의 불빛도 없는 울퉁불퉁한 자갈 흙길을 전조등에 의지해 천천히 헤쳐 나갔다. 호수가 피워 올린 안개에 살갗이 축축이 젖어갔다.

거대한 페와 호수의 서쪽 끝을 본 이방인은 많지 않을 것이다. 페와 호와 들판이 만나는 경계에는 광활한 습지가 피어 있다. 빼곡히 자란 풀들을 꺾으러 뛰어들었다간 호수에 흠뻑 몸을 적시게 될 축축한 땅. 오토바이에 기대어 선 채, 이제 달빛이 은은하게 내려앉은 습지와 저 멀리 펼쳐진 어둡고 투명한 호수를 한참 동안 바라봤다. 달의 빛이 만드는 밤 물비늘의 서늘한 따뜻함이란…….

갑자기 아랫배가 아프지 않았더라면, 나는 평생 잊지 못할 이날의 장관을

s·e·a·s·o·n #02

만나지 못했을 것이다. 칠흑 속의 무인지경이었지만 길 위에서 일을 볼 수는 없었다. 습지 가로 가기 위해 비탈길을 살금살금 내려가던 중, 노랗게 몸을 깜박이는 반딧불 한 마리와 마주쳤다. 정말 오랜만에 만난 살아있는 반딧불. 깜박깜박, 깜박깜박. 녀석을 반갑게 쳐다보며 몇 발자국을 더 내려갔을 때 나는―너무나 진부한 표현이지만―쩍 벌어진 입을 다물 수가 없었다.

수천 마리의 반딧불들 속에 홀로 서 있어 본 적이 있는가. 세상의 처음 또는 끝일 것만 같은 어둠 속에서 수천 개의 별 부스러기가 떠다니는 걸 본 적 있는가. 그 환하고 어지러운 군무의 한가운데서 세상이 지독히 아름답다고 느껴본 적이 있는가. 세상이라는 거대한 존재에 대한 가슴 뛰는 사랑을 느껴본 적이 있는가…….

딸랑딸랑, 인기척에 놀라 위를 올려다보니, 어린 소년이 한 무리의 염소 떼를 몰고 집으로 돌아가고 있다. 딸랑딸랑.

세상은 고달프지만 아름답고, 나는 이제 디빠를 잊어야 한다. 나는 디빠를 잊을 것이고, 세상은 여전히 고달프고 아름다울 것이다.

딸랑딸랑, 음매에, 음매에, 깜박깜박, 깜박깜박…….

사랑이 지나가면

뽀카라에서 돌아온 날은 네팔을 떠나기 나흘 전이었다. 8월 27일 오후 1시, 카트만두발 방콕행 비행기.

8월 26일, 짐을 싸다 말고 밖으로 나가 택시를 탔다. 네팔 항공사와 중앙 출입국 관리소를 차례로 방문했다. 내가 서울로 돌아온 날은 그로부터 약 한 달 뒤였다.

2006년 세계에서 '네팔행' 비행기를 가장 많이 탄 사람이 저일 수도 있겠습니다. 3월에 가서 보름, 6월에 가서 한 달을 머문 건 모 방송사의 특집 다큐멘터리 촬영을 위해서였습니다. 프로그램

방송이 끝난, 그러니까 애초의 '볼일'이 모두 끝난 8월, 저는 전혀 새롭고 뜬금없는 목적으로 다시 네팔을 찾았습니다. 평생 잊을 수 없을 한 사람과 그 가족의 마음을 얻기 위해서였습니다.
약 50일간 그곳에 머물렀습니다. '살았습니다'라고 말할 수도 있겠지만, 저는 그곳에서 살 능력도 욕심도 없었습니다. 인생의 일대전환을 꿈꾸며 그곳에 갔지만, 익숙한 '환멸' 앞에서 발길을 돌려야만 했습니다. 그렇게 발길을 돌리려다 그만 새로운 '사랑'을 보아버렸습니다. 아이들. 가난과 인내와 신들에 의해 길들여진 그곳의 아이들. 저와 판이한 인생을 살고 있는, 지나치게 착하고 사랑스러운 그 작은 인간들과 특별한 친구가 되고 싶었습니다.
그 아이들은 저를 '갠 다이'라고 부릅니다. '다이'는 '형, 오빠'라는 뜻이고, '갠'은 제 네팔 이름 'Gyan Bahadur_갠 바하두르, 지적이고 용감한 사람'의 약칭입니다. 'Gyan Bahadur의 한 달 특강'은 그렇게 시작됐습니다.

✽ 블로그 'Lonely Nepal' 머리글 중 (http://disease7.egloos.com)

"젊은 날엔 젊음을 모르고, 사랑할 땐 사랑이 보이지 않았네."라고 젊은 날의 이상은은 노래했지만, 대개의 경우 사랑할 때 보이지 않는 것은 그 사랑이 아니라 다른 사랑, 다른 사람들이다. 사랑의 주술에 걸린 자는 우물 안의 황홀경을 헤엄치기 마련이다. 못다 이룬 사랑이 지나가면, 사람들은 자신이 아주 좁고 배타적인 터널을 지나왔음을 깨닫게 된다. 이제 하릴없이 한산해진 마음과 눈에, 전에는 별스럽지 않았던 풍경과 사람들이 하나 둘 들어오기 시작한다.

내가 어린이 클럽의 아이들에게 그렇게 큰 호감과 정감을 키워왔는지 미처 몰랐었다. 하긴, 아이들은 인류에게 영원히 매력적인 존재들이다. 뽀카라 여행 때문에 한 번 빠졌을 뿐, 토요일마다 클럽을 찾아가긴 했었다. 친구 J는 카트만두를 떠날 때, 나의 권유로 단 한 번 만났을 뿐인 그 아이들과 헤어지는 걸 제일 아쉬워했다. 아이들은 나에게 왜 다시 네팔을 찾아왔는지 묻지 않았다. 왜 이번엔 카메라를 들고 오지 않았는지도 묻지 않았다. 카메라를 들고 빌 바둘과 버선띠를 졸졸 따라다녔을 때나, 정여 씨 부부가 떠난 뒤 카메라도 없이 불쑥 다시 찾아왔을 때나, 아이들에게 나는 한국에서 온 또 다른 '선생님'이었다.

그 선생님 역할을 제대로 한번 해보고 싶었다. 덤으로, 평생 연을 맺고 살아갈 특별한 친구들을 만들고 싶었다. 내가 불혹을 넘어 쉰 살을 바라볼 무렵, 이 아이들은 꽃다운 청춘을 맞을 것이다. 내가 환갑을 넘겨 네팔로 효도 관광을 올 때 즈음, 이 아이들은 자신들 같은 아이들을 둔 중년의 부모들이 되어 있을 것이다. 그러면 나는 이 아이들의 아이들과 또 다시 살가운 친구가 될 것이다. 상상만 해도 흐뭇한 일이 아닐 수 없었다.

이 아이들에게 가장 필요한 수업이 무엇일까? 막연하다. 내가 가

보는 이를 무장해제시키는 저 투명한 웃음들. 아이들은 날마다 내게 새로운 행복을 전염시켰다. 사랑이 지나간 덧없고 가여운 마음자리에.

장 잘 가르칠 수 있는 건 무엇일까? 모르겠다. 그럼 내가 아이들보다 더 잘하는 게 무얼까? 쉽게 답이 나왔다. 영어, 컴퓨터, 그리고 사진 찍기. 뽑아놓고 보니 이 세 가지는 아이들에게 가장 필요한 과목들이기도 했다.

인도와 네팔에서 영어는 학습, 진학, 취업, 성공의 절대 요건이다. 학생들이 지식을 습득할 수 있는 교재와 책들은 대부분 영어로 쓰이고, 영어로 쓰인 외국 서적들은 좀처럼 네팔어로 번역되지 않는다. 살기 위해 영어를 잘해야 하고, 실제로도 한국을 포함한 다른 아시아 국가의 학생들보다 훨씬 더 잘하는 편이다. 하지만 열악한 학교 환경과 네팔어의 특성 탓에 생긴 나쁜 습관들이 원어민 수준의 영어 실력을 갖추는 데 걸림돌이 되고 있다.

몇몇 학교에는 컴퓨터가 비치되어 있지만, 수백 명의 아이들이 낡은 컴퓨터를 직접 만져볼 수 있는 기회는 많지 않다. 80년대의 우리나라처럼 사설 컴퓨터 학원이 학생들을 모집하고 있지만, 고작해야 돌아가며 타자 연습만 하다 오는 수준이다. 게다가 어린이 클럽의 아이들에겐, 최근 속속 생겨나는 PC방을 이용할 용돈이 있을 리 만무했다. 적어도 아이들이 컴퓨터를 켜고 끌 수 있게, 컴퓨터로 글을 쓰고 수정할 수 있게, 인터넷으로 나에게 이메일을 보낼 수 있게만 해주고 싶었다.

가난이 억누르고 있는 아이들의 상상력과 감성에 길을 내주고 싶었다. 그림을 그려볼 기회조차 많지 않은 아이들에게 사진 찍기는 낯설고 재밌는 '예술 수업'이 될 것 같았다. 필름 카메라를 만져본 적이 없으니, 그야말로 순도 100%의 '디카 세대'가 될 아이들이었다.

여섯 명 정도가 적당할 것 같았다. 네팔어를 할 수 없는 나로선 영어로 웬만큼 대화가 가능한 아이들을 고를 수밖에 없었다. 그동안 내 눈에 자주 들었던 착하고 깜찍한 아이들을 은연중에 점해두긴 했다. 나는 '50켤레의 아이들' 모두에게 간단한 지원서를 나눠줬다. 관심 있는 사람은 일요일 방과 후에 면접을 보러오라고 했다.

아래 왼쪽부터 시계 방향으로, 디페쉬, 빠라스, 로지, 브루스 리, 써삐나. 생김새도 곱고 이름도 예쁜 남자아이 수잔은, 병원에 계신 어머니를 돌보느라 이 기념 촬영에 끼지 못했다.

클럽의 교실 안에서 첫 아이의 면접이 치러지고 있을 때, 문 밖에 는 29명의 아이들이 줄을 서 있었다. 여섯 살 코흘리개부터 열네 살 7 학년까지, 도토리 키들이 들쑥날쑥했다. 두 시간이 넘게 걸린 면접. 5:1의 경쟁률을 뚫은 여섯 명의 아이들은 다음과 같다.

한 달 특강 시간표

일	월	화	수	목	금
영영사전 활용법 단어 퀴즈	영어 독해의 테크닉	듣기 훈련 단어 퀴즈	말하기 훈련 발음 교정	컴퓨터 부려먹기	사진으로 이야기하기
우리들의 영어 팝송					

◉ 디페쉬 마지_Dipesh Majhi, **열세 살**

◉ 로지 욘잔_Rosy Yonjan, **열세 살**

◉ 브루스 리 따망_Bruce lee Tamang, **열두 살**

◉ 빠라스 리잘_Paras Rijal, **열네 살**

◉ 써뻐나 미쉬라_Sapana Mishra, **열세 살**

◉ 수잔 둘랄_Sujan Dulal, **열네 살**

네팔에 한 달간 더 체류한다는 건, 디빠의 근처에서 한 달간 더 머물러야 하는 것이었다. 난 괜찮았다. 디빠의 마음이 불편할 수도 있겠지만, 그런 관계로 헤어지는 게 더 싫었다. 이곳에 처음 왔을 때처럼 그녀가 나를 스스럼없이 편하게 대해주기를 바랐다. 노력할 준비가 돼 있었다. 그래서 숙소를 옮기지도 않았을 뿐더러, 아예 정어 씨 부부가 썼던 큰 방을 차지해 들어갔다.

사랑이 지나가면, 아스라한 이해와 용서가 남는다. 그녀가 아닌 그녀라는 인간에 대한 애정이, ‘동지애’와 비슷한 그 무엇이 남는다.

네팔에 한 달간 더 체류한다는 건, 저 아이들과 함께 내 생애 유례없는 한 달을 보내는 것이었다. 함께 공부하며 놀고 싸우고 지지고 볶다 보면, 또 하나의 애틋한 감정이 자라날 수도 있을 것이다. ‘피상’과 ‘예의’ 위에서는 돋아날 수 없는 각별한 감정 말이다.

사랑이 지나가면, 또 다른 사랑이 인사를 한다.

04

삶을 연주하는 기타리스트

아침 7시 30분에 기상해서 아마가 끓여 준 찌아_우유 홍차를 마신다. 옥상에 올라가서 스트레칭을 하고, 아직 끊지 못한 담배를 한 대 태우며 마을의 동태를 살핀다. 커튼을 걷어 방 안 가득 햇빛을 들이고, 창문을 열어 아침 산들바람을 입장시킨다. 정성껏 다려 입은 교복 셔츠 위로 디빠가 두 갈래로 땋아준 꽈배기 머리가 달랑대는 아사를 현관까지 따라가 배웅한다.

"아기야, 공부 열심히 해!"

방 청소를 하다가 디빠가 출근을 하면 창 너머로 인사를 건넨다.

"좋은 아침! 잘 다녀와요……!"

출석부, 수업 노트, 전자사전, MP3 플레이어, 소형 스피커. 10시
경에 아침을 먹고 설거지를 마치면, 주섬주섬 준비물을 챙겨 집을 나
선다. 단골 사이버_PC방로 가서 그날 수업에 쓸 텍스트, 퀴즈, 과제물
을 작성한다. 그리고 매일 한 곡씩 배우기로 한 '우리들의 팝송' 가사
를 인터넷에서 찾아 출력한다. 팝송을 배우는 건 조금 진부한 영어 학
습법이지만, 한 노래의 뜻과 감정을 공유하는 건 아이들과 나를 잇는
추억의 마디들을 만드는 일이었다. (우리가 함께 외워 부른 첫 팝송은, 그녀
가 곧잘 흥얼거렸던 비틀즈의 〈I Will〉이었다.)

휴대전화를 사고 말았다. 어린이 클럽의 네팔 봉사자인 '라케쉬'

군이 마침 휴대전화를 바꿀 생각이었다며, 자기가 쓰던 'SAMSUNG' 휴대전화를 2,000루피_약 27,000원에 팔았다. 라케쉬는 500루피를 주고 구입했다는 자신의 심카드_GSM 방식에서 단말기에 삽입해야 하는 고유번호 칩 까지 끼워줬다. 무척 고마운 일이었지만, 덕분에 나는 2주일이 넘도록 전화기에 대고 "나는 라케쉬가 아니에요. 라케쉬가 휴대전화를 팔면 서 심카드까지 내게 팔았어요."라는 해명을 반복해야 했다. 나를 귀찮 게 한 몇 사람은 상습 동일범이었다. 라케쉬의 사촌형, 라케쉬의 삼촌, 라케쉬의 이모, 라케쉬의 당숙 등등.

영어로 쓰인 조그만 네팔어 강습 책을 샀다. 문자를 배우는 건 차

치하기로 했다. 아랍권 문자와 유사하게 생긴 네팔 글자를 보고 있으면 심란해진다. 대화에 필요한 기초 문법과 단어들을 소리로 익히고 있다. 우리말과 어순이 같아서 기본적인 표현들은 아주 쉽게, 빨리 배울 수 있다. 머(나는) 코리안(한국) 만체(사람) 호(입니다). 요(요것은) 꺼띠(얼마) 호(입니까)? 좀 더 일찍 배웠더라면, 하는 아쉬움을 주는 네팔 말, 머(나는) 떠빠이(당신) 라이(을) 마야(사랑) 거르추(합니다)…….

이국의 휴대전화를 사고 이국의 말을 배운다는 건, 삶의 큰 변화를 예고하는 것이다. 그 땅을 스쳐가는 숱한 이방인들의 궤적에서 벗어나, 그곳 사람들의 아주 오래된 어깨동무를 슬며시 비집고 들어가는 것이다. 그래서 어느 외로운 저녁, 휴대전화를 꺼내 그 땅에서 사귄 친구에게 전화를 걸고는 '술 한 잔 할까?' 라고 꼬드기는 것이다. 단골 선술집에서 주인장의 안부를 묻고, '형님, 알죠? 그걸로 주세요' 라고 약식 주문을 하는 것이다. 고된 일과를 마치고 어김없이 방앗간으로 모여드는 참새님들에게, '이제 와요? 오늘은 좀 어땠어요?' 라며 습관처럼 인사를 건네는 것이다. 왁자지껄 얼큰한 수다 중에, 막내딸의 생일과 조카딸의 결혼식에 초대를 받는 것이기도 하다.

사실은, 좋아하는 남자가 한 명 생겼다. 휴대전화를 구입하게 만든 결정적인 이유, 나보다 8년 늦게 태어난 카트만두 토박이 청년 '셔러드 샤키아_Sharad Shakya' 군. 인도아리아계의 흑색과 몽골계의 황색이 반

씩 섞인 듯한 피부를 가진 서러
드는, 카트만두에서 내가 아는
가장 잘생긴 청년이다. 어린이
클럽의 음악 선생님이자 디빠
의 절친한 고등학교 동창이며,
텔레마케터로 밥벌이를 하는
기타리스트다.

남자들이 급속도로 친해지
는 가장 강력한 계기는 여자다.
어린이 클럽에서 만나 그저 아
는 사이 정도로만 지냈던 우리

'마이 오운 프라이빗_my own private' 서러드 군. 나만을
위한 콘서트를 열어줬던 마음씨 착한 꽃미남 기타리스트.

를 단짝 친구로 만들어준 건 역시 디빠였다. 디빠를 향한 내 마음을 처
음으로 털어놓은 네팔 사람도 그였고, 틈이 날 때마다 친절하고 자상
한 연애 상담을 해준 것도 그였다. 실연 여행에서 돌아와 네팔에서의
새 출발을 계획할 때도 서러드는 내게 아낌없는 격려를 보내줬었다.
여덟 살 연하남 서러드는 이렇게 나의 마음을 쏙 빼앗았고, 영어라는
합리적인 언어의 도움으로 우리는 어느새 격의 없는 친구 사이가 되
었다.

서러드는 네 명의 누나들과 함께 산다. 6년 전에 어머니가 돌아가

s·e·a·s·o·n #02

시고, 그로부터 5개월 뒤 아버지가 그 뒤를 따라가셨다.

“누나들은 내게 천사 같은 존재들이야. 문제는, 내가 감당할 수 없는 사랑을 주고 있다는 거야. 그 사랑이 너무 버겁고 짐스러울 때가 있어…….”

러밀라_30세, 서르밀라_28세, 꺼멀라_26세, 껄뻐나_25세. 네 명의 자매들은 모두 미혼이다. 러밀라와 서르밀라는 이미 결혼 적령기를 훌쩍 넘겨버렸다. 아직 약간의 융통성이 적용될 수 있는 꺼멀라와 껄뻐나도 결혼에 그다지 관심이 없다고 한다. 자매들의 관심은 오로지 집안의 유일한 남자이자 막내인 서러드의 미래에 쏠려 있다. ‘집안’ 이 절대적으로 중시되는 네팔 사회에서 가장 중요한 건 ‘남자의 성공’ 이다. 대학을 졸업하고 고액 연봉을 받는 샐러리맨이 되는 게 성공한 남자의 삶이다. 서러드의 누나들은 카트만두 중심가의 식료품 마트와 오토바이 대리점 등에서 평균 5만원 정도의 월급을 받으며 일하고 있다. 부모님을 대신해 막내 동생의 뒷바라지를 하는 게 자신들의 가장 중요한 의무라고 생각하면서.

주위에서 바라보는 서러드는, 우수한 성적으로 고등학교를 졸업하고 경영학 학사 학위를 딴 ‘모범생’ 이다. 그러나 주위에서 인정하려 들지 않는 이 모범생의 꿈은, 기타 연주자가 되는 것이다.

“중학교 때부터 기타 소리를 듣고, 기타 소리를 낼 때가 제일 행복

했어. 나를 온전히 이해해주는 건 기타밖에 없었어.”

누나들과 친척 어른들 몰래 친구들과 모여 기타를 배웠고, 대학 입학 후 아르바이트를 해서 번 돈으로 생애 첫 기타를 장만했다. 그 뒤로 집에서도 기타를 연습하기 시작했지만, 서러드는 자신의 기타 소리를 들을 때마다 불안해하는 누나들의 눈길을 감내해야 했다. 네팔에서 꽤 유명한 뮤지션들로 구성된 밴드에 합류하게 된 행운도 오래가지 못했다. 대학을 졸업하고 누나들의 바람대로 월 8,000루피_약 11만 원를 받는 고소득 회사원이 되었다. 미국, 영국, 호주 등지의 가정들에 무작위로 전화를 걸어 호텔 회원권이나 여행 상품을 판매하는 일이었다. 호주의 기업이 인건비가 싼 인도에 텔레마케팅 하청을 주면, 인도의 기업이 인건비가 훨씬 더 싼 네팔에 재하청을 준다고 한다. 영어를 유창하게 구사할 수 있는 인력이 많고, 인건비가 수십 배나 싼 인도와 네팔은 텔레마케팅 하청의 천국이라 할 수 있다.

“텔레마케팅을 업으로 하는 기타리스트라. 너도 벌써 스물넷이야. 앞으로 어떻게 할 생각이야?”

“글쎄……. 일단은 누나들을 안심시키고 싶어. 결혼은커녕 연애를 할 생각도 않고 나한테 헌신하는 누나들을 실망시킬 순 없어. 기타를 사랑하지만, 누나들을 더 사랑하니까…….”

최근 호주 담당에서 미국 담당으로 부서를 옮긴 후 서러드는 올빼

미 생활을 하고 있다. 오후 세 시쯤 집 앞을 찾아가 "셔러드! 일어나!" 하고 소리를 치면, 4층의 작은 창 밖으로 둘째 누나 서르밀라가 고개를 내민다. "오셨어요? 셔러드, 걘 바둘 오빠 왔어!" (셔러드는 내 친구지만 셔러드의 누나들은 모두 내 여동생들이다.) 흰 러닝 바람의 부스스한 모습으로 셔러드가 2층 창문을 열고 환하게 웃는다. 이 잘생긴 녀석은 자다 깬 얼굴로도 살인적인 미소를 날린다.

땅 땅 땅, 뚱가 뚱가 뚱가. 전통 가옥의 좁다란 나무 층계를 올라 몸을 구부려 방으로 들어서면, 셔러드는 어느새 기타를 조율하고 있다. 나는 작은 소파에 기대 앉아 어김없이 십팔번을 신청한다. 낮은 침대 위에 가부좌를 틀고 앉은 셔러드가 쓱 한번 웃고 나서 연주를 시작한다. 지미 헨드릭스의 〈Little Wing〉은 언제 들어도 마음이 시리다. 이어서 셔러드의 십팔번, 〈If〉가 그의 낮고 달짝지근한 목소리와 함께 흐른다.

오후의 나른한 햇살이 비껴드는 두 평 남짓의 작은 방. 4층에서 불안하게 기타 소리를 듣고 있을 셔러드의 누나를 상상하며, 그렇게 나는, 내 착하고 잘생긴 친구가 자신의 삶을 나지막이 퉁기는 것을 바라본다. 그러다 가끔, 잠이 들기도 한다.

05

세상에서 가장 아름다운
노크 소리

4시 30분.

오늘도 다섯 명의 아이들과 함께 수업이 시작된다. 영어 발음 교정 시간. '맥도널드'를 '마꾸도나르도'라고 말하는 일본 사람들의 우스꽝스러운 영어 발음처럼, 네팔 사람들도 네팔어에 없는 음운들 때문에 정확한 영어 발음에 애를 먹는다. 'Thank you'를 '탱큐'라고 발음하는 식이다.

여느 때처럼 4시 50분까지는 어제 배운 부분을 복습하며 시간을 끌어보려고 애쓴다. 아직 '로지'가 오지 않았기 때문이다. 열세 살 여자아이, 로지 욘잔_Rosy Yonjan.

이름과 달리 로지는 노란 국화꽃을 닮은 아이다. 국화의 일반적인 꽃말은 '청순', '절개', '평화'. 여기에 '겸손'과 '배려'라는 말을 더한 꽃이 로지다.

고향 친구 J가 카트만두를 떠나기 며칠 전, 나는 J에게 이곳 아이들 중 한 명의 후원인이 되고 싶다는 욕심을 비쳤다. 예상대로였다. J는 반갑게 맞장구를 쳐주는 걸로 모자라, 이내 한술을 더 떴다. 한국으로 돌아가면 후원자들을 30명 정도 모아 30명의 아이들과 1:1 결연을 맺어주자는 것이다. 많이도 말고 학교를 계속 다닐 수 있을 만큼만 도와주자고 했다.

"두 달에 3만원 정도가 어떨까? 3만원이면 약 2,100루피. 한 달 등록금이 평균 900루피 정도니까 고등학교까진 어렵지 않게 다닐 수 있겠다. 등록금을 내고 남은 돈으로 책이랑 학용품을 사면되고. 그치?"

"더 바랄 게 없지. 30명의 후원자를 모으는 게 쉽진 않겠지만. 짧은 시간이었는데 마음에 둔 아이라도 있어?"

"음……. 로지!"

아. 이건 뭘까, 비유가 좀 가볍지만, 카드놀이에서 아까운 패를 상대에게 빼앗긴 기분이었다. 로지는 내게 그런 아이였다.

한참 뒤에 안 사실이지만, 로지는 아주 오래전 히말라야를 넘어온 티베트 족의 후손이라서 티베트 불교를 믿는다. 아이들과 함께 길을 걷다가 문득 로지가 보이지 않아 뒤를 돌아보면, 으레 저 뒤편에서 길가의 스투파_티베트 불교의 석탑나 불상 앞에서 합장을 하고 있는 로지였다.

사람들 앞에서의 로지는, 이를테면 늘 길가의 불상 앞에서처럼 합장하는 자세다. 사람들을 대하는 몸가짐과 표정, 마음이 그렇다. J가 어린이 클럽을 처음 방문한 날, 명상 요가를 하는 아이들 사이에서 멋쩍은 표정으로 두리번거리고 있던 그에게 먼저 눈을 맞춰주고 미소를 띄워준 아이가 로지였다. 몇 분간의 다정한 귀엣말 후에 J는 이 아이에게 반해버렸다. J는 오랫동안 느껴보지 못한 티 없이 맑은 호의, 타인에 대한 대책 없는 친근감을 로지에게서 느낀 듯 했다.

인도로 돌아가는 비행기를 타는 날, J는 로지를 다시 한번 만나고 싶어 했다. 로지에게 앞으로 2년간 두 달에 30달러씩을 보내주겠다고 이미 얘기했지만, 혹시 자신의 선의가 주제넘은 것일지도 모른다는, 사춘기의 로지가 일말의 상처라도 받지 않을까 하는 걱정 때문이었다. 로지는 집에 없었다. 옆집에 사는 아이가 말하길, 요즘 로지는 할머니 댁에서 지낸다고 했다. 로지에겐 여동생 '로지나' 와 남동생 '로선' 이 있는데, 부모님이 사는 집에는 로지나만 남고, 로지가 할머니 댁에서 로선을 돌보며 학교에 다니고 있었다. 부모님이 삼남매를 모두 양육하는 게 힘에 부치나 보았다.

셔러드의 도움으로 우리는 로지의 할머니 댁까지 찾아갔다. 택시로 25분. 로지는 조금 놀란 기색이었다. 셔러드와 나는 자리를 비켜주었고, J는 텃밭으로 둘러싸인 작은 마을을 함께 산책하며 아이와 이야

전기가 나간 어두운 밤. 부엌과 침실이 한데 어울린 단칸방. 열심히 공부해서 스튜어디스가 되겠다는 소녀의 꿈.

기를 나누었다. 멀리서 보이는 다정한 자매들의 모습. 이럴 땐 여자들이 정말 샘난다.

산책에서 돌아왔을 때 둘은 활짝 웃고 있었다. J의 걱정은 역시 기우일 뿐이었다. 로지는 자신의 가난에 대한 선의에 자존심을 다칠 아이가 아니다. 한국 언니한테서 장학금을 받게 됐다는 소식에 기뻐하시는 부모님을 보고, 한없이 같이 기뻐했을 것이다.

두 사람은 헤어지면서 눈물을 내보이지 않았다. 다시 꼭 만날 거라는, 두 달에 3만원이라는 작은 돈이 자신들을 한결같이 이어줄 거라는 믿음만이 둘의 얼굴에 가득했다.

J가 떠나고 며칠 뒤, 길에서 우연히 로지를 만났다. 아이의 옆에는

할머니와 남동생도 있었다. 할머니를 모시고 부모님이 사는 집에 들렀다가 돌아가는 길이라고 했다.

"걸어서?"

"멀지 않은 걸요."

멀지 않다니! 택시를 타고 막히지 않는 길을 25분 동안 달린 거리였다. 그 거리를 이렇게 늘 걸어서 오간다는 것이다. 허리가 꼬부라지신 할머니와 개구쟁이 남동생을 좌우에 데리고……. 방긋 웃고 돌아서서 멀어지는 로지의 뒷모습이 한참 동안 가슴을 먹먹하게 했다.

로지의 지각은 특강이 시작되고 이틀 후부터 하루도 빠짐없이 계속됐다. 처음부터 수업 시간에 대해 논란이 있긴 했었다. 아이들이 다니는 학교가 다 달라서 끝나는 시각이 들쭉날쭉했기 때문이다. 한두 명이 중간에 시간이 뜨긴 하지만 5시에 시작하면 모두가 수업에 늦지 않을 수 있었다. 그러나 이 경우 7시에 수업이 끝나게 되어, 가뜩이나 잦아진 정전 때문에 어둠과 개들로 뒤범벅된 거리를 걸어 귀가해야 한다. 여자 아이들의 부모님이 허락할 리 없었다.

만장일치는 때와 장소를 가리지 않고 어려운 법. 결국 낙찰된 시간이 4시 30분이었다. 처음에는 너무 빠듯하다는 이유로 4시 30분에 반대했던 로지가 선뜻 양보한 덕택이었다.

"로지야, 괜찮겠어? 무리일 것 같으면 얘기해."

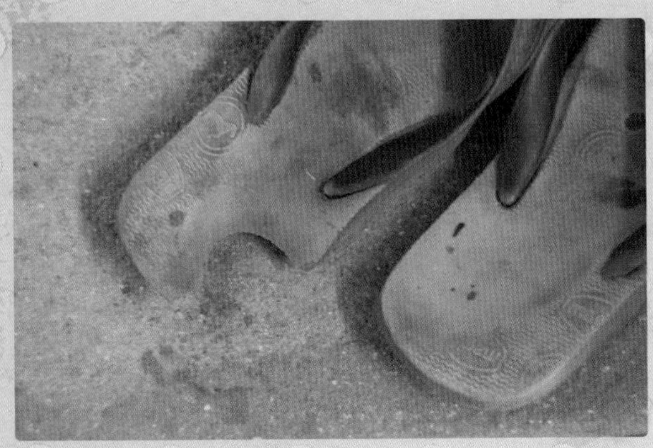

로지의 슬리퍼. 어여쁜 저 구멍, 혹은 충만.

"아뇨, 올 수 있어요. 전 괜찮아요."

괜찮지 않았다. 로지는 매일 4시 50분쯤에야 가쁜 숨을 몰아쉬며 교실에 도착했다. 지각이 닷새째 이어지던 날, 조심스레 이유를 물어봤다.

"4시 10분에 학교가 끝나는데요. 집에 들르지 않고 바로 뛰어와도 늦네요. 죄송해요."

"학교가 어딘데?"

"할머니 집 근처에 있어요."

택시로 25분이 걸리는 거리를 40분 만에 쉬지 않고 뛰어온 것이었다. 그것도 밑이 다 닳은 슬리퍼를 신고…….

차가 못 가는 지름길을 골라 왔겠지만, 이건 정말 너무한 일이었다. 너무 무심하고 안일한 선생과 너무 사려 깊은 아이…….

우리 반 출석부에는 세 가지 도형이 그려진다. ○, ×, △. 로지의 출석 란에는 그 후로도 항상 '△'가 그려진다. 다수결로 결정한 수업 시간을 바꿀 수는 없으며, 지각은 지각이기 때문이다. 단, 나에게 로지의 '△'는 세상의 모든 'ㅇ'보다 훨씬 어여쁜 도형이다. 미안하고 고마운 기호다.

로지에게는 고칠 수 없는 버릇이 하나 있다. 내가 몇 번이나 그럴 필요 없다고 말했지만, 로지는 교실 문 앞에 도착해 늘 가쁜 숨을 다잡으며 조심스레 노크를 한다. 얼굴엔 수업을 방해했다는 미안함을 잔뜩 묻히고서.

4시 48분.

이제 조금만 있으면 로지의 가파른 숨소리와 노크 소리가 들릴 것이다.

똑똑.

내가 사랑하는,

세상에서 가장 아름다운 노크 소리.

06

죽음에 대처하는
우리들의 자세

아침에 우연히 디페쉬를 만났다. 늘어만 가는 뱃살 걱정에 작정을
하고 나선 산책길이었다. 길 위의 인파와 오토바이 행렬에 묻혀 있다가
1미터 앞에서 맞닥뜨린 디페쉬는 어디론가 황급히 걸어가고 있었다.

"이 녀석, 어제 왜 결석했어? 미리 말하지도 않고 말이야."

디페쉬는 3주 동안 한 번도 결석을 하지 않은 유일한 아이였다. 바
로 앞집에 사는 써뻐나도 디페쉬의 결석 사유를 알지 못했다. 이 아이
가 빠진 수업은 조금 낯설고 허전했다.

"결석을 해야 할 땐 하루 전에 미리 말하라고 했잖아. 게다가 어젠
중요한 수업이었단 말이야. 내가 어제 수업을 위해 얼마나 많은 시간

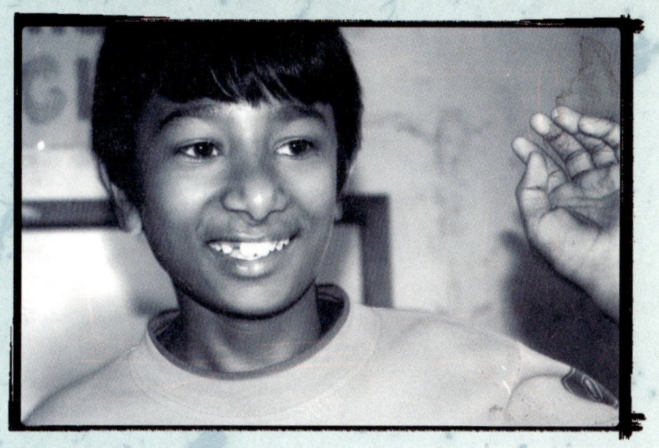

디페쉬. 아이다운 천진함과 아이답지 않은 어른스러움을 한 마음에 지닌, 그래서 늘 즐겁고 애틋한 아이.

과 노력을 투자한 줄 아니?"

"작은 아버지가 돌아가셨어요……."

나는 멍한 표정으로 아이의 얼굴을 한참 바라봤다. 슬픔과 미안함이 뒤섞인 열세 살 아이의 얼굴 앞에서 나는 아무 말도 할 수 없었다.

"죄송해요. 집안에 남자가 저밖에 없어요. 장례 절차를 제가 다 돌봐야 했어요."

디페쉬는 세 평이 채 안 되는 방에서 젊은 어머니와 어린 여동생과 함께 산다. 나보다 두 살이 많은 디페쉬의 아버지는 지금 카타르에 있다. 다른 가장들과 마찬가지로 코리안 드림을 꿈꾸며 한국행을 희망했지만, 한국의 이주 노동자가 되는 것은 너무 비싸고 어려운 일이었다. 8개월 전 카타르로 날아간 아버지가 매달 1만 루피_13만 원씩 부쳐주던 돈은 3개월이 지나 중단됐다. 지금은 디페쉬의 어머니가 어렵게 구한 비상용 휴대전화로 아주 가끔 짧은 안부전화만 걸려온다고 한다.

디페쉬의 작은 아버지는 갓 결혼한 새신랑이었다. 원인도 모르고 시름시름 앓다가 변변한 병원 치료 한번 받지 못했다고 한다. 이틀 전에 놀러간 작은 아버지 댁에서 그와 같은 침대에 누워 잠이 들었다가, 새벽녘에 숨이 멎은 그를 디페쉬가 발견했다. 힌두 사회의 모든 의례는 남자들이 관장한다. 디페쉬 가족의 카스트는 '체뜨리_크샤트리아, 귀족·무사 계급' 다. 가난해도 지켜야 하는 숱한 힌두교의 관습들 속에 살고 있다. 집안의 유일한 남자가 어린 아이라 해도 여자 어른들의 도움을 받아 장례식을 주도해야 한다.

"강가에서 돌아오는 길이에요. 동이 틀 무렵에 작은 아버지를 태워드렸어요."

열세 살 디페쉬는 생애 처음으로, 죽은 자를 몸소 떠나보내고 있었다. 이 아이가 감당하고 있는 슬픔과 서러움을 헤아리다 가슴이 먹먹해졌다.

아버지가 돌아가셨을 때 나는 아홉 살이었다. 아버지는 술 없이는 하루도 버틸 수 없는 소읍의 한량이었다. 영문도 모른 채 잡혀갔던 삼청교육대에서 2주 만에 풀려났을 때, 아버지는 만신창이가 돼 있었다.

대인기피증마저 생겨서 집 뒤의 작고 어두컴컴한 창고에서 온종일 숨어 지내셨다. "그 놈들이 또 잡으러 올끼다……" 학교에서 돌아오면 나는 제일 먼저 창고로 달려갔다. 조그만 내가 한 줄기 빛과 함께 창고 안으로 들어서면, 아버지는 취기 가득한 눈으로 나를 잠시 굽어본 뒤 습관처럼 내 손에 백 원짜리 동전 하나를 쥐어주셨다.

아버지가 돌아가신 건, 창고에서 자진 연금생활을 시작한 지 2년 6개월 만이었다. 마을의 상가_喪家에서 술을 잔뜩 드시고 돌아온 1983년의 어느 봄날 새벽, 아버지는 은색 세숫대야 가득 피를 토한 뒤 응급실로 실려 갔다가 해가 뜬 뒤에 사망하셨다. 집 안방에 병풍이 쳐지고, 흰 헝겊에 둘둘 말린 아버지의 주검이 그 앞에 놓였다. 낯익은 사람들과 낯선 사람들이 쉴 새 없이 집을 찾아왔고, 어머니는 전을 부치다 엉엉 울고, 엉엉 울다가 전을 부치셨다.

장례가 치러진 3일 간, 나는 단 한 방울의 눈물도 흘리지 않았다. 마냥 즐거웠다고 하는 편이 옳을 것이다. 학교에 안 가도 되는 게 좋았고, 명절 때나 먹는 음식들을 배불리 먹는 게 좋았다. 불편한 것은 까칠한 상복의 촉감과 정신 사나운 사람들의 곡성이었다. 나의 아홉 살 세상에 '죽음'이 끼어들 틈은 없었다. 아버지가 어디에 있는지가 조금 궁금했지만, 원래 말없이 사라졌다 어느 결에 다시 나타나는 사람이 아버지였다.

아, 서러웠던 순간이 한 번 있었다. 아버지의 시신을 뒤로 하고, 곡성이 난무하는 방 한가운데에 엎드려 산수 숙제를 하고 있을 때였다. 부산에서 뒤늦게 올라온 고모가 나한테 고래고래 소리를 질렀다.

"이노므 자슥아, 니는 아부지가 죽었는데 슬프지도 않나? 느 아버지가 니를 을매나 이뻐했는데, 떼굴떼굴 구르며 울어도 시원찮을 판에 책을 보고 자빠졌어? 마, 밖에 나가뿌라!"

이제 와 변명하자면, 나는 부모님의 죽음에 눈도 깜짝하지 않는 패륜아나 사이코패스가 아니었다. 조숙하지 않았던 내게 아버지의 죽음이 너무 빨리 찾아왔을 뿐이다. 나는 아버지와 함께 아버지의 죽음까지 잃어버린 것이다. 아직까지도 나는 아버지의 죽음을 제대로 겪지 못했다. 제사를 지낼 때도, 가족들과 함께 성묘를 갈 때도 별다른 감정을 느끼지 못한다. 대학교 때 몇 번 술기운을 빌어 아버지를 위해 속 시원히 울어보려고 해봤지만 성공한 적이 없다. 혼자 산소를 찾아가 아버지의 죽음과 ‘맞짱’을 뜨고야 말겠다는 다짐도 계속 세월의 때만 타고 있다. 지독한 무언가가 마음의 심연에서 나를 억누르고 있다. 나는 여태 아픔을 느끼지 못해서 아직도 아픈 것이다.

가끔 네팔 최대의 힌두 사원 ‘뻐슈뻐띠_Pashupati’에 다녀온다. 힌두교인이 아닌 사람은 사원에 입장할 수 없지만, 외국인들이 가장 많이 방문하는 카트만두 제1의 관광 명소다. 사원을 끼고 흐르는 ‘바그머띠’ 강은 갠지스와 만나는 힌두교의 성스러운 강이다. 규모 면에선 갠지스 강변의 화장터 ‘바라나시’에 견줄 바 아니지만, 이곳에서도 날마다 수십 명의 사자_死者들이 불에 타 사라진다. 사람의 형체가 완전히 사라진 낮은 불길 옆 칸에 새 장작더미가 쌓아올려 지고, 화염이 절정에 다다른 그 옆 칸에선 팔과 다리가 툭툭 굴러 떨어진다. 흰 천에 감싸인 주검들은 곳곳에 널브러져 자신의 차례를 기다리고, 산 사람들은 원활한 진행을 위해 그 사이를 분주히 지나다닌다. 강변으로 내려갈 수 없는 관광객들은 다리 위 같은 관람 포인트에서 이 풍경들을 내려다보며 촬영을 한다.

이곳에서 죽음은 250루피를 내고 구경하는 관광 상품이다. 조금 더 나아가도 '문화인류학적 관조' 정도를 넘어서기 어렵다. 슬픔이나 아픔은 없다. 4개월간의 체류를 통해 이곳 사람들의 삶에 대한 이해를 꽤 체득한 나로서도, 저 아래에서 타오르는 익명의 불길에 나를 이입하기는 힘들다. 뻐슈뻐띠에서, 산 자와 죽은 자는 서로 섞여들지 못하고 점점 더 격리된다. 죽은 자도 외롭고, 산 자도 외롭다.

지난주에 수잔을 데리고 뻐슈뻐띠를 찾았을 때의 일이다. 수잔은 우리 반에서 가장 영민한 열네 살 남학생이다. 사진 찍는 걸 유난히 좋아해 휴일에 단 둘이서 야외 실습을 나온 참이었다. 브라만의 후손인 수잔은 나를 다리 위에 세워두고 혼자 강변으로 내려갔다. 활활 타오르는 장작더미 곁으로 다가가 내게서 가져간 카메라로 거침없이 셔터를 눌러댔다. 내가 찍을 수 없는 거리와 앵글인지라 녀석이 기특하고 고마웠다. 잠깐 화장실에 다녀온 사이 수잔은 어느새 다리 위로 올라와 있었다. 아이는 난간에 턱을 괴고 가만히 강물을 내려다보고 있었다.

"수잔, 뭐해? 벌써 다 찍은 거야?"

대답이 없었다. 대신, 유난히 큰 수잔의 눈에 눈물이 그렁그렁 고이더니 이내 강물 위로 후드득 떨어졌다. 당황스러웠다. 지금껏 한 번

오다가다 알게 된 가난하고 사람 좋은 할아버지. '웃으세요' 라는 부탁이 생소하셨던지, 수십 번의 'NG' 끝에 할아버지의 함박웃음을 찍을 수 있었다. 생전에 웃어본 적이 한 번도 없으시다는 듯 애써 얼굴을 일그러뜨린, 얼핏 웃는 게 아니라 찡그린 듯한 저 얼굴이 할아버지가 지으실 수 있는 웃음의 전부였다. 몇 달 뒤, 할아버지는 조용히 세상을 떠나셨다. 아, 내가 멋모르고 찍은 숱한 영정 사진들……. 보고 싶은 당신들…….

도 슬프거나 우울한 표정을 보인 적이 없는 아이였다.

"왜 그래? 얘기를 해 봐. 어떤 아저씨가 너한테 뭐라고 했어? 누가 괴롭히든?"

수잔은 아무 일 아니라고, 괜찮다고 했다.

"말 좀 해봐. 내가 걱정이 돼서 그러잖아. 응?"

"…… 사진을 찍다가 갑자기 아버지 생각이 났어요. 6년 전 저 자리에서 불에 타셨거든요."

말이 끝나자 수잔은 더 서럽게 눈물을 흘렸다. 나는 아이를 감싸 안고 천천히 등을 토닥여주었다. 6년 전에도 흘린 눈물인지, 아니면 6년 만에 처음 흘리는 눈물인지는 알 수 없었지만, 수잔의 귀에 대고 나는 이렇게 속삭일 수밖에 없었다.

"괜찮아, 괜찮아. 나도 그 나이에 아버지를 잃었는걸. 난 지금 네가 참 부러워……. 마음껏 울어도 돼. 그렇게 조금씩 아버지를 보내드리는 거야……."

그리고 몇 번이나 속으로 중얼거렸다.

'난 언제쯤 너처럼 시원하게 울어볼 수 있을까…….'

07

내 친구는 수드라

“그것 때문에 사람을 차별을 하는 건 나빠요.”

“그건 능력과 상관없이, 노력해도 안 되는 일이잖아요.”

“사랑하는 사람들이 그것 때문에 결혼할 수 없는 건 슬픈 일이에요.”

언젠가는 아이들과 꼭 해보고 싶은 얘기였다. 가볍게 할 수 있는 쉬운 얘기가 아니라 정색을 하고 주고받는 솔직한 고백들 말이다. 철 모르는 아이들에게도 고백할 얘기들은 많다. 어른들이 만들고 유지해 온 카스트제도에 대한 아이들의 내면을 나는 들여다보고 싶었다. 2주 뒤면 다시 네팔을 떠난다. '갠 다이의 한 달 특강' 도 어느새 끝을 바라보고 있다.

"써뼈나, 너라면 어떡하겠니? 너보다 낮은 카스트의 사람이랑 결혼할 수 있겠니?"

써뼈나는 인도에서 이주해온 가난한 집안에서 자랐다. 열세 살이라는 나이가 무색하게 힌두교 신앙이 두터운 예쁜 사춘기 소녀. 써뼈나는 길가에 옹크린 아주 작은 신전 하나도 그냥 지나치는 법이 없다. 친구들과 함께 깔깔대며 길을 걷다가도 늘 혼자 이마와 가슴에 손을 옮겨 대며 짧은 예배를 드린다.

"…… 아뇨. 아시잖아요."

어려워하며 수줍게 웃는 써뼈나의 미소엔, 세상에 대한 여리디여린 순순함이 배어 있다. 이 아이의 순종은 너무 천진무구해서 나를 가끔 서글프게 한다. "사람의 출생 신분이 왜 그토록 중요해?"라고 따져 묻는 건 사족이다. 써뼈나는 또 한 번 "…… 아시잖아요."라며 쑥스럽게 웃을 것이다. 세상의 모든 소녀들에게 불가항력은 퍽이나 많은 법이다.

카스트. 인도와 마찬가지로 네팔에서도 카스트에 의한 차별은 오래전에 법적으로 금지됐다. 하지만 아직 국민의 85% 이상이 힌두교 신자인 나라다. 선언적인 법망에서 자유로운 차별과 금기들은 세상살이에서 사라지지 않았다. '카스트 따윈 필요 없어!' 라고 곧잘 단언하

는 카트만두 'X 세대'들의 삶도 예외는 아니다. 디빠와 나눴던 단도직
입적인 대화에서 나는 그걸 명징하게 느꼈었다.

"내가 힌두교 신자가 아니라서 받아들일 수 없는 건 아녜요? 나한
텐 카스트 자체가 없으니까요. 일부 엄격한 브라만들은 외국인을 카
스트에서 가장 낮은 불가촉천민_the untouchable, 육체적 접촉도 삼가야 할 최하위
신분으로 취급한다고 들었어요."

디빠는 어이가 없다는 듯 한참을 웃었다.

"누가 그런 얘기를 해요? 난 그런 말 들어본 적도 없는 걸요. 갠, 지
금은 21세기예요. 네팔이 그렇게 끔찍한 나라는 아니에요."

"어쨌든 나와 결혼하는 것도 일종의 '교차 카스트 결혼_inter-caste
marriage' 이잖아요. 그런 건 정말 아무 문제가 안 돼요?"

"우리 부모님도 굉장한 인터 카스트 커플이었다는 거, 당신도 잘 알잖아요. 그런 건 전혀 상관없어요."

사실 내 생각도 그랬다. 네팔의 지식인이라 할 수 있는 사회 운동가의 딸. 인권 문제에 있어서 디빠는 퍽 진보적인 브라만 여성이었다. 하지만 나는 좀 더 노골적으로 확인하고 싶었다.

"체뜨리_크샤트리아, 제2계급 출신 남자와도 결혼할 수 있다는 거죠?"

"물론이죠."

"버이샤_제3계급 출신 남자와도 할 수 있어요?"

"네. 사랑한다면."

"그럼, 수드라_제4계급 출신 남자와는요?"

디빠가 다시 웃음을 터뜨렸다. 내가 정색을 풀지 않자, 잠시 숨을

가다듬더니 입을 열었다.

"그건 무리예요⋯⋯. 하지만 갠, 당신과는 상관없는 일이에요."

아이들에겐 적어도 혼란스러움이나 모순이 없다. 그들은 진정 '쿨'하다. 써뻐나의 맑은 순종과 인정_認定이 있는가 하면, 디페쉬의 대담하고 귀여운 반역도 있다. 며칠 전 디페쉬의 여자 친구 얘기를 듣고, 나는 디페쉬와 디페쉬의 엄마를 훨씬 더 좋아하게 됐다.

디페쉬의 여자 친구는 이슬람 집안의 딸이다. 수지따 무하마드 압둘. (네팔 인구의 약 5%가 이슬람교 신자들이다.) 힌두교 신자와 이슬람교 신자 간의 이성교제와 결혼은, 힌두교 내의 브라만 카스트와 수드라

디페쉬와 산띠. 천진난만한 어머니와 어른스러운 아들. 세 평도 채 안 되는 작은 방
에서 큰 행복을 사는 즐거운 모자_母子.

카스트 간의 그것보다 몇백 배 더 어렵다. 물론 디페쉬는 아직 어린 아
이다.

"디페쉬, 수지따를 정말 좋아해?"

"그럼요. 영원히 좋아할 거예요."

"그럼 수지따랑 결혼할 거야?"

"당연하죠. 벌써 약속했는걸요."

"정말? 수지따는 이슬람 교인인데? 엄마가 허락해줄 것 같아?"

"엄마도 우리 사이 다 알아요. 나만 좋으면 된대요. 사랑하는데 카
스트나 종교 따지는 거, 정말 바보 같은 짓이래요. 발레 버에나! (아무
상관없어!) 히히."

디페쉬의 엄마 '산띠'는 나를 '오라버니_다이'라고 부른다. 열일곱 살에 시집을 와 이듬해에 디페쉬를 낳았다. 산전수전 다 겪은 서른한 살 앳된 엄마다. "다이, 나마스떼!", "다이, 카나 카누스!"(오라버니, 식사하세요!) 나는 디페쉬의 집에서 산띠 동생이 차려준 밥을 먹으며 나누는 수다를 좋아한다. 퍽이나 단출한 세간만큼 삶에 대한 그녀의 태도도 홀가분하다. "아무렴 어때요? 상관없어요." 무관심이나 체념이 아닌, 무례함은 더더욱 아닌 산띠만의 자유로운 낙천. 열세 살 디페쉬의 귀여운 성숙함은 제 엄마를 빼다 박았다.

디페쉬는 수지따와 결혼할 것이다. 카스트나 종교의 관습보다 의리와 순정을 지키는 게 훨씬 더 값지니까. 수지따에게 개종 따윌 요구하지도 않을 것이다. 디페쉬는 10년 후에 이슬람교도가 되어 있을지도 모르겠다.

"내 친구는 수드라예요!"

'브루스 리'가 손을 들고 소리질렀다. (아버지가 이소룡의 열혈 팬이라서 태어났을 때부터 그렇게 불렀다고 한다. 아무도 이 아이의 본명을 모르고, 알려고 하지도 않는다.)

"그때 그 친구 말예요!"

'그 친구'란 일전에 브루스 리가 겪었던 수난과 관계있는 단짝 친구다.

브루스 리가 무단결석을 자행한 날, 수업이 끝나고 아이들과 함께 집으로 돌아가던 참이었다. 땅거미가 드리워지기 시작한 저녁 하늘을 아찔한 높이로 수놓고 있는 연 하나가 보였다. 연의 조종사를 찾아 자연스레 지상으로 내려온 시선에 브루스 리가 걸려들었다. 간 큰 무단결석자는 마을에서 제일 높은 4층 건물의 옥상에서 연줄과 신나게 줄다리기를 하고 있었다. 그 옆에서 고함을 지르며 브루스 리와 연을 싸잡아 흥분시키고 있었던 아이가 바로 '그 친구'다. 그 아이의 카스트가 수드라란 얘기다.

그 이튿날 브루스 리는 교실에 1등으로 나와 있었다. '무단결석 연날리기 사건'이 선생님에게 준 정신적 충격을 누군가로부터 전해들은 모양이었다.

"나마스떼, 갠 다이!"

평소에 잘 하지 않는 과도한 인사를 한 뒤 혼자 교실 청소를 한답시고 부산을 떨던 브루스 리에게 나는 '정학'을 명했다. 할 말을 잃고 자책하듯 제 머리통을 쓸어내리는 아이를 뒤로 하고 교실을 나왔다. 옥상에서 담배를 한 대 태우고 돌아왔을 때 브루스 리는 그 자리에 붙박여 닭똥 같은 눈물을 서럽게 떨어뜨리고 있었다.

"울지 마, 브루스 리. 너희들이 수업에 빠지는 게 너무 서운하고 속

더르바르 광장에서 연을 날리는 아이들. 궁핍한 이곳 아이들에겐 가장 비싼 장난감. 날아라, 날아라, 높이, 더 높이…….

상해서 그랬던 것뿐이야. 난 이제 곧 한국으로 돌아가. 너희들과 함께 할 수 있는 시간이 얼마 남지 않았잖아.”

　“죄송해요. 다신 안 그럴게요. 수업을 계속 들을 수 있게 해주세요.”

　너무너무 미안해서, 나는 아이를 꼭 안고 오랫동안 등을 쓰다듬어줬다.

　그 후로도 브루스 리는 매일 연을 날린다. 물론 수업을 마치고 나서다.

　"내일 봐요, 갠 다이!"

　브루스 리는 제일 먼저 교실을 나가 집으로 뜀박질을 한다. 수드라 친구가 벌써 띄워 놓은 연이 춤을 추는 저녁 하늘 아래로…….

　내 어리고 착한 친구의 친구는 수드라다.

08

내 생애 마지막 전시회

사진전을 열자는 건 8할이 내 욕심이었다. '갠 다이의 한 달 특강' 에 근사한 마침표를 찍고 싶었다. 아이들과 내가 오래도록 같이 추억할 수 있는 모험을 하고 싶었다. 한갓 평범한 디카족일 뿐인 내가 카메라를 처음 만져보는 아이들과 함께 개최하는 사진전. '모험' 의 좋은 예시가 될 만한 당찬 기획이었다. 보았노라, 찍었노라, 전시했노라! 네팔에서만 가능한 것이었는지도 모를 우리들의 용감했던 축제. 다음은 네팔 최초의 거리 사진전에 대한 짧은 비망록이다.

셔터를 누른다는 것

"우리는 가족사진이나 기념사진을 찍는 게 아니야. 우리가 찍은 사진들로 사람들과 대화를 하는 거야. 셔터를 누르는 건 남들에게 말을 거는 일이란다."

속성으로 가르쳐야 한다는 부담도 컸지만 무엇보다 첫 단추를 잘 꿰어주고 싶었다. 대중 사진을 찍기 위해선 머리와 마음의 꾸준한 훈련이 필요하다는 걸 스스로 느끼게 해주고 싶었다. 금요일마다 아이들과 나는 카메라 두 대를 들고 빠떤 시 곳곳을 누비고 다녔다. 우리는 두 조로 나뉘어 흩어졌다가 약속 장소에서 다시 만나 카메라를 바꿔 다시 흩어지기를 반복했다. 하루의 출사가 끝나면 PC방으로 가서 그날 찍은 사진들에 대한 품평회를 열었다. 아이들의 사진은 일취월장했다.

"무척 지쳐 보이는 이 아저씨는 지금 삭발 중이에요. 최근에 가족이나 친척 중 누가 죽었나 봐요. 들에서 베어온 풀을 잔뜩 등에 업고 집으로 돌아가는 길인 듯했어요. 그런데 아저씨 오른팔에 연이 하나 걸려 있었어요. 땅에 떨어져 있던 연을 주운 걸까, 새 연을 산 것일까 궁금했었죠. 하지만 여쭤보진 않았어요. 어쨌든, 집에서 자기를 기다리고 있을 어린 아들에게 갖다 주려는 연이었을 테니까요."

★ 디페쉬가 자신의 사진 'Son, I'm Coming'에 대해

"저는 힌두교도지만 석가모니 부처님도 존경해요. 그래서 부처님 사진을 예쁘게 찍고 싶었는데 그만 머리 윗부분과 왼쪽 뺨을 잘라먹었어요. 처음엔 너무 속이 상했는데 걘 다이가 이게 더 낫다고 그러는 거예요. 음, 정말 그래요. 완전하지 않은 부처님 모습이, 뭐랄까, 우리한테 더 많은 말씀을 하고 계신 것 같아요."

★ 써뻐나가 자신의 사진 'Too Many Words'에 대해

"밤 여덟 시가 넘은 더르바르 광장이에요. 사원의 불이 꺼지고 노천 상인 들도 하나 둘 좌판을 접어서 무척 어둡고 한산했어요. 이 아저씨 자리를 뜰 생각이 아예 없다는 양 저렇게 멍하니 자신의 조그만 가게에 기대어 계셨어요. 집으로 돌아갈 힘이 나지 않으셨던 것 같아요. 아마 이날 벌이 가 영 시원치 않으셨나 봐요. 그때 가게 이름 'Lovely'가 눈에 들어왔어 요. 아저씨의 전 재산인 이 가게가 그 이름 때문에 더 슬프게 보였어요."

★ 로지가 자신의 사진 'His Lovely Store'에 대해

　전시회가 다가오면서 공휴일과 주말은 물론 평일 수업 후에도 우리는 카메라를 들고 밖으로 나갔다. 전반적으로 볼 때, 나는 머리로 셔터를 눌렀고 아이들은 마음으로 셔터를 눌렀던 것 같다.

카트만두에서 사진전을 연다는 것

사진들의 제목은 모두 제가 지어 붙인 것입니다. 좌측에 있는 18개의 카테고리는 사진전의 구성을 그대로 따온 것입니다. 위의 12개는 제가 찍은 사진들을 분류한 것이고, 아래 6개는 6명의 아이들의 개별 섹션입니다. 대부분의 사진들은 네팔의 수도 '카트만두'와 제가 머물렀던 접경 도시 '빠떤'에서 찍혔습니다.

사진들을 다 옮겨 붙이고 이 글을 쓰는 지금, 가슴이 조금씩 북받칩니다. 제게 이 사진들은 다시 돌아갈 수 없는 행복했던 한 시절의 풍경이자, 제가 사랑하는 그 아이들의 분신이기 때문입니다. 그 골목길이, 그 아이들이 너무 보고 싶습니다.

✳ 블로그 'Lonely Nepal' 머리글 중

　　며칠 동안 잠잠하던 비가 자기도 사진전을 구
경하겠다는 듯 세차게 떨어져 내렸다. 가까스로 매
단 플래카드들이 여기저기서 처지고 미끄러져 내
렸다. 밤을 새워 플래카드에 부착한 사진들이 물기
에 힘을 잃고 낙엽들처럼 떨어져 내렸다. 자원봉사
자로 나선 친구들과 여섯 명의 아이들이 비에 흠뻑
젖어갔다. 느슨해진 플래카드를 조여 매고 떨어진
사진을 다시 제자리에 붙이는 일은 끝이 나지 않을
것 같았다. 벵골 만에서 올라온 비구름은 제대로
한번 골탕을 먹어보라는 듯 카트만두의 하늘을 온
통 뒤덮고 있었다. 네팔 최초의 거리 사진전은……

　　대성공이었다. 시간당 약 500명의 인원이 관람,
이틀간 총 만 명 정도의 관객을 동원했다. 관객의
비율도 남녀노소 비슷했다. (물론 어릴 적 마을에서 열
렸던 큰 행사에서 내가 늘 그랬듯, 이틀 내내 전시장을 놀이
터삼아 터줏대감처럼 상주해준 꼬맹이들도 열맷 명 있었
다.) 선생님의 인솔 하에 수업 시간에 단체로 전시
회를 찾은 학생들도 많았다. 입장료를 내고 더르바
르 광장에 들어온 외국인 관광객들도 덤이라는 듯

전시장 안팎을 구경했다. 이름 모를 매체의 기자들이 와서 사진을 찍고, 네팔 제1의 영문 일간지 〈히말라얀 타임스〉의 기자와 인터뷰를 했다. 그 이틀 동안, 우리들은 세상에서 가장 들떠 있었다.

흥행의 요인은 첫째, 뭐니 뭐니 해도 '무료입장'! 5루피_65원만 받았어도 관람객은 10분의 1로 줄었을 것이다. 둘째, 그악스러웠던 비! 이틀 간 그치지 않았던 비는 결국 악재가 아니라 호재였다. 사람들의 통행이 잦은 더르바르 광장에서 이틀 동안 비를 피하기 가장 좋았던 곳이 바로 우리 전시장의 천막 안이었다. 사진을 관람하다 비를 피하게 됐는지 비를 피하려다 사진을 관람하게 됐는지 분간이 안 되는 사람들이 많았다. 셋째, 인화된 큰 사진의 매력! 네팔엔 아직 디지털 카메라를 가진 사람들이 많지 않다. 필름 카메라도 중산층 이상의 사람들만 누리고 있다. 별다른 볼거리와 놀 거리가 많지 않은 이곳에서 공책만한 크기로 인화된 사진은 그 자체만으로 흥미로운 구경거리다. 더군다나 그 사진들 속엔 자신들이 사는 마을이, 아침저녁으로 지나다니는 골목길이, 길에서 마주치는 이웃들의 모습이 담겨 있었다.

오래 기억될 두 사람

"왜 우리나라의 나쁜 모습만 찍어서 보여주는 거죠? 네팔에만 가난한 사람들이 있습니까? 잘 산다는 미국에도 거지들이 득실대잖아요!"

둘째 날이었다. 선글라스를 낀 40대 초반으로 보이는 남자가 나를 찾아와 목청을 높였다. '빈곤_poverty' 이라는 섹션에 걸린 열두 장의 사진을 두고 하는 말이었다.

"제가 미국에 있었다면 미국의 고통을 찍었겠죠. 하지만 전 지금 네팔에 있잖아요. 가난 속에도 행복이 있겠지만, 제 눈엔 그분들이 고통스러워 보였어요. 네팔도 빈부의 격차가 갈수록 커지고 있잖아요."

"아무튼 그건 네팔을 무시하는 거예요. 그게 아니라면 왜 저렇게 더러운 장소들만 찍어서 전시했죠? 네팔은 세계에서 가장 아름다운 나라예요. 장엄한 히말라야의 절경은 왜 하나도 안 찍은 거예요?"

이번엔 '환경_environment' 섹션에 전시된 사진들을 문제 삼았다. 술에 취한 것 같지는 않았다.

"히말라야가 아름답다는 건 누구나 다 압니다. 그런 사진은 너무나 많아서 어디에서나 볼 수 있잖아요. 저는 네팔을 미워하는 게 아닙니다. 네팔을 사랑한다고 말할 순 없지만, 네팔에서 만난 사람들을 사랑하고 네팔이 좀 더 살기 좋은 곳이 되길 바라는 사람입니다. 우리라는 말을 쓰고 싶군요. 전 우리가 일상이라는 이유로 진지하게 문제 삼지 않았던 것들에 대해 이야기를 하고 싶었던 것뿐이에요. 제가 사랑하는 이곳의 친구들과 아이들을 위해서 말이에요."

"당신이 뭘 안다고 우리나라의 추한 모습만 찍는 거야? 네팔도 많이 발전했단 말이야! 아름다운 모습만 찍어도 모자랄 판에!"

이런 사람들의 심사를 안다. 딱 질색이다. 난 내국인의 다양한 무례를 인내할 줄 아는 관대한 관광객이 아니다.

"당신이 히말라야를 만들었어? 당신이 저 더러운 거리의 쓰레기 하나 직접 주운 적 있어? 집 없는 사람한테 잠자리 한번 내준 적 있어? 히말라야만 있으면 세상에서 제일 아름다운 나라야? 웃기네! 나는 그렇게 생각하지 않거든! 히말라야는 없지만 한국도 꽤 아름다운 나라거든! 이럴 시간에 도서관에 가서 어떻게 하면 네팔이 좀 더 살기 좋은 나라가 될지 연구나 하시지!"

고성을 듣고 달려온 셔러드가 천막 뒤로 나를 끌고 갔다. 분이 덜 풀린 나는 씩씩거리며 셔러드에게 자초지종을 설명했다. 셔러드가 내 어깨를 토닥이며 말했다. "화 많이 났겠다. 미안해. 내가 대신 사과할게." 그제야 내가 너무 못난 놈이라는 깨달음이 들었다. 휴……. '미안해, 셔러드. 미안해요, 네팔을 너무 사랑하는 아저씨…….'

"혹시 이 사진 제가 살 수 있나요?"

고등학생으로 보이는 수줍음 많은 소녀의 눈빛이 간절했다. 하지만 사진이 쓸모없게 되려면 아직 다섯 시간 정도를 더 기다려야 했다.

이틀 동안 우리들의 전시회는 이곳 사람들에게 꽤나 흥미로운 볼거리였다. '관람' 하는 게 아니라 '즐기는' , 소란스럽고 유쾌한 전시회였다.

"기다릴 수 있어요. 그 시간이면 집으로 가는 막차를 탈 수 있을 거예요. 그런데 값은 얼마나 지불해야 하나요?"

"아뇨. 그냥 드릴게요. 어차피 전시회가 끝나면 보관할 데도 없는걸요."

소녀는 만면에 희색을 띠고 꾸벅 인사를 한 뒤 천막 밖으로 사라졌

다. 볕이 들지 않는 무허가 판잣집 안에서 어둠이 더께더께 낀 미소를 띠고 있던 한 아주머니의 사진이었다. 가난이 운명처럼 얼굴에 각인 돼버린 듯한 그 미소가 왠지 슬퍼서, 몰래 셔터를 눌렀었다.

소녀는 정확히 다섯 시간 뒤에 돌아왔다. 저녁 7시. 이틀간의 전시회를 막 끝낼 무렵이었다. 플래카드에서 사진을 떼어 소녀에게 건네주는 걸 폐막 의식으로 삼을 생각이었다.

"그런데 왜 이 사진을 갖고 싶어 하는 거죠?"

사진을 건네주고 나서야 문득 궁금해졌다. 두 손으로 사진을 꼭 쥐고 소녀가 말했다.

"우리 이모예요. 정말 특별한 우연이에요. 고맙습니다. 저한테 이모 사진이 한 장도 없거든요. 집이 멀어서 이모를 자주 못 보는데, 이제 보고 싶을 때 꺼내 볼 수 있게 됐어요. 정말 고마워요."

소녀는 다시 한 번 꾸벅 인사를 한 뒤 가방에서 무언가를 꺼내 내 앞으로 내밀었다. 초콜릿 과자와 빨간색 카

자주 만날 수 없어 안타까운, 소녀가 사랑하는 이모.

드렸다. 고맙다는 말을 반사할 시간도 주지 않고 소녀는 저녁 어둠 속으로 달음질쳤다. 35루피짜리 초콜릿을 사기 위해서 소녀는 몇 주 치 용돈을 모두 썼을 것이다.

"사진전 잘 봤어요. 우리나라에 관심을 가져줘서 고마워요. 저한테 정말 좋은 선물을 주셨어요. 한국으로 돌아가서도 네팔을 잊지 마세요. 언젠가 꼭 다시 뵙길 바라요. 어디에 계시든 늘 행복하시길……."

내 생애 마지막 사진전은 그렇게 막을 내렸다. 나는 단 이틀을 위해 네팔 서민들의 1년 수입보다 훨씬 많은 돈을 썼다. 한갓 자기만족이나 영웅심, 혹은 치기의 발로라며 혀를 찰 사람들도 있을 것이다. 그러나 나는 확신한다. 어느 훌륭한 자선 단체에 기부하는 것 이상으로 값지게 쓴 돈이라고, 내가 살아오면서 써온 것 중 가장 아깝지 않은 돈이라고. 천막을 걷기 직전 몇 주간 함께 고생했던 내 고운 벗님들과 찍은 단체 사진 한 장은, 나에겐 분명 그 이상의 값어치가 있다.

09

굿바이, 칠드런

　　네팔이란 곳을 만나고 세 번째로 맞는 작별이었다. 처음 두 번은 '그녀와의 이별'로 요약될 수 있는 것이었다. 이번에 내가 떠나는, 나를 떠나보내는 주요 인물은 아이들이었다. 그리고 이번엔 전과 달리 재회를 기약할 수 없는 헤어짐이었다. 조만간 다시 개국하는 방송사, 그 치열한 밥벌이의 현실로 복귀해야 하는 상황이었다. 일단 복귀하면 네팔과 같이 다소 긴 일정을 필요로 하는 외국여행이 거의 불가능하다고 봐야 했다.

　　며칠 간 카트만두를 뒤덮었던 비구름이 물러나고, 눈이 시리도록 환하고 따사로운 여름 햇살이 살갗을 간질이는 비바르_목요일 오전. 평

일 오전의 어린이 클럽 교실은 너무나도 평화로웠다. 금방이라도 아이들이 우르르 몰려 올라올 것 같은 착각을 밀어내며 복도 한 편의 목재 게시판에 편지의 네 귀퉁이를 스카치테이프로 붙였다. 수끄러바르_금요일 아침 8시 30분 비행기를 타야 하는 내가 아이들에게 마지막 인사를 전할 수 있는 유일하고 적절한 방법이라고 생각했다. 서니바르_토요일 오전이 되면 아이들은 복도에 모여 영어로 쓰인 내 편지를 더듬더듬, 종알종알 함께 읽을 것이다.

한 달 특강을 함께 한 여섯 아이들에게만 남기는 편지가 아니었다. 카메라를 들고 승복 씨와 정여 씨를 따라 어린이 클럽을 처음 방문한

후로, 토요일마다 나에게 새로운 행복을 선사해준 클럽의 모든 아이들에게 꼭 전하고 싶은 말이었다. 가난 속에서 태어나고 자라나 질박하고 청빈한 아이들. 한국처럼 ‘잘 사는’ 나라의 아이들이 점점 잃어가고 있는 검소, 겸손, 배려, 그리고 무엇보다 순정_純情을 몸과 마음으로 보여준 아이들.

“나마스떼, 갠 다이!”,

“께 버요, 갠 다이?”(갠 다이, 무슨 일 있어요?)

“아르꼬 헙따마뻐니 아우누스! 훈차?”(다음 주에도 꼭 오세요. 아셨죠?)

자갈 많은 실개울의 물소리처럼 맑고 또랑또랑한 아이들의 목소리가 귓가를 맴돌았다. 필기체로 인쇄된 A4 용지의 여백 한 구석에 얼굴이 클로즈업된 글쓴이의 사진도 한 장 붙여놓았다. 아이들의 기억 속에 남기고 싶은 내 모습을 가장 잘 담아준 사진이었다.

오후가 다 지나고 땅거미가 내릴 무렵, 뜻밖의 선물 하나를 받았다. 작별 인사 차 들른 PC방에서였다. 주인장 비슈아 씨가 반듯하게 오려낸 신문 한 조각을 건네며 말했다.

“축하해요! 히말라얀 타임스에 당신의 사진전 기사가 실렸어요.”

전시회 둘째 날, 천막 뒤에서 30분이 넘도록 진지하게 대화를 나눈 여기자의 얼굴이 떠올랐다. 기자는 ‘How Are You, Nepal?’ 이라는 사진전 제목과 함께, ‘한국 다큐멘터리 연출가와 여섯 명의 아이들, 네

'팔의 속살을 보여주다' 라는 과분한 표제를 달아주었다.

기사엔 사진전의 이모저모와 함께 한 한국인이 네팔에서 아이들과 같이 거리 사진전을 열게 된 배경이 육하원칙에 따라 간명히 보도되어 있었다. 오래 남을 기록엔 수식어가 많지 않은 것이 좋다. 네팔에서 가장 많이 읽히는 영자 신문에 아이들과 내가 함께 보낸 한 시절이 뚜렷이 새겨졌다. 세월의 포트폴리오 또는 시간의 음각 판화……. 나는 세상에서 가장 근사한 작별 선물을 받은 것이다. 우쭐해진 마음 한 편이 조금씩 시렸다.

How are you, Nepal?

A South Korean filmmaker and six kids give us the ground realities

KATHMANDU: It was one of the most crowded exhibitions that one had visited with unruly visitors and strict volunteers (most of them school children), who were adamant that we follow their traffic directions at the venue.

Titled 'How are you, Nepal?', this two-day photo exhibition was the visualisation of a South Korean documentary filmmaker, who fell in love with Nepal while shooting a documentary here last year. After completing his work, he returned and started this project with the children from the 'Children's Club' at Child and Woman Development Centre (CWDC), Patan.

Jong Gook Lee, whose adopted Nepali name is Gyan Bahadur, wanted to do something with the children and since photography, as he desicribes, is one of the forms of art, he wanted to make the children "aware of the aesthetics of photography".

The exhibition was basically divided into two broad sections — one dealing with Lee's perceptions, his idea of Nepal, basically Patan, and the other was dedicated to the works of six of his students aged between 12-14 years.

And what you were made to walk through was the reality of our Capital. The exhibition underscored very strongly that Nepal is not only about the beautiful mountains, the majestic Himalayas, the ancient temples, but that it is also about the huge piles of rubbish, rain flooded roads, mangy dogs, posters, demonstrations among other things.

Lee adds that a person asked him why only the negative aspects of the city? "But that is also a part of our life in the City. That is what we live with every day," is his answer.

The children who either want to become a pilot, an actor, a famous Nepali dancer, a computer engineer, have captured the city scenes in such a way that one involutarily says, "Hey! I've seen this woman" or "We ate at this roadside stall just last weekend."

Why 'How are you, Nepal?' and Lee says, "I wanted to name it 'Good Morning Nepal' but 'How are you, Nepal?' is much more inclusive." – HNS

나에겐 〈뉴욕 타임스〉나 〈런던 타임스〉보다 훨씬 더 가치 있는 〈히말라얀 타임스〉.

잠들기 전에 짐을 모두 싸둔 터라 6시 즈음에야 일어났다. 문밖에서 웅성거리는 소리가 들렸다. 디페쉬, 로지, 수잔, 써뻐나, 빠라스, 브루스 리. 여섯 명의 아이들은 30분 전부터 내 방문 앞에 모여 있었다. 셔러드, 비제이_어린이 클럽 봉사자 모임의 리더, 라케쉬, 니웨시_어린이 클럽의 봉사자도 와 있었다. 디빠네 식구들도 한참 전부터 일어나 나의 기상을

기다리고 있었다. 7시까지는 공항에 도착해야 했으므로 나는 그들 사이를 비집고 다니며 허둥지둥 떠날 채비를 했다. 물론 아무리 바빠도 아마가 방까지 가지고 온 찌아와 비스킷을 마다할 순 없었다. 이 와중에 부바가 내 이마에 '띠까_물에 이긴 붉은 염료와 쌀알을 버무린, 신의 축복을 기원하는 힌두교 표식'를 발라주는 간단한 예도 치러야 했다.

빌 바둘과 버선띠가 떠나던 날처럼, 현관문 아래 양쪽에 작은 양은 물컵 두 개가 놓여 있었고, 물 위에 띄워놓은 '꺼멀_kamal' 꽃잎이 잔바람에 하늘거리고 있었다. 먼 길을 떠나는 이의 안전한 여행을 기원하는 힌두 가정의 신성한 의식이다. 문간에 기대선 아사와 디빠에게 마지막 인사를 할 시간이었다.

"디빠, 아사, 람로 버히니어루, 람로썽거 버스누스!"(우리 예쁜 여동
생들, 잘 지내야 해!)

'버히니_여동생'. 디빠를 그렇게 부르는 것만으로도 좋은 작별 인
사가 될 것 같았다. 디빠도 그걸 안다는 듯, 나를 향해 어느 때보다 환
하고 예쁘게 웃어 주었다. '당신, 정말 잘 지내야 해요……'

디페쉬가 큰 길로 나가 택시 두 대를 집 앞 골목길까지 불러왔다.
아이들과 친구들이 한사코 공항까지 배웅하겠다고 나섰다. 공항까지
갔다 와도 학교에 지각하지 않을 거라고, 부모님들도 허락하셨다고
재잘대는 아이들의 고집을 꺾을 수 없었다. 800cc 경차 두 대에 열 한
명이 나눠 타야 했다. 뒷좌석에 몸을 접은 채 뒤엉켜 타야 하는 아이들
에게 미안했지만, 이런 '무리'가 이곳의 일상임을 이제는 안다.

왁자지껄 간신히 모두 택시에 올라탔다 싶었을 때, 고개를 숙인 채
길가에 홀로 서 있는 써뻐나가 보였다. 택시에서 내려 아이에게 다가
갔다.

"써뻐나, 넌 왜 안 타?"

"걘 다이, 난 못 가요. 여기서 헤어져야 돼요. 잘 가세요……."

참, 써뻐나는 아침 일찍 일 나가는 엄마를 대신해 오빠와 자신의
아침 식사를 준비해야 한다. 여기까지 짬을 내 오는 것도 어려웠을 것

이다. 설핏, 아이의 눈망울에 맺힌 물기를 보고 말았다. 금요일 아침 6시 반의 골목길, 이 열세 살 소녀의 마음에 틈입한 설움과 슬픔을 어떡해야 하나. 다 헤어진 써뻐나의 감청색 슬리퍼와 흙 때 묻은 발가락을 잠시 바라봤다. 아이를 안고 등을 토닥여줬다.

"울지 마, 써뻐나. 여기서 헤어지는 게 아냐. 꼭 다시 돌아올 거야."

맺혔던 눈물을 일시에 떨어뜨리며 아이는 고개를 끄덕였다.

"어서 집으로 가. 물 긷고 아침 준비해야지."

써뻐나는 예의 그 해맑고 예쁜 미소를 내게 지어주며 돌아섰다. 금세 힘이 난 듯 아이는 풀썩풀썩 흙먼지를 일으키며 바삐 멀어져갔다. 이제 내가 떠나는, 언제 다시 올 지 짐작하기 힘든 그곳으로……

택시 창 밖으로 무심히 지나가는 카트만두를 보고 있노라니, 지난 시간들이 말 그대로 주마등처럼 머릿속을 스쳐 흘렀다. 뒷좌석에 탄 친구들의 머릿속도 그러한지, 모두가 약속한 듯 입을 다물고 있었다.

침묵은 공항 검문소에서 깨졌다. 비제이와 함께 아이들이 모여 탄 택시가 검문소의 무장 군인과 잠시 실랑이를 벌이는가 싶더니 이내 유턴을 하는 것이었다. 먼저 통과해서 기다리던 나는 황급히 택시에서 내려 멀어지는 차를 쫓아갔다. 뛰어오는 나를 발견한 아이들이 택시를 멈춰 세우고 우르르 내렸다. 아이들에게 무슨 일이냐고 물어보려는 순간, 공항 경비대 경찰이 달려와서 아이들과 나를 제지했다. 비행기 티켓이 없으면 공항 건물 안은 물론 아예 공항 구역 내로 들어갈 수가 없다는 것이었다. 하지만 버선띠와 빌 바둘의 출국을 촬영할 때 나는 여권만 보여주고 검문소를 통과했었다.

"외국인은 괜찮아요. 네팔인들은 안 된다는 겁니다. 외국인과 같은 차량을 타고 들어가는 경우만 제외지요."

이해가 안 되는 걸 넘어서 화가 났지만, 더 따지고 싸울 시간이 없었다. 자기들의 국가에 의해 자기들의 공항에서 문전박대를 당한 아이들이 느낄 민망함과 분함이 내 마음을 후벼 팠다. 눈치를 보던 디페쉬가 점퍼 안주머니에서 겹겹이 접은 노란 종이를 꺼내 내게 건넸다.

"아침에 우리들이 함께 만든 선물이에요."

디페쉬를 꼭 안았을 때 나는 아무 말도 할 수 없었다. 목구멍에 맺힌 말이 복받쳐 오르는 마음을 억누르느라 더 이상 올라오지 않았다. 브루스 리를 안아주려 할 때 경찰의 곤봉이 우리 사이에 끼어들었다.

"이게 뭐하는 짓이에요! 아이들과 마지막 인사를 하고 있잖아요! 당신도 네팔 사람이면서 아이들한테 미안하지도 않나요? 이런……!"

이번에도 셔러드가 나를 말렸다.

"괜찮아요, 갠 다이. 어서 들어가세요……."

아이들도 나를 진정시키려 했다. 경찰이 잠시 옆으로 비켜섰다. 나

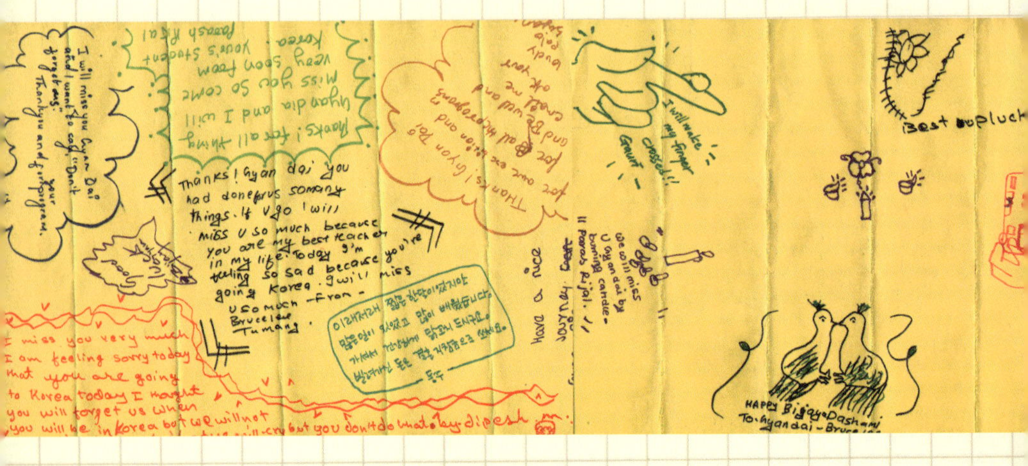

는 다섯 명의 아이들을 한꺼번에 꼭 껴안았다. 가슴팍을 에두른 아이들의 머리에서 내가 사랑한 네팔의 냄새가 났다. 셔러드, 비제이, 라케쉬, 니웨시에게 눈인사를 건넸다. 말은 군더더기가 될 것 같았다. 굿바이, 칠드런!

안녕, 안녕, 안녕, 안녕, 안녕…….

비행기 창밖으로 바그머띠 강줄기와 히말라야의 하얀 봉우리들이 보일 때 즈음, 디페쉬가 준 노란 종이를 꺼내 펼쳤다. 아이들이 나에게 쓴 롤링 페이퍼였다.

이곳에서 우리들을 위해 해준 모든 일들에 고마워하고 있어요. 보
고 싶을 거예요.
그러니까 한국에서 빨리 돌아오세요!

★ 로지

우리를 위해 준비한 수업들과 전시회, 모두 고마워요.
건강하게 잘 지내세요. 이메일 꼭 써야 해요!

★ 수잔

너무너무 보고 싶을 거예요.
걘 다이는 나한테 최고의 선생님이니까요.
걘 다이가 한국으로 돌아가서, 오늘 너무 슬프답니다……

★ 브루스 리

한국에 가면 걘 다이가 우리를 잊을지도 모른다고 생각했어요.
하지만 우리는 절대 걘 다이를 잊지 않을 거예요.
부디 우리를 잊지 마세요……

★ 디페쉬

아이들 몰래 어린이 클럽에 편지를 남겨두지 않았으면 두고두고
후회할 뻔했다. 나는 아이들을 잊지 않을 것이다. 잊기엔 너무 많은 것
들을 그곳에 남겨두었다.

안녕, 얘들아!
너희들을 일일이 다 안아주며 작별 인사를 못
하는 게 너무 아쉽단다. 이곳에서 너희들과
함께 보낸 시절이 내 인생에서 가장 멋지고
행복한 시간이었어. 너희들 한 명 한 명 모두
가 나를 예정보다 훨씬 오래 이곳에 붙잡아둔
이유였어. 이젠 한국에서 나를 기다리는 소중
한 사람들 곁으로 돌아가야 할 때인 것 같아.
사랑하는 법, 친구가 되는 법, 신의를 지키는
법……. 이 귀중한 것들을 너희들에게서 배웠
어. 너희들이 나를 가르친 선생님이었어.
고마워. 그리고 사랑해.
모두모두 행복하기를…….
Hey, Kids!
I'm very sorry that I can't hug
and say goodbye to each of you.
It was the most wonderful time of my life
to be with you here.
Everyone of you was the reason that I couldn't
leave for Korea earlier.
Now it's time for me to go back to the people
who are waiting for me in Korea.

Love, friendship, sincerity
I learned these precious things from you.
You were my teachers.
Thank you, and
I love you all.

Kids, be happy!
ME & YOU & EVERYONE WE LOVE

ou the wind blows i might even paint my
just depends on whatever feels good in my so
girl on your video and i ain't buil
to love myself unconditionally because i am

사랑한다면 이들처럼

진심으로 사랑하는 사람들은 절절한 작별 인사를 나누고 헤어진 뒤
다음 모퉁이에서 우연히 다시 마주쳐도 마냥 반갑고 기쁠 따름입니다.

01

축제를 즐기는 방법

라마 군이 어젯밤에 주문한 케이크를 찾아왔다. 비노드 군은 3층 테라스로 음료수머 맥주를 혼자 나르느라 진땀을 흘렸다. 두 친구는 오늘 하루 나를 위해 유일한 밥벌이인 관광 가이드 일을 포기했다. 로빈 군이 천막 가게에서 테라스 바닥에 펼칠 큼지막한 깔개를 구해왔다. 니웨시 군 일당이 비닐 포대기에 담아온 버팔로 소시지 튀김과 감자튀김에서 유난히 구수한 냄새가 풍겨 나왔다. 집에서 방금 요리해 온 것들이라 따끈따끈하기 이를 데 없다. 열여덟 살 꺼루나 양과 번다나 양의 손에는 정성스레 포장한 선물 상자와 장미꽃 한 송이가 들려 있었다. 샴페인을 치켜들며 나타난 전화방_PC방 사장 빔박 씨의 뒤에

서, 점성술사 기따 양이 함박웃음을 지어보였다.

셔러드와 비제이는 약속대로 기타와 하모니카를 들고 왔다. 교회 성가대에서 편곡과 연주를 맡고 있다는 라즈 꾸마르 군의 동행은 뜻밖이었다. 몇 해 전 하나님의 계시를 받고 나이지리아에서 건너왔다는 전도사 앤더슨, 앤더슨과 함께 카트만두에서 예수의 복음을 전파하고 있다는 네팔 친구들이 줄지어 파티장으로 들어섰다. 언제나 그랬듯, 쁘라갸, 쁘라디마 자매와 라케쉬 군은 약속 시간을 한 시간이나 넘겨 도착했다. 야간 근무에 걸린 디빠에게서 문자메시지가 왔다.

'생일 축하해요, 걘.'

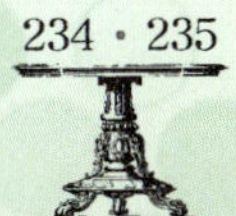

호텔 '굿월_Good Will'의 3층 테라스. 내 생애 최고의 생일 파티가 열리려 하고 있었다.

한 달 전에 나는 네팔로 돌아왔다. 새 방송사의 개국 일정이 차일피일 미뤄지고 있었다. K사의 특집 방송 촬영 건으로 잠시 방글라데시를 다녀왔을 뿐, 한국에서 딱히 할 일도 없고 하고 싶은 일도 없었다. 겨울이 오니 춥고 외로웠다. 눈이 내리니 더 그리웠다. 그 햇살, 바람, 냄새, 얼굴들이 너무 그리웠다. 친구 J가 거액의 대출을 해주며 말했다. "네 안의 허기가 부럽다. 배부를 때 돌아와."

영영 못 볼 수도 있다는 생각으로 치렀던 애틋한 작별 때문에 주저할 일은 전혀 없었다. 살가운 작별 인사를 하고 얼마 지나지 않아 다시 마주치는 게 서로 어색한 사람들은 겉치레나 도구로서 친분을 쌓아온 것이다. 진심으로 좋아하고 존경하고 사랑하는 사람들은 10분을 끈 절절한 작별 인사를 나누고 헤어진 뒤 다음 모퉁이에서 우연히 다시 마주쳐도 마냥 반갑고 기쁠 따름이다. 심지어 애초에 만났을 때보다 더 큰 반가움과 기쁨에 휩싸이기도 하거늘. 매 순간 예상을 배반하는 선율로 반전의 즐거움을 선사하는 재즈 음악처럼, 예기치 않은 재회가 가져다줄 행복을 나는 바라고 또 바랐다. 이번 역시 '여행'과는 거리가 멀었다. 자유와 휴식을 찾아 떠나온 길이 아니었다. 이곳에서 조금 더 살아보고 싶었다. 조금 더 깊이 들어가 사람들과 뒤엉키고 싶었

꿈결에도 그리워했던 정겨운 우리 마을. 꿈결 같은 기억들이 옹기종기 모여 있는.

다. 내 삶에 새로 생긴 고마운 '곳간'을 더 풍족하게 채우는 것. 다채롭고 각별한 감정과 경험, 소중한 삶의 암시들을 빼곡히 쌓는 것. 이런 순진한 욕심이 나를 이곳으로 다시 부른 것이었다.

지난 한 달 동안 나는 행복했다. 한껏 열어놓은 마음 안으로 날마다 새롭게 바람이 들어오고 나갔다. 남은 두 달, 나는 그 바람들의 말에 쉼 없이, 기꺼이 귀를 기울일 것이다.

02

달라이 라마는 아니지만

서울의 어둡고 거무튀튀한 그것과 달리 카트만두의 밤하늘은 참 환하고 푸르다. 밤하늘의 빛을 보려면 지상의 불을 꺼야 한다. 이곳의 밤거리엔 네온사인도 없고 가로등도 없다. 자동차 헤드라이트나 고층 아파트에서 새어나오는 불빛도 없다. 그러나 오늘처럼 보름달이 뜬 밤엔 안개같이 촉촉한 달빛이 대지를 보드랍게 적신다. 히말라야의 봉우리들에 쌓인 눈은 해발 8,000킬로미터 상공에 달빛을 반사하고 있을 것이다. 오랜만에 손전등 없이 밤길을 걷는다.

"걘 다이, 요꼬한테 며칠째 전화도 없고 메일도 안 와. 어떡하면 좋지?"

'3시간 15분'이라는 한국과 네팔의 시차는 퍽 절묘하다. 이곳의 밤 11시는 한국의 새벽 2시 15분만큼 일탈적인 시각이다. 이 늦은 시각에 한사코 숙소까지 나를 배웅하겠다고 따라나선 청년, 스물일곱 살 '라마' 군. 요사이 이 청년은 틈만 나면 내게 연애 상담을 청한다. 일본에 있는 여자친구 요꼬 양 때문에 속이 꽤나 타는 모양이다. 라마의 메일 아이디는 'namaste_yoko'. 며칠 전엔 이 아이디로 보내는 일본행 연애편지까지 대필해줘야 했다.

빠떤 더르바르 광장_Patan Durbar Square에서 라마를 모르면 간첩이다. 더르바르_durbar, '왕궁', '황실' 광장은 15세기 말부터 18세기 중반까지 이 도시를 지배한 '말라' 왕조의 왕궁터가 자리한 빠떤의 심장이다. 수세기에 걸쳐 왕실에서 쌓아올린 유명한 힌두 사원들이 밀집한 가운데, 아시아 최고의 박물관으로 평가받는 '빠떤 박물관'에다, 인도는 물론 티베트, 중국에까지 그 명성을 떨쳐온 '네와르' 족_카트만두 분지의 원주민의 뛰어난 회화, 조각, 공예 작품들을 만날 수 있는 '장인 골목'들이 사방에 숨어있다. 전 세계에서 온 수백 명의 관광객들이 날마다 분주히 찾아들고 떠나는 빠떤 더르바르 광장, 라마는 이곳에서 가장 잘나가는 관광 가이드다.

더르바르 광장엔 어림잡아 약 30명의 관광 가이드들이 상주하고 있다. 대부분이 10대 후반에서 20대 중반이며 모두 남자들이다. 광장

더르바르 광장의 관광 가이드들. 왼쪽에서 두 번째가 라마. 때론 피보다 진한 친구 사이들,
때론 눈앞의 관광객을 두고 양보 없는 전쟁을 벌이는 냉정한 동업자들.

입구에 외국인들이 나타나거나 택시에서 막 내리는 관광객들이 포착되면, 습관

같은, 하지만 치열한 호객 행위가 시작된다.

"웰컴 투 빠떤! 가이드를 찾고 계시죠?"

"저는 이곳 최고의 가이드랍니다. 이곳에서 태어나고 자랐죠."

"론리 플래닛_세계적인 여행 안내 책자 따위는 가방에 도로 넣으세요. 저보다 이

곳을 더 잘 아는 사람은 지구 상에 없어요. 소중한 여행에서 후회할 일은 하지

말아야죠?"

"바가지요? 저는 이곳에서 가장 정직한 가이드예요. 당신에겐 특별 할인까

지 해드리죠."

가이드를 고용하는 관광객은 열 명 중 한 명 꼴. 서른 명의 가이드 중 스무 명은 하루를 공쳐야 한다. 경력과 노하우에서 앞서는 가이드들이 하루에 서너 탕을 뛰기 때문이다. '한 사람을 한 시간 동안 가이드했을 때 300루피_약 4,200원' 라는 나름의 담합과 규칙이 있지만, 이곳의 삶을 움직이는 핵심요소는 '흥정' 과 '예외' 다. 세 명을 네 시간 동안 가이드하고도 시비 끝에 50루피밖에 못 건 질 때가 있는가 하면, 한 명을 30분 동안 가이드하고 1,000루피를 버는 횡재를 잡기도 한다. 하지만 가이드로 버는 돈이 이곳 가이드들의 주 수입원은 아니다. 대부분의 관광객들이 모르는 비밀인데, 가이드들은 안내의 마지막 코스로 대개 전통차나 티베트 카펫, 미술품, 공예품 등을 파는 가게를 소개한다. 만일 여행 객이 그 가게에서 물건을 구입하면, 가이드들은 사후에 그 가게로부터 물건 가 격의 50%~20%에 해당하는 수수료를 받는다. 가이드들은 여행객들의 구매충 동을 일으킬 물건들이 많은 가게들과 거래를 트려 하고, 가게들은 구매력 높은 관광객들을 쉽게 끌어올 줄 아는 유능한 가이드들과 독점 계약을 맺으려 한다.

이 모든 이야기들을 나는 라마로부터 전해 들었다. 길가에 앉아 커피를 마 시다 우연히 인사를 나눈 후 며칠 동안, 나는 티베트 불교를 따르는 이 몽골계 청년을 경계했다.

"음, 그냥 거리의 철학자라고 해두죠. 달라이 라마는 아니지만 나도 이곳에 서 매일 삶의 지혜를 찾고 있죠."

'달라이 라마' 는 '지혜의 바다' 라는 뜻이다. '바다' 를 뜻하는 '달라이' 와

s·e·a·s·o·n #03

'지혜' 혹은 '스승'을 뜻하는 '라마'의 합성어. 홍콩 영화배우 유덕화를 연상시키는 얼굴에 싸구려 선글라스를 낀 라마가 저렇게 자신을 소개했을 때, 나는 그를 영락없는 양아치라고 생각할 수밖에 없었다. 라마의 모든 표정, 몸짓, 어조는 내게 과잉과 가식으로 보였다. 더르바르 광장 곳곳에서 하루에도 몇 번 씩 라마는 두 팔을 흔들며 내게 달려왔다. "이 형_Brother Lee, 잘 지내요?"라고 하며 두 손으로 내 오른손을 낚아채 요란하게 악수를 했다. 실없는 잡담 중 저 멀리 관광객이 포착되면, 아메리카 흑인들의 인사법처럼 오른팔로 내 목을 감싸 안은 뒤 잽싸게 뛰어가며 외쳤다. "형, 미안해요! 돈은 내 인생이에요!"(Money is my life!)

라마에 대한 경계를 해제한 건, '돈이 내 인생'이라고 외치는 그가 나를 '돈'으로 보지 않는다는 확신이 들고 나서였다. 라마는 내게 한 번도 가이드 제의를 하지 않았다. 커피 한 잔 사달라고 하는 법도 없었고, 내가 건넨 한국 담배 한 갑도 한사코 받지 않았다. 그리고 결정적인 사건 하나.

더르바르 광장은 말 그대로 '광장'이다. 담장도 없고 지정된 출입문도 없다. 사람들이 저마다의 생활을 위해 무심히 가로질러 다니고, 여든 살 노인부터 다섯 살 아이까지 사시사철 밥 먹듯 이용하는 만남의 장소다. 여기저기 진을 친 노천 좌판에서 서민들의 생필품들이 거

s·e·a·s·o·n #03

래되는 상설 장터이기도 하다. 관광객들에겐 200루피_약 1,900원짜리 티켓을 들고 체험하는 일탈의 공간이지만, 파리 시민들에게 드골 광장과 샹젤리제 거리가 그렇듯 이곳 사람들에게 더르바르 광장은 하루하루를 살아가는 일상의 공간인 것이다. 그런데 어느 날.

어린이 클럽으로 가기 위해 광장을 가로지르고 있던 나를 낯선 사람이 붙잡아 세웠다.

"티켓 좀 보여주시죠. 일본인이죠? 아니면 중국인?"

"아, 나는 관광객이 아니에요."

더르바르 광장엔 무시로 관광객들의 티켓을 확인하는 시청 직원들이 있지만, 나는 한번도 이 불심검문에 걸려본 적이 없다. 오히려 그들과 나는 마주칠 때마다 가벼운 안부 인사를 주고받는 사이였다. 한국에서 온 신혼부부를 따라다니며 세 달이 넘게 카메라로 네팔을 촬영한 사람, 한 달 후에 다시 돌아와 아이들과 같이 이곳 광장에서 거리 사진전을 연 사람, 마지막이라며 작별을 하고 떠난 지 세 달도 안 돼 다시 네팔로 돌아온 특이한 사람. 그들은 나의 이런 예외성을 인정하고 존중했다. 그런데 새 직원이 이곳으로 발령받은 것이다.

"무슨 말이죠? 그럼 네팔 사람이에요?"

"아니, 그게 아니라, 관광객이 아니란 말이에요."

"관광객도 아니고 네팔 사람도 아니라는 게 말이 돼요?"

"말이 왜 안 돼요? 나는 한국 사람이지만, 관광객이 아니라고요. 이곳에서 살고 있다고요!"

내 목소리가 답답함에서 분노로 바뀌려 할 때 라마가 끼어들었다. 먼저 나를 진정시킨 후에 라마가 직원에게 말했다.

"오해가 있나 본데요. 이 사람은 다른 외국인들과 달라요. 에베레스트나 안나푸르나로 가기 전에 잠시 이곳에 왔다 가는 관광객이 아니라, 당신이나 나처럼 매일 여기에서 생활을 하고 있다고요. 이곳 아이들을 위해 좋은 일도 많이 한 사람이에요. 저 사람한테 매일 200루피를 달라고 할 순 없잖아요?"

잠시 후, 등을 돌리고 서 있던 내게 직원이 다가와 말했다.

"미안해요. 그런 사람인 줄 몰랐어요. 앞으론 티켓 얘기 절대 안 할게요. 하하. 난 어니르라고 해요."

미안한 건 오히려 내 쪽이었다. 규율과 원칙을 따라야 하는 사람한테 충분한 전후 설명 없이 내 억울함만을 들이댔으니. '나는 다르다'라는 못난 생각이 교묘한 우월감과 자만으로 표출된 것 같아 몹시 부끄러운 느낌이 들었다. 부끄러운 마음이 감탄에 자리를 내준 건, 직원이 떠난 후 라마의 얘기를 들으면서였다.

"많은 관광객들이 200루피를 안 내려고 저 직원들과 실랑이를 하죠. 그럴 때 나는 주로 직원들의 편에 서요. 관광객들이 화가 나서 나를 가이드로 쓰지 않아도 할 수 없어요. 별 노력 없이 쉽게 외화를 벌어들인다고 욕할 사람들이 많겠지만, 지금 우리는 그렇게라도 도움을 받으며 살아야 하니까요. '삼성' 도 없고 '소니' 도 없는 가난한 나라, 네팔에게 200루피는 큰돈이에요."

라마의 첫 노동은 7살 무렵 시작되었다. 관광객들을 상대로 길거리에서 기념품을 팔던 아버지의 명으로 탕카_탱화, 가는 붓으로 천이나 종이에 물감을 찍어 완성하는 티베트의 불교 회화를 그리기 시작했다. 학교도 가지 않고 온종일 좁은 방 안에 갇혀 붓으로 물감을 찍어 발랐다. (숙련된 어른이 한 점의 탕카를 완성하는 데 보통 20일 정도가 걸린다고 한다.) 1년이 지났을까, 보다 못한 어머니가 아버지에게 항의했다. "라마는 한창 친구들과 밖에서 뛰어놀 나이라고요!" 무시무시한 부부싸움이 벌어진 그날, 라마는 처음으로 집을 뛰쳐나와 노숙을 했다. 그날 밤 후로, 더르바르 광장의 크리슈나 신전은 여덟 살 아이에게 집보다 더 편한 안식처가 되어주곤 했다. (그 시절 개들과의 자리싸움에서 얻은 상처들이 지금도 라마의 몸 곳곳에 남아있다.)

라마는 자연스레 더르바르 광장에서 놀고, 먹고, 싸우고, 용돈을 버는 '더르바르 키드' 군에 합류했다. 라마가 자신의 손으로 처음 돈을 번 것도 크리슈나 신전에서였다. 이른 아침이나 저녁 무렵의 뿌자_

열한 살 꼬마 라마. 독학으로 체득한 관광 가이드의 피와 끼가 좔좔 흘러넘치던, 신동 혹은 운명.

힌두교에서 신에게 올리는 예배를 위해 사람들이 신전 안에 들어가 있는 동안 밖에서 그들의 신발을 지켜주는 일이었다. 한 켤레에 50뻬이샤_0.5루피, 지금의 물가로 치면 3루피, 약 42원. 시간이 지나면서 아는 형들의 어깨 너머로 배운 간단한 영어로 관광객들에게 말을 걸기 시작했다. "Mr.! This way Golden Temple!" (선생님! 이쪽으로 가면 황금사원이 나와요!) 그렇게 해서 처음 받은 돈이 5루피. 영어 실력이 늘어가면서 수입도 늘어갔다. 친구와 함께 가이드를 하고 받은 돈은 정확히 반반으로 나누었다. 한번은 15루피의 분배를 놓고 친구와 길거리에서 대판 싸움이 벌어졌다. 이 광경을 바라보던 인근 식당 주인아저씨가 싸움을 뜯어말리며 솔로몬의 해법을 제시했다.

"일단 5루피씩 나눠가져라. 남은 5루피는 내가 보관하고 있으마. 다음에 관

스물일곱 청년 라마. 19년 경력으로 얻은 관광 가이드의 진수와 경륜이 철철 흘러넘치는, 베테랑 혹은 운명.

광객을 우리 식당으로 데려오면 수고비로 5루피를 줄 테니, 그때 다시 5루피씩 나눠가지면 되잖니?"

이 사건을 계기로 라마는 주변의 식당, 기념품 가게, 공예품 가게, 탕카 화방 등과 거래를 트기 시작했다. 처음엔 5%였던 수수료가 10%, 20%로 늘어갔다. 하루는 일본에서 온 노부부를 탕카 가게로 데려갔는데, 좀스러워 보이는 외모와 달리 그 부부가 비싼 탕카를 일곱 점씩이나 구입했단다. 며칠 뒤 그 가게로부터 라마가 받은 '500루피'_현재 물가로 3,000루피, 약 43,000원는 한동안 더르바르 광장의 전설로 회자되었다고 한다.

라마는 그날그날 번 돈을 고스란히 어머니께 갖다 드렸다. 생활비는 한 푼도 안 주면서 매일 술주정만 부리는 고약한 남편을 둔 불쌍한 어머니에게……

돈 벌어올 필요 없으니 학교만 열심히 다니라는 어머니의 바람은 들어줄 수 없었다. 그 시절 라마는, 자기가 이미 어른이 되어버렸다고 생각했다. 라마의 나이 겨우 열세 살 무렵이었다.

　강산이 한 번 변한 지금, 라마는 여전히 더르바르 광장에서 놀고, 먹고, 돈을 벌고 있다. 그 사이 아버지가 집을 나갔고, 형은 라마가 모아둔 돈을 사업으로 모두 날려 버렸다. 학교를 띄엄띄엄 다니다 말았지만 원어민과 자유자재로 대화할 수 있는 영어 실력을 얻었다. 카트만두 트렌드의 첨단을 달리는 중국산 청바지엔 모토로라 휴대전화가 꽂혀있다. 세계 곳곳에 남녀노소의 친구들을 두고 있고, 요꼬라는 일본 여자와 목하 열애중이다. 라마가 요꼬를 진심으로 사랑하는지, 아니면 이곳 가이드들의 공통된 '로망' 처럼 가난하고 답답한 현실에서 벗어날 수 있는 비상구쯤으로 생각하는지 나는 알 수 없다. 사실은 라마 자신도 헷갈려하는 것 같다.

　삶은 여전히 예측 불가능하다. 종일 헛다리품만 팔다 공치는 날도 있고, 반나절 만에 다른 이들의 한 달 치 수입을 벌어들이는 날도 있다. 더르바르 광장으로 향하는 햇살 부서지는 아침엔 설렘으로 콧노래를 부르고, 온 가족이 함께 사는 만 오천 원짜리 월세방으로 돌아가는 저녁이면 좌표 없는 생이 주는 무력감에 어깨가 처지곤 한다.

언젠가 길을 함께 걷다 텔레비전들이 전시된 전자제품 가게 앞에서 라마가 나를 잡아 세웠다. 라마는 내서널지오그래픽 채널이 방송되고 있는 한 브라운관을 가리켰다.

"갠 다이, 저것 좀 봐!"

검푸른 심해 속을 유영하는 잠수부 주위로 갖가지 바다 생물들이 평화롭게 몰려다니는 화면이었다. 가난한 내륙국. 99.9%의 네팔 사람들이 그러하듯, 라마 역시 바다를 본 적이 없다.

"저게 나의 '니르바나' 야!"

라마는 화면 속으로 다이빙이라도 할 것처럼 바짝 다가서서는 연신 감탄사를 내뱉었다.

니르바나. 열반. '모든 번뇌의 얽매임에서 벗어나 진리를 깨닫고 불생불멸_不生不滅의 법을 체득한 경지'. 생각해보면 우리들은 모두 저마다의 니르바나를 꿈꾸며 살고 있을 터이다. 나날이 불어만 가는 뱃살과 마이너스 통장 잔액을 쳐다보며 주춤주춤 30대 중반을 향해 불안하게 걸어가고 있는 나의 니르바나는 어떤 것일까? 당신의 니르바나는?

아늑한 밤길의 정적을 깨며, 라마가 자신이 직접 곡을 쓰고 가사를 붙인 십팔번을 부른다.

라마의 본명은 '럭스만 꾸마르 라마'다. '럭스만'은 '부'와 '풍요'를 뜻하고 '꾸마르'는 '순결'과 '순수'를 뜻한다. 이름에 담긴 저 소망들은 라마의 삶에서 아직 너무 멀리 있는 것 같다. 그래서 나는 기도한다.

언젠가는 라마가 깊고 검푸른 바닷속이 아니라, 더르바르 광장과 만 오천 원짜리 월세방 안에서 자신의 니르바나를 찾게 되기를. 그때즈음 라마의 마음속에 푸른 바닷물이 풍성하게 들어차고, 그 안에서 세상의 때를 타지 않는 물고기들이 느릿느릿, 꿈꾸듯 헤엄쳐 다니기를……

03

수꿈바시로 놀러오세요

타닥 탁 타닥. 나뭇가지들이 타들어가며 내는 소리가 타악기 연주마냥 흥을 돋운다. 해질녘부터 마시기 시작한 창_희뿌연 빛깔의 네팔 곡주, 우리의 막걸리와 거의 똑같은 맛을 냄 덕분에 얼굴도 마음도 발그레하다. 오늘도 주막 앞 황토 바닥에 모닥불이 지펴졌다. 세피아 빛깔로 물든 2미터 반경의 원 안에 내가 아는 사람들이 두서없이 앉거나 서있다. 오늘밤엔 수꿈바시 마을에 전기가 들어오지 않는다.

네팔은 세계에서 두 번째로 수자원이 풍부한 나라지만 댐, 발전소 등의 기반시설이 부족해 전력 공급이 원활하지 않다. 그나마 생산되는 전력의 상당량 또한 네팔을 가로질러 헐값에 인도로 수출된다. 카

트만두나 뽀카라 같은 도시를 제외한 대부분의 산간지역과 시골엔 아직 전기가 들어가지 않는다. 도시에서는 관청이 '전력 평균 분배 계획_Loadshedding schedule'이란 시간표를 짜서 주기적으로 해당 지역의 전력 공급을 차단한다. A 지역은 매주 수요일 저녁 7시에서 10시까지, B 지역은 일요일 저녁 6시에서 9시까지……. 전기와 빛의 점멸에 따라 사방에서 나지막한 탄식이 울려 퍼진다. 나갈 때는 '오……', 돌아올 때는 '와!'

충전식 비상 형광등이 있는 중산층 이상의 가정에서는 인도의 일일연속극이 방송되는 TV가 꺼지는 게 가장 큰 아쉬움이지만, 수꿈바시 마을은 사정이

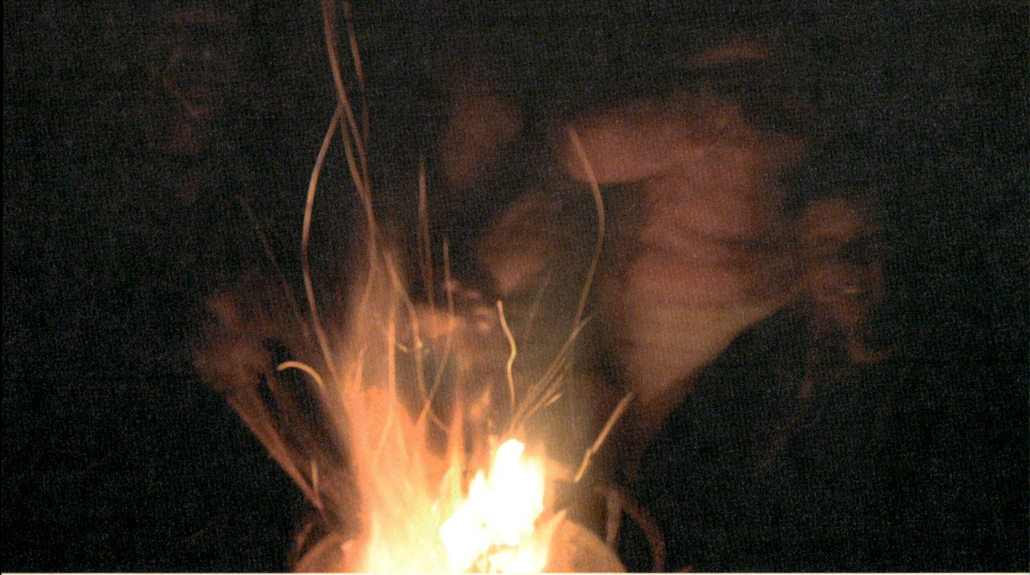

가난, 가족, 벗, 인간……. 모닥불의 다른 이름들.

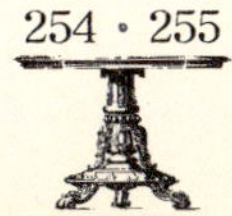

다르다. 이곳에 모여 사는 대부분의 집엔 TV가 없다. FM 라디오 수신기만 있어도 주위의 부러움을 산다. 이 마을에서 정전의 가장 큰 피해자는 학교 숙제와 공부에 필요한 불빛을 빼앗기는 아이들이다. 학교가 파하자마자 집안일을 돕기 시작해 밤이 되어서야 교과서를 펼쳐볼 수 있는 아이들이 모여 사는 동네가 바로 수꿈바시다.

수꿈바시_Sukumbashi는 '빈민촌', '무허가 판자촌' 등을 이르는 이곳 속어다. 힌두교도들의 화장이 치러지는 신성한 바그머띠 강변의 이 빈민촌에는 약 80여 가구가 바람 한 점 샐 틈 없이 빽빽이 어깨를 맞대고 있다. 집들은 하나같이 사

면을 벽돌로 쌓은 뒤 함석판으로 하늘을 가리고 그 위에 돌덩이들을 듬성듬성 얹어놓은 단순명료한 구조로 지어져 있다. 대개의 무허가 빈민촌이 그러하듯 이곳 주민들 대부분은 외지고 먼 고향을 떠나 카트만두로 흘러들어온 사람들이다. 30년 전부터 이곳을 지켜온 사람도 있고 3년 전에 새로 둥지를 튼 가족도 있다. 그들의 이주와 타향살이에 얽힌 내력은 본인들만 알고 있는 듯 하다. '내력' 이란 게 원래 그러하듯…….

　내가 이 빈민촌과 특별한 인연을 맺게 된 건 순전히 정여 씨 덕분이다. 지난 초여름 정여 씨가 열었던 문맹 여성 교실의 학생들 모두가 바로 이 수꿈바시에 사는 아주머니들이었다. 아이가 학교에서 가져오는 통신문이나 성적표는 고사하고 저잣거리에 나붙은 간판이나 가격표 하나조차 읽을 수 없었던 아주머니들은 한국에서 온 젊은 새댁이 마련해준 네팔어 읽기 쓰기 교실을 수줍게 드나들었었다. 학업 수료식이 열리던 날, 자신들이 태어나 처음 쓴 일기들을 엮어 만든 조그만 문집을 받아 들고서, 발가숭이 시절 이후 처음 지어봤을 듯한 천진무구한 함박웃음을 지으시던, 정여 씨를 향해 두 손을 모으고 연신 머리를 조아리시던 아주머니들의 모습을 나는 오래도록 잊지 못할 것이다.

04

쓸쓸한 저녁의 따뜻한 주막

경험상 나는 남들보다 외로움을 무척 더 자주 겪는다고 말할 수 있다. '고독을 즐긴다'라고 말하는 사람들이 있지만, 나는 그것이 아주 드물게 생기는 예외적인 심리 작용이라는 걸 안다. 외로움은 결핍이 유발하는 마음의 통증이다. 나를 바라보고 나에게 관심과 긍정적 감정을 표현해줄 '사람'의 결핍. 사람들은 이 결핍을 채우려는 욕망에 '그리움'이라는 예쁜 이름을 붙여줬다. 외로움과 그리움이라는 원초적 본능을 이겨내기란 정말 쉽지 않다. 내가 좋아하는 어떤 시인은 이런 제목의 시를 쓰기도 했다. '지금은 간신히 아무도 그립지 않을 무렵……'

회사에 병가를 내고 유럽 배낭여행을 떠났을 때도 그랬다. 유레일

열차를 타고 이 도시 저 도시를 혼자 떠도는 동안 나는 내 외로움과 함께 여행을 하는 기분이었다. 프랑스 니스, 체코 프라하, 스위스 루체른, 이태리 로마가 내겐 유난히 외로운 도시들이었다. 로마에서는 콜로세움 따위를 볼 마음이 티끌만큼도 나지 않았다. 외로운 도시들에서 가장 외로운 저녁이 찾아오면 나는 언제나 낯선 거리 한 구석의 선술집에서 맥주를 마셨다. 저녁의 한산한 술집만큼 나를 뭉클하게 위로해주는 곳은 없었다. 물론 카트만두는 내게 외로운 도시가 아니다. 하지만 괜스레 마음 한 편이 쓸쓸해져 오는 저녁이란 지구 어디를 가도 피할 수 없기 마련이다. 그런 저녁이면 내가 즐겨 찾는 단골 주점이 몇 있는데, 그중의 하나가 바로 '서루네 주막' 이다.

서루_Saru는 수꿈바시의 유일한 주점인 이 집의 큰딸 이름이다. 서루의 어머니, 그러니까 이 술집의 주모인 꾸마리 아주머니 역시 정여씨 덕분에 자기 이름을 직접 쓸 줄 알게 된 문맹 여성 교실 수료생이다. 꾸마리 아주머니의 남편은 실업자다. 한때 택시를 잠깐 몰았지만, 영문도 모른 채 해고된 뒤로 아주 가끔 인근 공사판을 기웃거리다 한나절 품을 파는 것 외에는 할 수 있는 게 없었다. 스물두 살 서루에겐 두 살 아래 여동생 바와나와 열일곱 살 아래 남동생 수닐이 있다. 서루네 주막은 이 다섯 식구가 함께 운영하고 있다.

주막은 사각형을 이룬 수꿈바시 마을의 초입, 다시 말해 강가를 향

해 돌아내려가는 비탈길이 끝나고 맞는 사각형의 꼭짓점에 있다. 그
런 탓에 내가 내리막길로 모습을 드러낼 때면 언제나, 주막으로부터
야단스러운 환영 인사가 비탈길을 치닫고 올라온다.

"걘 바둘 왔네!"

"걘 다이, 빨리 오세요!"

"걘 다이, 하하하하!"

길 가던 사람들과 이웃 사
람들의 뜬금없는 관심에 적잖
이 민망스러워지기도 하지만,
이 호들갑스러운 환대를 제지
할 생각이 내겐 전혀 없다. 내
고질적인 외로움을 한 방에 날
려주는 이 눈물겹게 고마운 행
사를 어찌 마다할 수 있겠는가.

내가 서루네 주막을 좋아
하는 첫 번째 이유는, 물론 이
집의 술과 안주 맛이다. 이 집

서루네 주막의 가장. 집안의 보배인 암탉과 늦둥
이 막내아들.

오후 다섯 시의 주막. 하릴없는 남정네들, 밥벌이하는 처녀, 숙제하는 꼬마…….

에서 파는 두 가지 술, 네팔의 전통주 '럭씨' 와 '창' 은 모두 꾸마리 아주머니가 집에서 직접 담근 것들이다. '럭씨' 는 그 맛과 빛깔이 우리의 소주와 비슷하나 훨씬 더 독하고, 내가 선호하는 '창' 은 맛, 빛깔, 강도 모두 우리 막걸리 또는 동동주와 흡사하다. 여러 단골 술집 중 명실상부한 '하우스 럭씨', '하우스 창' 을 파는 곳은 이곳 밖에 없을뿐더러 술맛도 이곳이 제일 낫다는 게 내 혀의 판단이다. 우리나라처럼 네팔 역시 집에서 술을 만들어 파는 것이 불법인 덕택에, 불시에 가끔 들이닥친다는 단속을 유념하며 술을 마시는 것도 나름 스릴과 쾌감을 준다.

　이 집의 안주는 딱 하나 뿐이다. '세꾸와.' 서민들이 찾는 대부분의 선술집에서 맛볼 수 있는 음식인데, 네팔에서 가장 싼 고기인 버팔로 고기를 잘게 썰어 석쇠나 프라이팬에다 냅다 구워 바싹 익히는 것이다. 익힌다기보다 태운다고 표현하는 게 더 맞는 것이, 고깃점들이 딱딱해질 때까지 마냥 구워대기 때문에 완성된 세꾸와들은 온통 시커멓게 그을려 있다. 외양을 보자마자 발암물질 등을 떠올리기 십상인 대부분의 외국인들은 웬만해선 이 요리를 먹으려 들지 않는다. 그러나 한국에서도 삼겹살이든 갈비든 한계점까지 집요하게 구워서 먹는 걸 즐기는 내게 세꾸와는 반갑고도 안성맞춤인 술안주다. 꾸마리 아주머니가 서비스로 얹어주는 양파 한 조각과 세꾸와 한 점을 함께 입안에 넣으면, 노릇노릇하게 익은 삼겹살에 생마늘 한 조각을 얹어서 씹던 고향의 그 맛이 영락없이 되살아나는 것이다.

　꾸마리 아주머니가 숯검정이 덕지덕지 붙은 프라이팬에 세꾸와를 굽고 있을 때 내 빈 술잔을 수시로 채워주는 것은 서루의 몫이다. 바닥과 사면이 모두 황토인 세 평 남짓한 이 주막의 한구석엔 큼지막한 흙항아리가 있다. 이 살굿빛 항아리 속에 내가 좋아하는 하야스름한 창이 그득 담겨 있다. 서루는 어머니를 도와 분주히 다른 손님들의 시중을 들다가도, 내 앞에 놓인 양은 컵이 바닥난 걸 눈치채면 내 주문이나 허락 따위는 필요 없다는 듯 잽싸게 술잔을 훔쳐 항아리에서 새 술을

꾸마리 아주머니와 서루. 조물주가 운을 떼고 가난이 완성한 아름다운 관계, 어머니와 딸.

퍼 준다. 아닌 게 아니라 이 집에서 나의 음주량은 전적으로 서루가 결정한다. 나의 취기가 적당한 지점에 다다랐을 즈음 서루는 내 양은 컵을 빼앗고는 돌려주지 않는다. 이때가 되면 우리의 익숙한 실랑이가 시작된다.

"서루, 한 잔만 더 마실게, 응?"

"안 돼요. 충분히 드셨어요. 몸에 좋지 않아요."

"버히니_여동생, 딱 한 잔만이라니까?"

"갠 다이!"

서루는 강인하고 착한 아가씨다. 이 강인함과 착함은 스물두 해 동안 그녀가 살아낸 가난의 산물일 것이다. 거기에 맏딸이라는 운명까지 더해졌다. 어릴 때부터 영민하고 자존심이 강해서 학교 성적이 좋았던 서루는 정규 과정인 10학년을 졸업하고 진학을 포기했다. 자기보다 성적은 좋지 않았지만 공부에 대한 욕심과 의지만큼은 언니를 빼닮은 동생 바와나를 위해서였다. 다섯 식구가 먹고 살기에도 빠듯한 주점의 수입과 아버지의 불규칙적인 소득으로는 두 딸을 모두 대학에 보내는 게 불가능했기 때문이다. 바와나는 지금 10학년 졸업 후에 대학 진학을 준비하는 단계인 'Plus 2' 과정을 이수하고 있다.

이른 아침, 동생이 학교에 갈 때 서루는 어디꺼리 씨_디빠의 아버지가 운영하는 에코로 간다. 서루는 몇 개월 전부터, 에코에서 정부의 허가를 받아 마련한 15개월간의 '지역 의료·보건 조무사' 양성 과정을 밟고 있다. 어디꺼리 씨는 수꿈바시 마을의 위생 실태를 조사하던 중에 만난 이 똑똑한 아가씨의 처지가 무척 안타까웠다고 했다. 서루가 자신의 진로에 대한 아무런 계획 없이 집안일을 하며 나날을 보내고 있을 때였다.

"너같이 강하고 똑똑한 여성이 가난한 네팔을 위해 할 수 있는 일들이 너무 많단다. 우리 단체에서 의료 조무사가 되는 수업을 받아보지 않겠니?"

서루에겐 놀랍고도 기쁜 제안이었다. 하지만,

"저한텐 그 수업을 들을 수 있는 돈이 없는 걸요……."

"그건 걱정 안 해도 돼. 너 같은 학생들을 위해 모아둔 장학금이 있

단다. 과정을 모두 마치고 정부에서 치르는 공인 시험에 합격하면 정
식으로 일을 할 수 있어. 그렇게 되면 너희 집안의 살림에도 적지 않은
보탬이 될 거야."

어디꺼리 씨는 서루에게 아르바이트 자리까지 제공했다. 정여 씨
가 떠난 후에 다시 만든 '제2차 문맹 여성 교실'의 조교 역할이었다.
에코에서 오전 수업을 마치면 서루는 집으로 돌아와 수꿈바시의 아주
머니들과 함께 CWDC_지역 여성·아동 복지센터로 간다. 문맹 여성 교실
'시즌 2'의 주인공들 역시 대부분 학교를 다니지 못한 수꿈바시의 어
머니들이다. 바그머띠 강 위의 좁다랗고 긴 다리를 건널 때 서루는 늘
한 아주머니의 손을 꼭 붙잡고 함께 걷는다. 바로 서루의 어머니인 꾸
마리 아주머니다. 문맹이라는 굴레는 이미 벗었지만, 내친 김에 배우
지 못한 한을 좀 더 풀어보기로 꾸마리 아주머니는 마음먹었다. 딸을
공부시키기 위해 파출부 품을 팔고 술을 팔면서 하루도 쉬지 않고 몸
을 굴린 덕에 마흔 둘이라는 나이에 어울리지 않는 퍽퍽하고 주름 가
득한 얼굴을 얻었다. 그걸 아는 딸은, 그게 너무 아픈 딸은 이제 관절
염으로 걸음이 느려진 어머니를 데리고 학교에 간다.

다리를 건너며 서루는 가끔 생각할 것이다. 따가운 햇살이 얼굴을
찡그리게 해도, 날리는 먼지들이 숨을 탁탁 막히게 해도, 지금 이 순간
우리는 행복하지 아니한가…….

꾸마리 아주머니와 서루가 집을 비운 사이 주막을 지키는 것은
'수닐 꾸꾸르'의 담당이다. 물론 학교에서 돌아온 바와나와 온종일
집 주위에서 동네 아저씨들과 수다를 떨고 시시한 놀음판을 벌이는
아버지가 있지만, 집 안팎에서 가장 왕성한 인기척을 생산하는 것은

다섯 살배기 수닐이다. 수닐이 하는 일이란, 주막 흙벽에 길게 붙여놓은 나무 의자에 가슴팍을 기댄 채 소란스레 교과서를 읽으며 숙제하기, 낮 동안 집 밖에 내놓고 기르는 암탉과 염소들이 집 안으로 들어오지 못하게 방어하기, 가끔씩 까치 담배를 사러 오는 마을 아저씨들의 이름과 담배 개비 수를 외상 장부에 기록하기, 아버지가 만들어준 나무 새총으로 옆집 소유의 암탉들 공격하기, 마지막으로 자기보다 네 살이나 많은 늙은 '꾸꾸르_개'와 놀아주기. '수닐 꾸꾸르'는 내가 수닐과 이 늙은 개에게 동일하게 붙여준 별명이다. 수닐은 당연히 이 별명을 싫어하고, 늙은 개는 당연히 내 언사에 무관심하다.

수닐이 5년 동안 함께 살아온 이 개에게는 이름이 없다. 수닐이 태어나기 전의 어느 날, 집 없는 강아지 한 마리가 주막 앞 오른 편 구석에 둥지를 틀었고, 그때부터 식구들은 이 개를 그냥 '개_꾸꾸르'라고 부르며 누비포대기를 깔아주고 음식 찌꺼기를 내어줬다. 그러던 것이 어느덧 아홉 해다.

나는 수닐 꾸꾸르가 한 번도 누구를 보고 짖거나 자리에서 일어나 걷는 걸 본 적이 없다. 개 나이 아홉 살이면 사람의 환갑을 훌쩍 넘긴 나이다. 수닐 꾸꾸르는 얼마 전부터 털이 심하게 빠지기 시작했다. 요즘 들어 밥도 잘 먹지 않는다고 한다. 종일 잠만 자다 가끔 수닐이 양 귀를 잡아당기거나 등허리에 올라타 잠을 깨우면, 힘겹게 고개를 들어 허공 어디쯤을 한참 바라보곤 한다. 나는 이런 수닐 꾸꾸르의 눈을 가만히 쳐다보는 게 좋다. 처연하면서도 순진무구한 그 눈동자를.

'모든 경계에는 꽃이 핀다' 라고 함민복 시인은 노래했다. 나는 이 늙은 개의 눈에서 순간순간 그 꽃을 보곤 한다. 수닐 꾸꾸르는 자신의 죽음을 직감하고 있는 게 분명하다. 젊은 시절 천지를 모르고 팔딱거리던 자기의 육신을, 아기 수닐과 함께 보낸 즐거웠던 시간들을 아슴푸레 떠올리고 있을 것이다. 꽃은 아름답다. 삶과 죽음의 경계에서, 지상에서의 마지막 나날들을 보내고 있는 개의 눈도 아름답다. 아름다워서 가슴이 아려오는 걸까, 가슴이 아려와서 아름다운 걸까…….

수닐 꾸꾸르는 내가 이곳을 떠난 뒤 세상을 떠날 것 같다. 부디 수닐 꾸꾸르가 고통 없이 평안하게 저 세상으로 가기를, 수닐 꾸꾸르의 기억이 이 세상에서 한참을 더 살다 갈 또 다른 수닐 꾸꾸르의 마음속에 오래오래 간직되길 바란다.

인생은 아름다워

사진을 찍는 행위는 일종의 '알리바이'를 만드는 것이다.
그 사람 앞에 내가 서 있었다는 것. 카메라 뒤에서 때로는 흐뭇한 미소를 지으며,
때로는 아프고 시린 마음을 쓸어내리며……

모터사이클 다이어리_네팔편

이건 영웅적 인물들의 이야기가 아니다. 단지, 공통된 열망과 꿈을 가지고 한동안 나란히 질주했던 두 사람에 관한 이야기일 뿐이다.

❋ 에르네스토 (체) 게바라, 1952년

이건 영웅적 인물들의 이야기가 당연히 아니다. 단지, 상이한 욕망과 취향을 가지고 한동안 나란히 질주했던 두 얼치기에 관한 이야기일 뿐이다.

❋ 걘 바둘, 2007년 4월

내가 사랑해 마지않는 영화 〈모터사이클 다이어리〉의 한 장면. 로드 무비의 미덕인 성장, 고통, 사랑이 체 게바라의 진정성으로 완성되는 영화. 애당초 인생은 한 편의 로드무비다.

라마의 형이 새 사업을 시작했다. 3년 전 네팔 최초의 플라스틱 ID 카드 제조사를 열었다가, 어느 날 직원들이 모조리 현금을 챙겨 달아나는 바람에 600,000루피_약 8백만 원라는 어마어마한 돈을 날려버린 형이었다. 라마가 어릴 때부터 모아왔던 전재산이었다. '디뻭 꾸마르 라마', 31세, 생후 5개월 된 아이의 아빠. ('디뻭'은 '빛'이라는 뜻이다.) 그의 새 비즈니스는 중국과 네팔을 잇는 무역업, 쉽게 말해 중국에서 전자제품이나 의류를 사들여 카트만두에서 파는 것이라고 했다.

카트만두에서 중국으로 가는 가장 간편하고 값싼 방법은 육로를 통해 '따또 빠니_Tato Pani'로 가는 것이다. 카트만두로부터 120킬로미터. 땅에서 솟아나는 뜨거운_따또 물_빠니, 즉 온천으로 유명한 이곳의

▰▱ 광활한 자연의 길, 오토바이 그리고 벗. 이보다 즐거운 여행이 어디 있으랴.

지척에 중국과 네팔의 국경이 있다. 여권과 비자를 보여주고 국경 검문소를 통과하면 '카사' 라는 작은 중국 마을이 코앞에 나타난다. 카사는 네팔의 보따리장수들을 위해 생긴 정책적 상가 마을이다. '카사에서 살 수 없는 건 세상 어디에서도 못 산다' 라는 격언이 생길 정도로, 카사는 네팔의 영세 바이어들과 중국의 영세 셀러들이 만나 연중 성시를 이루는 거대한 도매시장이다.

디뻑에게서 전화가 온 건 어제 저녁이었다. 국경으로 떠난 지 3주 만이었다. '뭐 한다고 아직 거기 있냐' 라는 라마의 공세적 질문에 디뻑은 '뭐 좀 한다고 아직 여기 있다' 라는 수세적 반응을 보였다고 한다. 디뻑은 국경에서 약 40킬로미터 떨어진 '언데리' 라는 마을에 머물고 있었다. 라마와 디빽의 어머니의 오빠, 즉 큰 외삼촌네가 사는 마을이었다. 디빽은 동생에 대한 애절한 그리움을 토로하면서 이런 말을 덧붙였다고 한다.

"걘 다이도 같이 왔으면 좋겠다. 너한테 형이면 나한테도 형이잖아."

사실 여부를 알 수 없는 형의 말을 전해주면서 라마는 이런 말도 덧붙었다.

"형이 돼지고기를 좀 사오래. 우리 형이 요리하는 돼지 바비큐 맛은 네팔에서 제일이야."

안 먹어봤으면 말도 하지 말라는 듯한 라마의 얼굴을 쳐다보며 나는 생각했다. 네팔 제일의 돼지 바비큐가 아니더라도, 나의 네팔 체류기에 가느다란 획을 긋는 멋진 여행이 될 수 있을 것이다. 오토바이만 타고 간다면! (물론 운전은 내가 한다!)

우리의 여행은 그렇게 시작됐다. 네팔 청년들의 로망인 인도산 180cc '펄사_Pulsa' 오토바이 한 대와 네팔 지도 한 장, 그리고 돼지고기 3킬로그램과 함께.

출발한 지 40분도 안 돼 소나기를 만났다. 카트만두에서 서남쪽으로 30킬로미터 떨어진 둘리켈. 오토바이를 구멍가게 처마 밑으로 피신시키고 담배 한 대를 꺼내 물었다. 흡연량을 조금씩 줄여가고 있지만, 이런 상황에서 담배를 피우지 말라는 건 잔인하고 어리석은 일이다. 가파른 언덕을 굽이굽이 치고 올라 드디어 카트만두 계곡의 정상에 섰다. 후끈 달아오른 내 마음의 엔진을 시원하게 적셔주는 봄 소나기.

둘리켈은 '가우리 샹카', '랑땅 리룽', '도제 락파' 등 해발 7,000미터가 넘는 히말라야의 유명한 봉우리들을 감상하는 관광 포인트, 라고 라마가 말했다. 직업병이다. 비구름 뒤에 숨은 그 봉우리들을 지도에서 찾아봤다. 상상만 해도 장관일 듯했다. 돌아올 땐 맑게 개어있길 바라면서 오토바이에 다시 시동을 걸었다. 빗줄기가 가늘어졌다. 얼굴에 토닥이는 가랑비의 마사지를 받으며 달리는 이 기분. 캬, 좋지 아니한가.

내리막길이 끝나니 다시 오르막길이다. 산을 내려오면 다시 산이다. 평지라고 생각되는 곳은 산과 산 사이의 계곡일 뿐이다. 비가 그쳤다.

오른편에 길동무가 하나 생겼다. '순꼬시_Sunkoshi' 라는 이름의 억센 강물이

민주화 혁명 후 얼굴이 잘려나간 옛 국왕의 석상. 여행자에겐 길 위에서 만나는 또 하나의 풍경 혹은 정취.

도로 옆 낭떠러지 밑으로 콰, 콰, 웅장한 소리를 내며 흘러내린다. 디빡이 우리
를 기다리는 바로 그 마을을 지나 내려온 물이다.

　"'골든 리버_Golden River' 라고도 해. 새하얀 거품을 몰고 내려오는 사나운 물
살 때문에 래프팅 코스로 유명하지. 국경 근처에서부터 2박 3일 동안 타고 내려
온다니까! 금은 없을 거야."

　과장과 진실이 뒤섞인 라마의 쾌변을 누가 말리랴.

s·e·a·s·o·n #04

자, 연어보다 더 빨리 강물을 거슬러 올라가자.
속도를 내는 데는 오르막길이 훨씬 낫다!

"2시간 10분! 오오!"

디뺙이 경악을 금치 못한다. 지금까지 카트만두
와 언데리를 오갔던 어떤 오토바이나 자동차도 내지
못한 신기록이라고 했다.

"형, 갠 다이는 형보다 더 미친 사람이야! 시속
80킬로미터로 커브를 돌아! 나 오늘 형 못 보는 줄 알
았어."

나 역시 가슴이 쪼그라든 순간이 몇 번 있었다.
난간 하나 없는 좁은 2차선 도로에 산에서 굴러 내린
돌멩이들이 곳곳에 잠복해 있었으니. 내 스릴감 짜
릿한 줄 알고, 라마 목숨 귀한 줄 몰랐다.

"이 형_Brother Lee, 와줘서 고마워요! 예전부터 형
을 만나고 싶었어요."

히말라야에서 흘러내리는 '골든 리버', 순꼬시 강. 태초
의 세상이, 인간의 삶이 저러했을지니……

디빽은 라마보다 키도 작고 얼굴도 작았다. 홍콩 영화배우 유덕화를 닮은 건 마찬가지였지만, 작고 동글동글한 이목구비가 퍽 귀여운 게 라마보다 훨씬 부드러운 인상이었다.

'언데리'는 '어둠의 마을'이란 뜻이다. 해발 900미터. 마을의 동_東과 서_西

가 해발 2,000미터가 넘는 첩첩으로 이어진 산들에 가로막혀 있어서 어둠이 빨리 찾아오고 늦게 떠나는 곳이었다. 덕분에 일년 내내 긴긴 밤이 계속되는 곳이다. 우리가 거슬러 왔던 순꼬시 강이 마을의 옆구리를 끼고 세차게 흐르고 있었다. 밤이 되면 더 목청을 높일 강물 소리 때문에 잠을 설치지 않을까 살짝 걱정이 되었다.

언데리의 인구는 정확히 92명이었다. 만삭의 임산부가 한 명 있어서 열흘쯤 뒤면 93명으로 늘어날 예정이라고 했다. 나는 이 마을에 발을 디딘 첫 외국인이었다. 하지만 나를 눈여겨보거나 구경하러 오는 사람은 아무도 없었다. 마을 전체가 몽골계 혈통인 '따망' 족이라서 나를 이방인으로 추정할 단서가 마땅치 않았다. 그들에게 나는 그저 다른 마을에서 놀러온 낯선 손님일 뿐이었다.

카트만두로부터 80킬로미터. 언데리에선 휴대전화 신호가 잡히지 않는다. 디빡이 사용한 전화는 마을 사람들이 함께 쓰는 딱 한 대의 무선 전화였다. 몇 달 전, 전화선이 들어오지 않아 불편을 겪던 마을 사람들이 언데리에서 제일 똑똑한 청년을 도청으로 보냈다고 한다. 청년은, 유선전화도 안 깔아주고 휴대전화도 안 터지게 할 거면 위성통신이라도 쓰게 해달라는 강력한 메시지를 전하고 돌아왔다. 그리고 며칠 뒤, 언데리는 역사적인 위성통신을 쏘아 올리게 되었다. 월정액의 사용료 또한 마을 사람들이 공동으로 부담하고 있다.

19시 30분 경, 라주와 럭스미의 집

디빽이 숯불 위에 철망을 깔고 돼지고기를 굽기 시작했다. 미리 만들어놓은 네팔식 양념장에 푹 재워뒀던 터라 고기들이 울긋불긋 예쁜 색깔로 물들어 있었다. 아까부터 다시 내리기 시작한 세찬 빗소리가 고기들이 타는 소리와 어울려 묘한 화음을 만들어 냈다. 후두둑 후두둑, 지글지글 자글자글, 후두둑 지글 후두둑 자글…….

라마의 큰 외삼촌네에는 다섯 식구가 살고 있었다. 외삼촌, 외숙모, 사촌 형 '라주', 사촌 동생 '랄루', 그리고 한 달 전에 이 집으로 온 내 '부아리_남동생의 처'.

"디빽한테 형이면 나한테도 형이죠."

졸지에 동생이 세 명으로 늘어났다. 라주는 디빽과 동갑이었다. 말레이시아로 돈을 벌러 갔던 라주가 3년 만에 돌아온 건 두 달 전이었다. 카트만두에서 언데리로 오는 버스 안에서, 라주는 길 아래 강가에서 빨래를 하는 처녀 한 명을 보게 되었다. 그리고 한 달 뒤, 그 처녀가 사는 마을을 찾아가 처녀의 손을 잡고 집으로 데리고 왔다. 처녀의 부모님에게 허락을 받지는 않았다. 대낮에 일어난 일이었다.

"좋아하니까 데리고 왔죠. 평생 같이 살 사람인데."

그게 이 지역 따망족들의 결혼 풍습이었다. 일단 남자가 여자를 무단으로 자기 집에 데려와 한 달을 같이 산다. 한 달 뒤, 여자가 남자와 남자의 부모님의 마음에 들면 남자가 여자에게 묻는다. 나한테 시집올래요? 여자가 고개를 끄덕이면, 며칠 뒤 남자가 여자와 함께 여자의 부모님을 찾아가 인사를 드리고 결혼 승낙을 부탁한다. 승낙이 떨어지면 보름 뒤에 두 마을을 오가는 정식 혼례가 치러진다. 한 달을 채우기 전에 여자를 집으로 돌려보내는 남자도 있고, 한 달을 채우기 전에 자기 집으로 도망가 버리는 여자도 있다.

스물세 살의 '럭스미'. 부엌에서 랄루와 함께 채소를 다듬으며 속닥속닥 애기를 나누는 그녀의 목소리가 들려왔다. 다행히 불행한 사람의 목소리는 아닌 것 같았다. 라주는 나흘 뒤에 럭스미를 데리고 결혼 승낙을 받으러 갈 계획이라고 했다. 라주가 내 동생이고 내 동생의 처가 내 '부아리' 이긴 하지만, 아직 두 사람이 혼례를 올린 것은 아니니 처녀를 어떻게 불러야 할 지 조금 고민스러웠다. (이곳에선 남편이 있는 데서 그 처의 이름을 부르는 게 실례라고 한다.) 하지만 내 고민 따위가 뭐가 대수랴. 두 사람이 저렇게 행복해 보이는데. 적어도 지금은 말이다.

라마의 자랑은 뺑이 아니었다. 디빽의 바비큐는 그야말로 천하일품의 맛이었다. 그때까지 먹어본 모든 돼지고기의 기억들이 일순간에 머릿속에서 지워져 버렸다. 라주의 어머니가 집에서 담근 독한 럭씨_네팔 소주가 달콤하게 느껴질 정도였으니.

"아, 요꼬가 이 맛을 봐야 되는 건데!"

지겹지도 않나 보다. 술이 들어가니 라마는 또 요꼬를 찾는다.

네팔에서 제일 맛있는 돼지고기 바비큐와 네팔에서 제일 독한 럭씨로 내 뱃속이 푸근하게 차올랐을 때, 디빽이 심각한 표정을 짓기 시작했다. 그제야 나도 디빽에게 캐묻고 싶었던 것들이 떠오르기 시작했다. 그의 비즈니스에 관한 것이었다. 이곳에 도착해 디빽을 처음 본 순간부터, 그가 중국에서 사오려는 게 전자제품이나 의류 따위는 아닐 거라는 생각이 들었다.

“이 형, 텔레비전이나 옷 같은 건 이미 시장에 널렸어요. 남들이 안 파는 걸 팔아야죠.”

남들이 안 파는 거라면? 라마는 이미 눈치를 챈 것 같았다. 혹시, 마약?

“기름이요. 중국에서 석유를 사서 카트만두에서 파는 거예요.”

석유라. 금세 감이 왔다. 카트만두는 몇 년 전부터 석유 파동에 시달리고 있었다. 유일한 석유 공급원인 인도의 정·재계는 네팔로 넘어오는 기름값을 계속 인상해왔다. 거기에다 네팔 남부에서 연일 규모가 커지고 있는 반정부 시위대가 국경을 넘어온 유조차들의 통행을 가로막는 일이 자주 발생했다. 카트만두의 주유소들은 1년의 절반 가까이를 개점휴업 상태로 보내고 있었고, 기름이 도착한 주유소로 몰려든 자동차와 오토바이들의 행렬이 수 킬로미터씩 이어지고 있었다. 길에서 멈춰버린 오토바이나 택시를 손으로 밀고 가는 풍경이 카트만두의 일상이 돼 있었다. 권력이나 돈으로 기름을 사재기해 놓은 사람들이 부귀와 영화를 누리는, 할리우드의 디스토피아 영화에서나 나올 것 같은 도시가 카트만두였다.

마약이 아니라 다행이긴 했지만, 기름 밀반입도 꽤나 큰 불법이었다. 그러나 내 마음에 걸렸던 건 ‘불법’이 아니라 ‘위험’이었다. 네팔의 법체계라는 게 워낙 비현실적인 데다, 네팔에서 가장 큰 불법을 저지르는 사람은 국왕과 정치인들이었다. 네팔의 서민들이 신세 한탄처럼 자주 뱉는 말이 있다. ‘네팔의 법은 오직 신만이 알고 계신다!’ (네팔꼬 까눈 더이 버레이 자눈!) 귀에 걸면 귀걸이 코

에 걸면 코걸이! 하지만 나를 걱정스럽게 했던 것도 바로 이 지점이었다. 디뻑
이 경찰들의 귀나 코에 걸리기를 바랄 수는 없었다.

"그건 걱정 말아요. 카사 쪽은 내 중국 보스가 이미 손을 써 놨고, 네팔 쪽 경
찰과 세관은 내일 내가 처리할 거예요. 알잖아요. 가난한 네팔에서 돈으로 해결

안 되는 일은 없다는 거.”

디뻑은 카트만두로 가는 길목에 있는 경찰서와 검문소들과도 이미 ‘계약’을 맺어놓았다고 했다. 라마가 진지한 눈빛으로 나를 쳐다봤다. 언젠가부터 이 녀석은 자기가 결정하기 힘든 일이 생길 때마다 내 자문을 구하고 있다. 나는 라마보다 더 진지한 눈빛으로 디뻑을 쳐다봤다. 이건 마치 무슨 범죄 영화―네팔에선 정말 영화를 많이 찍게 된다―에나 나올 법한 비장한 분위기가 한동안 우리 주위를 맴돌았다. 그때 깨달았다. 모든 범죄 영화의 주인공들이 논쟁과 고민 끝에 늘 범죄를 저지르고 마는 이유를. 맏형인 내가 먼저 술잔을 들어야 했다.

“자 그럼, 우리의 찬란한 석유를 위해, 건배!”

디뻑이 타고온 오토바이의 시동이 갑자기 꺼져버렸다. 언데리를 떠나면서부터 도로의 마디마디에 출현했던 비포장 길이 문제를 일으킨 듯했다. 작고 굵은 돌멩이들이 도처에 도사린 흙길 때문에 어제처럼 속도를 낼 수도 없었다. 30분을 달려 15킬로미터를 왔다. 이제 25킬로미터. 한 시간만 더 달리면 국경에 닿는다.

바라비세는 언데리와 국경 사이에 있는 가장 큰 마을이다. 이 지역에서 유

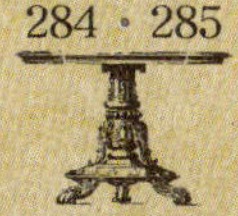

일한 오토바이 수리점은 1.5차선 도로의 왼편, 깎아지른 언덕배기의 언저리에 걸쳐 있었다. 해발 1,500미터. 히말라야로 향하는 작은 산맥들이 만든 깊은 계곡 안. 히말라야 기슭에서 시작된 '보떼꼬시 _Bhotekoshi_' 강이 낭떠러지 밑에서 숨 가쁘게 흐르고 있었다.

디빽이 수리공과 함께 오토바이 여기저기를 헤집고 있는 동안, 나는 라마를 대동하고 마을 순시에 나섰다. 식당이며 구멍가게며 집들이 띄엄띄엄 늘어선 길가엔, 뜨끈한 햇볕을 쬐며 퍼질러진 개들밖에 보이지 않았다.

"라마, 사람들은 다 어디 간 거야?"

"몰라. 어디 갔을까?"

'라마도 모르는 게 있구나' 라는 생각을 하며 수리점으로 돌아가려는 순간, 길 위쪽에서 10대로 보이는 남자와 여자들이 우

계단식 밭과 계단식 가옥. 그런데 저 신산한 계단들을 누가 다 만든 것일까.

르르 몰려 내려오기 시작했다. 라마가 이마를 탁 쳤다.

"아! 오늘이 SLC 마지막 날이지!"

아, 말로만 듣던 그 'SLC'! SLC_School Leaving Certificate는 네팔의 모든 학생들이 10학년을 마치고 치러야 하는 졸업 시험이자 대학 진학 자격시험이다. 우리나라의 수학능력시험과 같다고 보면 된다. 이 시험을 통과하지 못하면 학교를 떠날 수 없고 대학에 원서를 낼 수도 없다. 라마의 한 친구는 장장 5년 동안 10학년에 머물러 있다가 학교를 그만뒀다고 한다. 그리고 우리와 마찬가지로, 해마다 SLC가 끝나면 수 명에서 수십 명의 네팔 학생들이 스스로 목숨을 끊는다고 한다.

삼삼오오 무리를 이룬 학생들이 각자가 든 노트를 들여다보며 심각한 표정으로 이야기를 나누고 있었다. 저들 중 누구는 학교를 졸업해서 도시로 유학을 갈 것이고, 누구는 또다시 10학년에 등록을 해야 할 것이다. 그리고 누군가는, 어느 밤 집을 나와 낭떠러지에서 뛰어내려 강물과 함께 흐를지도 모를 일이었다. 학생들이 갈기갈기 찢어서 버린 노트 조각들이, 도로 위로 꽃잎처럼 떨어지고 있었다.

수리점으로 돌아왔을 때, 일당들은 아직도 오토바이의 갖은 연결선들을 주물럭거리고 있었다. 일정이 한 시간이나 지체되고 있었다. 햇살이 너무 뜨거워 낭떠러지 아래의 물살로 뛰어들고 싶을 지경이었다. 그때, 강 위쪽에서 한 무리의 외국인들이 출현했다. 두 대의 카누와 한 대의 보트. 래프팅이란 걸 눈앞에서 보는 건 처음이었다. 강여울의 하얀 거품들을 헤치며 상하좌우로 요동을 치는 그들의 모습에 더위가 잠시 달아났다. 나는 그들의 흐름을 따라가며 연신 카메라를 눌러댔다. 갑작스레 나타난 새로운 풍경이 나의 들뜸을 가라앉힌 건, 그들이 어느새 강 아래쪽으로 멀어져가고 있을 때였다.

그들이 떠내려가고 있던 강 오른편의 맞은편, 그러니까 우리가 있는 쪽 강변에서 세 명의 아낙들이 멱을 감고 있었다. 그 아낙들은 건너편에서 벌어지고 있는 사건에 별 관심이 없는 듯 했다. 그 이방인들을 물끄러미 한 번 쳐다보고는 다시 하던 일로 고개를 돌리는 것이었다. 강물을 사이에 두고 두 개의 세상이 완벽히 분리돼 있었다. 아낙들은 자신이 태어나 평생 빨래를 하고 멱을 감아온 그 강물에서 래프팅이란 걸 해본 적도 없고, 아마 앞으로도 할 수 없을 것이다. 몇 달 내지 몇 년 동안 일을 해야 벌 수 있는 돈을 그런 데 쓸 수 있을 리가 없다. 그리고 저 외국인들은 지금 저렇게 흘러간 후론 다시는 이곳을 찾지 않을 것이다. 이 '경계' 가 내 마음을 섬뜩하게 만들었다. 머무르는 자와 지나가는 자의 경계, 생활하는 자와 소비하는 자의 경계, 없는 자와 있는 자의 경계…….

'부릉부릉'. 박동을 멈췄던 오토바이의 심장이 되살아났다. 이제 나도 이곳을 지나가야 한다. 한 줌의 객기와 주체할 수 없는 모험심을 가지고 미련 없이 떠나야 한다. 우리는 국경으로 가야 한다!

앞에서 '모든 경계에는 꽃이 핀다' 라고 말했지만, 이 애달픈 국경에는 꽃이 필 자리가 없었다. 큰 나라 사람들의 '탐욕' 과 작은 나라의 사람들의 '생존' 이 있을 뿐이었다.

13시 30분 경, 꼬다리_Kodari, 국경

출입국 관리소를 지나니 높이가 5미터쯤 돼 보이는 큼지막한 철창문이 나왔다. 그 오른편에 사람들이 들락거리는 좁은 출입구가 보였다. 중국과 네팔의 국경이다.

도착하자마자 디뻭은 구멍가게의 유료 전화로 '보스' 에게 전화를 했다. 그리곤 혼자 중국으로 들어갔다. 철창 너머 저 멀리, 산기슭에 자리를 튼 작은 마을이 보였다. '카사'였다. 국경을 넘은 뒤 돈을 내고 아무 승용차나 버스에 올라타면 10분 후에 카사에 내리게 된다.

"디빡, 잘 다녀와! 그리고 조심해!"

라마와 나는 네팔에 남아 그의 무사귀환을 기다리는 수밖에 없었다.

그곳은 작은 전쟁터였다. '생계 전선'이란 말의 극단적이고 구체적인 예가 눈앞에서 펼쳐졌다. 크고 작은 철창살들을 사이에 두고 수백의 가정들이 생존을 위한 치열한 싸움을 벌이고 있었다.

카사에서 돌아온 사람들은 애어른 할 것 없이 온갖 짐 보따리를 들고 매고 업고 있었다. 모두 중국 땅에 발이 묶인 채 철창 너머의 네팔을 초조하게 바라보고 있었다. 철창 안에 있는 세관 때문이었다. 카사에서 사온 물건을 세관에 신고하면 즉석에서 돈을 내야 한다. 개인들이 물어야 하는 일종의 무역 관세다. 당연히 물건을 많이 떼어 온 사람일수록 더 많은 관세를 현금으로 지불해야 한다. 돈을 규정대로 다 내놓으면 이곳에 오는 이유가 없어진다. 시장에서 팔아도 타산이 안 맞는 것이다.

"세금을 다 내는 사람은 한 명도 없어. 출입구의 경찰이나 세관 직원들한테 뒷돈을 주는 거지."

라마는, 그 뒷돈이란 것도 시시때때 액수가 바뀐다고 했다. 경찰이나 공무원들의 욕심과 필요에 따라. 사실이었다. 몇몇 사람들이 경찰들의 눈치를 살피

며 철창 사이로 물건들을 주고받고 있었다. 그중 일부는 경찰로부터 몽둥이까지 동원된 호된 제지를 당했고, 일부는 숫제 경찰의 눈에 보이지도 않는 것 같았다. 곳곳에서 사람들의 원성과 탄성이 들려왔다.

"당신 지금 뭐하는 거야? 카메라 치워!"

경찰 한 명이 내 투철한 다큐멘터리 정신에 태클을 걸어왔다.

"보면 몰라요? 사진 찍고 있잖아요."

찰칵.

"누가 마음대로 사진 찍으랬어? 어서 치우지 못해!"

"왜 찍으면 안 되는데요? 그런 법이라도 있어요?"

찰칵.

"있어! 당신을 체포할 수도 있어!"

급기야 경찰이 곤봉을 꺼내 들었다.

"때리려고? 때려 봐, xxx야! 자, 수갑부터 채워! 경찰서에 가면 당신들이 어떻게 돈을 벌고 있는지 똑바로 진술해줄게!"

그때 라마가 끼어들지 않았더라면 정말 나는 카메라와 여권을 빼앗긴 채 구치소에서 며칠을 보냈어야 했을지도 모른다. 아무튼, 라마가 말려준 싸움이 이번으로 몇 번째인지 세기조차 힘들다. 라마, 고맙다. 진정. 눈물나게.

아쉽지만 '모터사이클 다이어리_네팔편'은 여기서 끝을 맺어야겠다. 그 후 우리에게 어떤 일이 일어났는지, 디뻭의 석유 사업이 과연 그의 계획대로 실행됐는지 더 이상 밝힐 수 없는 나의 사정을 이해해 주시리라 믿는다.

오해하지 말길 바란다. 나는 디뻭의 석유 사업에 아무런 투자도 하지 않았고, 고로 어떤 대가를 받을 일도 없는 삼자였다. 내가 저지르려 했던 건 디뻭의 불법 행위를 경찰에 이르지 않는 불고지죄, 디뻭과 라마의 앞길에 작은 서광이 비치길 바라는 '행복 기원죄', 카트만두의 서민들이 손으로 차를 밀고 다니지 않길 바라는 '불편감소 희망죄', 뭐 그런 정도였을 뿐이었다.

02

인드라의 청춘에 고함

"인드라, 김치 조금만 더 줄래요?"

해발 1,300미터의 상큼한 바람이 살랑대는 아침 정원에서 먹는 우거지 된장국의 맛을 아는가. 한국에서 무심히 먹곤 했던 그 싱거운 일상의 맛과는 차원이 다른. 그렇다고 내가 '축제'를 즐겨 찾는 것이 감개무량한 일탈의 식사 한 끼 때문만은 아니다.

카트만두의 관광 특구 '터멜' 거리. 방콕의 카오산 거리에 비하면 그 규모나 최신의 화려함에서 한참 뒤처지지만, 터멜 역시 세계 각지에서 찾아드는 형형색색의 여행자들이 일제히 휴식과 유희를 취하다 떠나는 정거장이다. 또 길 위에서 헤어졌던 사람들이 다시 만나고 외로운 나그네들이 동반자들을 모색하는 만남의 장소이기도 하다. 사나흘에서 일주일을 머물다 떠나는 게 보통이지만 사업상의 이유로 한두 달을 머무는 사람도 있고, 길 위에서 길을 잃어 한두 해씩 이곳에 붙박여버리는 방랑자 아닌 방랑자들도 있다. 방콕을 거쳐 비행기를 타고 날아오는 사람, 인도에서 비행기나 버스를 타고 올라오는 사람, 중국에서 티베트를 넘어 내려오는 사람, 이곳을 찍고 안나푸르나나 에베레스트를 등반했다가 무사히 돌아오는 사람……. 카지노가 딸린 별 두세 개짜리 호텔도 있고, 에어컨과 깨끗한 욕실을 갖춘 객실에다 구내식당까지 갖춘 고급 게스트 하우스, 가난한(?) 배낭 여행객들을 위한 최소의 시설을 제공하는 값싼 게스트 하우스도 있다. 서양 음식과 네팔 음식, 인도 음식 등을 두루 갖춘 세련된 '레스토랑' 들이 대부분이지만, 네팔 전통 음식점도 있고, 이태리 요리 전문점도 있고, 티베트 전통 식당과 일식 전문점도 있다. 그리고 놀라운 것은, 서구식 레스토랑들을 제외하고 가장 많은 전문 음식점이 바로 한국 식당이라는 사실이다. '축제' 는 터멜에 있는 예닐곱 개의 한국 식당들 중 하나다.

"갠 다이, 김치전 여기 있어요."

인드라도 실수를 하는구나. "김치 조금만 더 주세요."라는 주문에 김치전을 내오고 말았다. 장난기가 발동했다.

"이건 서비스죠? 고마워요. 이제 김치 조금 더 줄래요?"

이곳의 음식이 다른 한국 식당들보다 뛰어난 건 절대 아니다. 내가
이곳을 즐겨 찾는 것은 순전히 주관적인 이유들 때문이다.

그제야 인드라가 특유의 함박웃음을 머금고 손바닥으로 이마를 친다.

'인드라 모리 구룽' 군은 '축제' 에서 서빙을 담당하는 스물세 살 청년이다.
지난해 디빠와 나 사이의 메신저 역할을 하고 돌아간 J와 함께 이곳에 처음 왔
을 때 서로 이름과 얼굴을 익힌 사이다. '구룽' 이란 성은 인드라가 네팔의 몽골
계 인종들 중 한국 사람과 가장 비슷한 이목구비와 피부색을 지닌 '구룽족' 출
신이란 걸 뜻한다. 외모만으로는 이국인이란 느낌이 전혀 들지 않을 정도다. 인
드라는 지나치게 내성적이다 싶을 정도로 말수가 적다. 한국말도 아직 서툴러
서, 정확히 구사할 수 있는 단어는 여행 책자에 자주 나오는 식당 이용 필수 용
어들, 그리고 축제의 메뉴판에 적힌 한국 음식들의 이름뿐이다. 영어도 사정은

마찬가지다. 때문에 인드라가 나한테 먼저 말을 거는 일은 거의 없다. 테이블과 카운터, 주방 사이를 오가며 묵묵히 일을 하다가, 나와 눈이 마주치면 그저 수줍게 한 번 웃고 만다.

몇 달 만에 다시 축제를 찾은 내가 자신의 이름을 기억하고 있다는 사실에 인드라는 아이처럼 마냥 기뻐했다. 그 후 나는 인드라가 일을 놓는 틈을 노려, 영어와 네팔어를 교묘하게 섞어가며 대화를 시도했다.

"저는 한국 사람들을 좋아하지만, 그 사람들은 한 번 왔다 가면 금방 절 잊어버리는 걸요. 여기 있을 때는 나를 동생이라고 부르며 다시 오겠다고, 연락하겠다고, 한국에 꼭 놀러오라고 하지만, 다시 찾아오거나 연락을 하는 사람은 한 명도 없었어요. 나를 기억해 준 사람은 당신이 처음이에요."

자기 비하에 가까우리만치 늘 자신을 낮추는 인드라 군의 수줍은 웃음. 보는 이를 미안하게 만드는……

인드라는 가슴에 묻어둔 진심을 얘기하면서, 동시에 귀여운 거짓말을 하고 있었다. 축제의 주인 김미양 씨의 악의 없는 귀띔에 따르면, 요사이 한 달 전 이곳을 다녀간 한국 여대생으로부터 자주 전화가 걸려오고 있었다. 카트만두에 체류하는 동안 매일같이 인드라를 보러 왔던, 떠날 때는 이메일과 전화번호를 적은 짧은 편지를 남겼던 아가씨라고 했다.

"하하……. 네, 사실이에요. 하지만 그 사람도 얼마 안 지나 저를 잊을 거예요. 저는 가난하고 제대로 배우지도 못한 사람인 걸요. 못난 사람이잖아요."

나는 인드라의 부끄러운 웃음 속에 스민 어쩔 수 없는 설렘과 습관 같은 체념을 동시에 보았다. 카트만두에서 버스로 열두 시간, 걸어서 두 시간 걸리는 '우네뿌르' 라는 네팔 동부의 산골 농촌 마을에서 인드라는 나고 자랐다. 아버지는 우리나라의 작은 분교만 한 마을 학교의 선생님이고, 어머니는 밭에서 감자를 캐고 장작불을 피워 밥을 짓는 영락없는 시골 아낙이다. 위로 형이 한 명, 밑으로 남동생 한 명과 여동생 세 명이 있다. 형은 몇 해 전 식구들의 생계를 책임지겠다며 두바이로 날아갔다. 인드라는 10학년 과정을 다 채우지 못하고 집안일을 돕기 시작했다. 마을 인근의 소도시에서 공사판과 식당 등을 전전하며 몸 품을 팔았는데, 수입은 기대보다 훨씬 적었다. 이국에서 고생하고 있는 형과, 하나 둘 나이를 먹어가는 동생들에게 미안했다. 아버지는 둘째 아들의 미래에 대한 염려와 미안함으로 괴로워했다. 결국, 이런 상황에서 으레 고개를 드는 '카트만두 드림' 이 인드라를 뜻밖의 한국 식당으로 인도했다. 그게 1년 전의 일이었다.

습관 같은 체념과 어쩔 수 없는 설렘을 동시에 내비친 날로부터 2주 정도가 지난 어느 날이었다. 이번에도 인드라의 예상은 기어이 빗나가지 않은 듯 했다.

"요즘엔 전화도 없고 이메일도 안 와요. 금방 절 잊을 거라고 했잖아요."

쑥스럽게 웃고 돌아서는 인드라의 뒷모습이 나를 미안하게 만들었다.

그로부터 일주일 뒤였을까. 나는 김미양 씨로부터 조금 더 우울한 이야기를 듣고 말았다. 인드라가 아닌 다른 사람이 그 여대생에게 이메일을 보냈다고. 그것도 인드라 몰래.

"이렇게 무책임하게 관계를 맺을 거면 이쯤에서 그만두세요. 당신에겐 한때의 호기심이나 재미일지 모르지만, 인드라는 당신을 진심으로 좋아하고 있습니다. 인드라가 받을 상처는 너무 클 겁니다……."

축제에 자주 드나들며 인드라와 친하게 지내는 또 다른 '한국 형'

아늑한 정원 식당, 축제의 밤. 외로운 여행자가 외로움을 음미하고, 사랑에 빠진 자가 달콤하고 아픈 기억을 곰삭히는 쓸쓸하고 아름다운 밤.

이 보낸 메일이었다. 2주 전부터 인드라는 하루에도 몇번 씩 넋 나간 사람처럼 멍하니 카운터의 전화기를 쳐다보곤 했다. 그러다 틈이 나면 김미양 씨의 눈치를 봐가며 식당에 딸린 작은 사무실에 들락거리면서 사무실 컴퓨터 옆에 쪽지를 펼쳐놓고 딸각딸각 자판을 눌러댔다. 인드라가 보낸 몇 차례의 메일에 답장이 한 통도 오지 않자, 한국 형이 인드라를 위로하며 타일렀다. 쓸데없는 일이라고, 지금은 힘들겠지만 다 잊어야 한다고 말했다고 한다.

그제야 안 사실이지만, 인드라는 그 여대생이 한국으로 돌아가고 얼마 뒤부터 한국어 강습 학원에 다니기 시작했다고 한다.

"괜찮아요. 저 혼자만 좋아했으니 제가 바보죠. 전 못난 사람이라고 했잖아요."

인드라가 정말 못난 사람일 지도 모르겠다. 이국에서의 객기와 해방감이 곧잘 부추기는, 여행자들의 '로맨스 어드벤처'에 합리적으로 대처하지 못한 점에서……. 그 여대생의 경솔함을 탓하는 게 무리일지도 모르겠다. 여행 기념으로 특별한 외국인 친구를 사귀고 싶은 보편타당한 심리가 상대방의 오해로 비난을 받은 억울한 경우일 수도 있다는 점에서……. 그렇지만 인드라는 못난 사람이 아닐 지도 모른다. 여대생의 경솔함에 대한 비난이 온당한 것일 지도 모른다. 대개 이런 일들이 강자가 약자를 대할 때, 부자가 빈자를 대할 때 은연중에 가지게 되는 심리적 안일함 내지 편리함에 기인한다는 점에서……. 그리고 20대 초반의 남자가 20대 초반의 여자에게 로맨틱한 감정을 품는 건, 무척이나 쉽게 일어날 수 있는 사건이라는 점에서…….

인드라의 가슴에 든 멍이 그리 오래 가지는 않을 것이다. 흔히들 '시간이 약'이라고 하지만, 인드라에겐 시간보다 더 강한 '생활'이란 약이 있다. 인드라의 한 달 월급은 2,500루피_약 34,000원다. 정원 밖 주방에 딸린 작은 방에서 일곱 명의 다른 네팔 종업원들과 함께 먹고 자며 지내지만, 가끔은 옷도 사 입어야 하고 주말엔 친구들과 교외 나들이도 가야 한다. 매달 고향으로 조금씩 부쳐주는 돈을 떼고 나면 500루피_약 6,800원 정도만 남는다. 축제에서 1년 동안 일해서 겨우 5,000루피밖에 저축할 수 없었던 현실이 쉽사리 바뀌진 않을 것이다. 이제 곧 결혼을 해야 하고 살 집도 마련해야 하는, 삶의 시나리오 또한 쉽게 바뀌지 않을 것이다.

참, 여대생을 향한 인드라의 짝사랑이 사실은 한국이란 나라로 가고 싶은, 가난한 현실에서 탈출하고 싶은 욕망의 표출일지 모른다는 의심이 충분히 있을 수 있다. 나도 처음엔 그런 혐의에 적잖은 무게를 뒀으니까. 그러나 시간이 지나면서 아무래도 그건 아닌 것 같다는 결론을 내리게 됐다. 인드라가 다른 네팔 젊은이들과 마찬가지로 한국에 오고 싶어 하는 건 사실일 것이다. 실연이 확실시된 후로도 한국어 공부를 그만두지 않은 것도 아마 그 때문이리라. 하지만 인드라는 다른 네팔 젊은이들과 달리 한국으로 초청해 달라는 등 자신의 스폰서가 돼 줄 수 없느냐는 등의 소망을 한 번도 내게 얘기한 적이 없다. 한국어 학원에 다니고 있는 사실을 자기와 가장 친한 한국 사람인 내게 숨기고 있는 것도, 나한테 괜한 부담을 주지 않기 위해서라는 걸 나는 안다.

"모르겠어요. 내 미래가 어떻게 될 지는. 오늘 하루를 열심히 사는 것도 힘든 걸요."

비록 미래에 대한 여유로운 낙관은 없을지라도, '오늘 하루' 를 정성껏 살기 위해 애쓰는 인드라의 소박한 낙천이 나는 부럽다. 어쩌면 '더 나은 미래' 에 대한 낙관과 환상이 오히려 우리들의 하루하루를 김빠진 맥주처럼 싱겁게 만드는 것일지 모른다. '지금' 과 '여기' 를 잊게 만드는 달콤한 낙관과 근거 없는 희망들에 나는 무던히도 속아오지 않았는가. 그래서 나는, 인드라의 '오늘 하루' 를 축하하기 위해 남들보다 많은 팁을 기꺼이 건네곤 하는 것이다.

03

그들이 사는 세상

'후~' 하고 길게 심호흡을 했다. 또다시 한국으로 돌아갈 때가 다가왔다. 오늘 하루, 나는 이곳에서 가장 바쁜 사람이 돼야 한다. 60장이 넘는 사진의 주인들을 일일이 찾아가야 하기 때문이다. 네팔에서 더 악화된 게으름 때문에 이제저제하며 뒤로 미뤄온 일이다. 한국에서 온 사진 배달부 갠 바둘. 어느 시점부터 나는 이곳 사람들의 '무료 이동 사진관'이 돼 있었다.

"갠 다이, 내 사진 언제 나와요?"

"미스터 리, 내 사진도 한 장 찍어주면 안 돼요?"

"갠 바둘, 그 사진 다시 한 장 뽑아주면 안 될까? 증명사진이 필요

빠면 시 경찰청 더르바르 지서의 경찰관들. 사무실 현관 위에 걸어둘 단체 사진을 찍어달라고 부탁했다. 현상까지 직접 해서 뽑아주면 고맙겠다고 했다. 물론 내 돈으로.

해서……."

'1인 1디카' 시대를 사는 요즘의 젊은 세대는 잘 모르겠지만, 80년 대 후반까지만 해도 집에 손님이 찾아오면 제일 먼저 꺼내 놓는 게 가족 사진첩이었다. 나도 친구들 집에 처음 놀러갈 때마다 맡겨놓았다는 듯 그 집의 모든 앨범들을 냉큼 가져오라고 요구하곤 했었다. 지금과는 전혀 다른 부모님들의 젊은 시절 모습, 친구들의 징그러운 올 누드 돌 사진, 앨범 속에 등장하는 또래 여자아이들에 대한 하마평을 시시콜콜히 늘어놓으며 한참을 낄낄대곤 했다. 요즘같이 다채로운 볼거

리가 사방에 널려 있지 않았던 그 시절, 가족 사진첩만큼 저렴하고 흥미진진한 미디어는 없었다.

지금의 네팔이 딱 그 시절이다. 카메라를 가진 사람도 드물고, 사진관도 도시의 중심가에서만 찾아볼 수 있다. 그 집이 소장한 사진의 장수가 그 집의 빈부를 말해준다. 가난한 사람들에게 사진은, 첫돌이나 결혼식처럼 일생일대의 중요한 날에만 찍을 수 있는 소중한 재산이다. 그래서 사진은 내가 이곳 사람들에게 줄 수 있는 가장 큰 선물인 것이다. 동시에 사진은, 이곳 사람들이 나에게 선사하는 고마운 이야기보따리이기도 하다.

사진을 찍는 행위는 일종의 '알리바이'를 만드는 것이다. 그때 그 순간, 그 사람 앞에 내가 서 있었다는 것, 카메라 뒤에서 때로는 흐뭇한 미소를 지으며, 때로는 아프고 시린 마음을 쓸어내리며 내가 그이와 함께 있었다는 것을 증명하는 것이다. 모든 사진 속에는 내가 있고, 그 사람이 있고, 내 마음속에 들어온 그 사람의 이야기가 있다.

디펜드라, 화이팅!

속을 비우고 튀긴 동그란 과자에 엄지손가락으로 구멍을 낸 뒤, 향신료로 맛을 낸 물을 담아서 한 입에 먹는 '빠니뿌리'. 우리나라의 떡

열다섯 살. 하고 싶은 것도 많고 먹고
싶은 것도 많은. 금욕, 고통, 희생 따
위와는 어울리지 않는 나이. 디펜드
라의 애처로운 열다섯 살.

NAME AND ADDRESS HERE

볶이나 어묵처럼 카트만두 사람들이 길에서 즐겨먹는 최고의 군것질
거리이자, 하나를 만드는 데 2초밖에 걸리지 않는 명실상부한 '패스
티스트 푸드' 다. 10루피를 내면 8개를 먹을 수 있는데, 두 사람이 서서
주인이 2초마다 쟁반에 담아주는 걸 번갈아 받아먹으면 금세 속이 불
러온다. 디펜드라는 빠니뿌리를 파는 열다섯 살 소년이다.

싸움이 일어났을 때, 나는 더르바르 광장의 라니 뽀카리_여왕의 연못
에 앉아 라마와 잡담을 나누고 있었다. 두 명의 소년들이 서로 삿대질
을 하며 실랑이를 벌이고 있었다. 자전거를 개조해 만든 빠니뿌리 가
판대 두 개가 그들 옆에 나란히 서 있었다. 자리싸움이었다. A가 먼저
나와 장사를 하고 있는데, B가 와서 거긴 오래전부터 자기가 장사를

해온 자리니 비키라고 한 모양이었다. 목소리와 키가 훨씬 컸던 B가
기어코 A에게 주먹을 휘둘렀다. A도 맞서서 팔을 휘저었지만 역부족
이었다. 마치 싸움이란 걸 처음 해보는 아이처럼 A의 주먹질은 서투
르기 짝이 없었다. 보다 못한 라마가 달려가서 두 사람을 떼어 놓았다.
싸움을 뜯어말리는 모양으로 봐서 어지간히 많이 해본 솜씨였다. 라
마가 '오늘은 A가 그 자리에서 장사를 하고, 내일부터는 B가 그 자리
를 차지한다. 라마는 A가 목이 좋은 새 자리를 알아보는 데 적극 협조
한다' 라는 중재안을 내놓았고 두 사람이 동의를 했다. 이미 눈치챘겠
지만, A가 디펜드라다.

싸움이 끝나고 B가 자리를 뜨자, 디펜드라는 참았던 울음을 터뜨
리고 말았다. 코에선 굵은 핏줄기가 흘러내리고 있었다. 그칠 줄 모르
는 그 흐느낌이 어찌나 서럽게 들리던지, 내 안에서도 울컥 더운 기운
이 치밀어 올랐다. 싸움을 보러 온 구경꾼들도 자리를 뜨지 않고 있었
다. 라마가 디펜드라의 등을 감싸 안고 한참 동안 어깨를 토닥여줬다.
그때껏 지켜만 보고 있던 내가 다가가서 말했다.

"장사 안 할 거야? 빠니뿌리 20루피 어치만 줘."

디펜드라가 울음을 다잡으며 빠니뿌리를 만들기 시작했다. 상황
상 하나를 만드는 데 4초 정도가 걸렸다. 라마와 함께 열여섯 개의 빠
니뿌리를 먹으며 이 소년의 사연을 주섬주섬 주워들었다.

　　디펜드라는 네팔과의 국경에서 얼마 떨어지지 않은 인도 북부의 시골에서 자란 인도 사람이다. 열세 살에 학교를 그만두고 일을 하기 시작했다. 열세 살짜리 아이가 할 수 있는 일이란 많지 않았다. 릭샤를 몰 수도 없었고 공사판에서 막노동을 할 수도 없었다. 그러던 중에 카트만두를 다녀온 마을 사람한테서 귀가 솔깃해지는 사업 정보를 전해 들었다. 카트만두에서 빠니뿌리를 팔면 한 달에 4,000루피_약 54,000원 정도를 벌 수 있다는 얘기였다. 무엇보다 초기 투자비용이 얼마 들지 않는다는 사실에 마음이 끌렸다. 오랫동안 부모님을 설득한 끝에 서너 달 치의 투자비와 생활비를 받아서 혼자 카트만두로 왔다. 그리고 두 달이 흘렀다. 하지만 들뜬 마음은 잠시였다. 오래전부터 더르바르 광장에 자리를 튼 이 지역 출신 동종업자들의 텃세에 시달리느라 디펜드라는 날마다 자리를 옮겨 다녀야 했다.

　　"지금은 한 달에 1,500루피도 못 벌어요. 좋은 자리를 잡아서 더 열심히 노력하면 4,000루피, 5,000루피를 버는 때가 오겠죠. 그때가 되면 인도에 있는 부모님한테 돈도 많이 부쳐드릴 거예요."

　　디펜드라는 한 달에 300루피_약 4,000원를 내는 조그만 월세방에서 살고 있다. 당연히 디펜드라가 아는 사람은 카트만두에 한 명도 없다. 부모님께는 아직 전화 한 통도 못 드렸다. 고향으로 부쳐줄 정도의 돈을 벌기 전에는 연락을 할 수 없다고 했다.

그 후로 나에겐 습관이 하나 생겼다.

카트만두에 세찬 소낙비가 내릴 때마다 디펜드라의 빠니뿌리 가판대를 걱정하는 습관. 사원의 처마 밑에서 비를 피하며, 고향에 두고 온 가족들과 알 수 없는 미래에 대한 상념에 잠긴 소년의 쓸쓸한 얼굴을 떠올리는 습관.

몸·무·게와 고난은 셀프!

65킬로그램? 네팔에서 6킬로그램이나 불었다는 충격적인 사실을 아는 데에 나는 3루피를 지불했다. 길가에 체중계를 갖다놓고 몸무게를 재주는 즉석 체중 측정 서비스.

네팔엔 공중목욕탕이나 찜질방이 없다. 몸무게를 재러 병원에 갈 수도 없는 노릇이다. 그래서 몇 달 혹은 몇 년에 한 번, 길거리에서 3루피를 내고 체중을 잰다. 이것도 건강에 문제가 있는 사람들이나 몸 가꾸기에 관심이 있는 젊은 사람들에게 국한된 얘기다.

"살이 너무 쪘군요. 식사량을 줄이고 운동을 시작하세요."

내 낮은 탄식 소리를 들어버린 모양이다. 체중계 앞에 앉은 업주 '덤머레이'는 내가 누군지도 모르고, 내 체형이나 몸무게 수치를 볼 수도 없었다. 그는 맹인이다.

어릴 적에 시력을 상실한 덤머레이는 1년 전쯤 체중계 하나를 들고 더르바

바라는 게 많지 않아 불경기도 없는 덤머레이의 소탈한 자영업.

르 광장에 나타났다고 한다. 가이드들 중 한 명이 덤머레이의 친구였는데, 덤머레이가 화장실에 갈 때면 그 친구가 대신 체중계를 지켜줬다. 몇 달 뒤, 그 친구가 교통사고로 세상을 떠났다. 그때부터 덤머레이의 체중계를 대신 봐줘온 사람이 라마였다. (부러워라, 라마의 드넓고 착한 오지랖!) 대개 목소리로 사람들을 인지하는 덤머레이지만, 라마는 늘 조용히 다가가 그와 악수를 하는 방법으로 자신을 알린다. 라마의 오른손 바닥에 난 작은 흉터의 촉감이 그들의 상호 인증 수단이다.

못된 사람들이 가끔 몸무게를 재고 도망을 가버리기도 하지만, 덤머레이는 개의치 않는다고 한다. 그는 몇 해 전에 기독교로 개종을 했다. 처음엔 교회에서 나오는 약간의 생활 지원금 때문이었지만 지금은 독실한 신자가 되었다.

"무릇 그리스도 예수 안에서 경건하게 살고자 하는 자는 핍박을
받으리라."

덤머레이가 가장 좋아하는 성경 구절이라고 한다.

그 후 나는 일주일에 두 번 꼴로 덤머레이의 체중계에 올라섰다.
일석이조. 위험 수위에 달한 내 몸무게를 감시하기 위하여, 덤머레이
가 기꺼이 받으려는 고난을 조금이나마 덜어주기 위하여.

내 생애 가장 따뜻한 저녁 식사

디페쉬는 3주 동안 한 번도 결석을 하지 않은 유일한 아이였다.
바로 앞집에 사는 써뻐나도 디페쉬의 결석 사유를 알지 못했다.
이 아이가 빠진 수업은 조금 낯설고 허전했다.

"결석을 해야 할 땐 하루 전에 미리 말하라고 했잖아. 게다가 어
젠 중요한 수업이었단 말이야. 내가 어제 수업을 위해 얼마나 많
은 시간과 노력을 투자한 줄 아니?"

"작은 아버지가 돌아가셨어요……."

나는 멍한 표정으로 아이의 얼굴을 한참 바라봤다. 슬픔과 미안
함이 뒤섞인 열세 살 아이의 얼굴 앞에서 나는 아무 말도 할 수
없었다.

"죄송해요. 집안에 남자가 저밖에 없어요. 장례 절차를 제가 다
돌봐야 했어요."

디페쉬는 세 평이 채 안 되는 방에서 젊은 어머니와 어린 여동생과 함께 산다. 나보다 두 살이 많은 디페쉬의 아버지는 지금 카타르에 있다. 다른 가장들과 마찬가지로 코리안 드림을 꿈꾸며 한국행을 희망했지만, 한국의 이주 노동자가 되는 것은 너무 비싸고 어려운 일이었다. 8개월 전 카타르로 날아간 아버지가 매달 1만 루피_13만 원씩 부쳐주던 돈은 3개월이 지나 중단됐다. 지금은 디페쉬의 어머니가 어렵게 구한 비상용 휴대전화로 아주 가끔 짧은 안부전화만 걸려온다고 한다.

🌸 〈시즌 2〉, '죽음에 대처하는 우리들의 자세' 중에서

디페쉬의 아버지는 아직 카타르에 있다. 간간이 걸려오던 전화도 몇 개월 째 두절된 상태다. 그 사이 디페쉬에겐 외삼촌이 하나 생겼다.

"그럼 저한테 오빠가 한 명 생긴 거네요. '다이' 라고 불러도 되죠?"

디페쉬의 엄마는 올해 서른 살이 된 결혼 14년 차 주부다. 열일곱 살에 시집을 와 디페쉬를 낳았다. 디페쉬의 여동생 '서스띠' 를 낳은 게 7년 전이었다. 졸지에 내 버히니_여동생가 된 두 아이의 엄마는 '산띠_평화' 라는 이름만큼 얼굴도 참 예쁘다.

"오빠, 그럼 우리한테 '마마_외삼촌' 가 생긴 거네. 이히히."

서스띠는 그날부터 나를 마마라고 부르기 시작했다. 일곱 살 여자

어느 날 디페쉬의 아버지가 카타르에서 내게 전화를 했다. "선생님, 우리 식구들을 잘 보살펴주셔서 너무 고맙습니다. 전 못난 가장이라 해 줄 수 있는 게 없어요. 은혜, 꼭 보답하겠습니다." 은혜를 받은 건 나다.

아이의 외삼촌이 된다는 건 상당히 즐거운 일이다. 그 아이가 아주 착한 아이일 경우엔 말이다.

우물가에서 목욕을 하고 들어와 바들바들 떨고 있는 아이를 수건으로 꼭 감싸주기, 갑자기 배가 아파 학교에 못 간 아이를 약국에 데려가 주사 맞히기, 다음날 소풍을 간다고 방실방실 들떠있는 아이의 책가방에 과자 넣어주기, 햇살 나른한 오후의 풀밭에서 같이 그림을 그리다 아이의 다리를 베고 낮잠 들기, 그리고 전기가 나가 어두운 저녁, 청바지 공장에서 밤늦게 퇴근하는 엄마를 같이 기다려주기.

그날도 서스띠와 함께 집 앞에 앉아 산띠를 기다리고 있었다. 디페쉬는 짧은 방학을 틈타 네팔의 동남쪽 끝에 있는 큰 이모 댁에 가 있었다. 어른답지 못한 나는 또 감기에 걸려 콜록콜록 따가운 기침을 하고 있었다. 무릎에 턱을 괴고 콧노래를 흥얼거리던 서스띠가 갑자기 발딱 일어섰다.

마마, 나마스떼! 언제 불쑥 찾아가도 늘 따뜻한 환영과 홍차 한 잔을 건네준 내 고마운 조카 서스띠. 받기만 해서, 미안한 게 너무 많다.

"마마, 배고프죠? 내가 밥해 드릴게요."

"밥? 할 줄 알아?"

조금 미안했지만 아이를 말릴 수가 없었다. 꾸르륵꾸르륵, 한 시간

전쯤부터 배가 무진장 고팠다. 몸살기에 허기까지 겹치니 온몸의 힘이 다 빠져버릴 것 같았다.

방 옆으로 난 좁은 나무 계단을 올라가서 180도 돌아서기를 하면 디페쉬네의 부엌이 나온다. 거기에 부엌이 있다는 건 알고 있었지만 한번도 들어가 본 적이 없었다. 두꺼운 종이 박스를 넓게 펼쳐서 만든 여닫이문. 황토색 흙바닥과 흰 페인트가 군데군데 벗겨진 한 쪽 벽면. 무너져 내린 옆 벽면에 펼쳐 단 널찍한 비닐 누비 포대.

서스띠는 먼저 촛불을 켰다. 그리고 냄비에 쌀을 담았다. 부엌 구석에 놓인 양은 항아리들을 기웃기웃 살피던 서스띠가 미안한 표정과 함께 머리를 긁적거렸다.

"그저께 받아놓은 물이 다 떨어졌네요, 히히. 금방 받아올게요. 마마는 거기에 가만히 앉아 계세요. 감기에 걸렸을 땐 움직이지 않는 게 좋아요."

집에서 우물가까지는 약 500미터 정도 되는 거리였다.

5분이 지났을 때, 서스띠가 없는 부엌에 혼자 있는 게 참 쓸쓸하다는 생각이 들었다. 10분이 지났을 때, 촛불만 달랑 켜진 어두운 부엌이 무서워지기 시작했다. 15분이 지났을 때, 서스띠한테 무슨 일이라도 생긴 게 아닌지 걱정이 들었다. (전에 플라스틱 통에 물을 받아 걸어가던 아이가 뒤에서 달려오던 오토바이에 부딪혀 쓰러진 걸 본 적이 있다.) 20분이 지

아이가 밥을 짓는 저녁은 도시의 어떤 휘황한 저녁보다 환하고 아름답다.

s·e·a·s·o·n #04

났을 때, 핑 눈물이 돌았다. 춥고, 쓸쓸하고, 무섭고, 걱정이 돼서 견딜 수가 없었다. 가슴 속에서 굵직한 쇠공이 사방으로 요동질을 했다. 자리에서 일어나 종이 문을 밀쳤다.

"마마!"

서스띠가 물이 든 페트병들을 양팔에 가득 끼고 문 앞에 서 있었다.

나는 서스띠를 와락 안고 말았다. 그리고 한참을 조용히 울었다. 반갑고 고마워서. 고맙고 미안해서…….

"울지 마세요. 내가 왔잖아요. 금방 밥해 드릴게요."

그날 서스띠는 밥을 태우고 말았다. 감자와 파를 넣고 끓인 야채수프는 짜고 매웠다.

내 생애 가장 따뜻한 저녁 식사였다.

미치광이 그 남자

그 남자는 디페쉬네 바로 옆, 2층 건물의 한쪽 벽을 뚫어 만든 동굴 같은 집에 살고 있었다. 두 평쯤 될까. 허리를 굽히고 몸을 바짝 수그려야 들어갈 수 있는 집 안엔 아무것도 없다. 벽 쪽의 흙바닥에 펼쳐 놓은 종이 상자가 그의 침대고, 바닥 가운데에 황토 진흙을 쌓아 만든 작은 아궁이와 냄비 하나가 그의 부엌이다. 전기도 없고, 햇볕도 없다.

양초마저 없다. 하지만 그는 외출을 할 때마다 나무 두 짝으로 만든 작은 여닫이문을 양철 자물쇠로 단단히 걸어 잠근다.

디페쉬네를 들락거리면서 얼굴을 익힌 터라, 나는 길에서 그를 마주칠 때마다 가벼운 눈인사를 했다. 직업이 없는 그가 하는 일이란 종일토록 마을 여기저기를 걸어 다니는 것이다. 때론 하늘을 올려다보며 걷기도 하고, 때론 땅바닥을 내려다보며 걷기도 한다. 땅을 볼 때나 하늘을 볼 때나 그는 항상 무언가를 중얼거린다. 사람들과는 대화를 하지 않는다. 그러고 보면, 그가 걸으면서 보는 게 하늘이나 땅은 아닌 것 같다.

외아들이었던 그는 부모님이 모두 돌아가신 뒤부터 그 집에 혼자 살았다. 그게 산띠 버히니가 태어나기 훨씬 전이니까, 30년이 훌쩍 넘도록 그곳에서 살아온 셈이다. (산띠는 지금 살고 있는 집에서 태어났다. 갈 곳이 없었던 디페쉬의 아버지가 신부의 집으로 이사를 왔다.) 산띠가 어린 아이였을 때, 그는 참 멋있고 똑똑한 청년이었다. 주변 사람들을 늘 즐겁게 하는 밝고 쾌활한 사람이었다. 그는 네팔 최고의 건축가를 꿈꾸고 있었다. 온갖 공사 현장을 찾아다니며 일과 공부를 함께 하고 있었다.

그는 한 여자와 사랑을 하고 있었다. 수년 동안의 은밀한 연애 끝에, 여자의 아버지를 찾아가 결혼을 허락해달라고 부탁했다. 그러나 여자의 아버지는 남자의 청을 거절하고 딸의 외출을 금지시켰다. 부모도 없고 재산도 없는 사람에게 딸을 내줄 수 없다고 했다. 그는 몇 달 동안 계속 여자의 아버지를 찾아가, 돈을 벌고 좋은 집을 지어 여자와 행복하게 살겠으니 결혼을 허락해달라고 간청했다. 그러던 어느 날, 여자가 시집을 간다는 소문이 돌았다. 며칠 뒤, 폭풍우 몰아치던 어느 밤에 한 남자의 울음소리가 마을 사람들의 잠을 깨웠다. 마치 짐승이

그는 잘 웃지 않는다. 저 웃음은 가끔씩 그의 알 수 없는 얘기들을 경청해 준 나에 대한 보답이었다.

울부짖는 듯한 그 소리는 동이 틀 때까지 멈추지 않았다. 그날 밤 이후로 그는 건축가의 꿈을 접은 채, 넋 나간 사람처럼 혼자 무언가를 중얼거리며 마을 여기저기를 걸어 다니기만 했다.

마을 사람들은 그날 이후로 그가 미쳐버렸다고 생각하고 있다. 그래서 그에게 말을 걸지 않는다. 가끔 철없는 꼬맹이들이 그의 뒤를 졸졸 따라다니며 그의 흉내를 내거나 돌멩이를 던지고 달아날 뿐이다. 그러나 산띠는 그가 미친 사람이라는 다수의 의견에 동의하지 않는다.

"미친 게 아니라 아픈 거예요. 상처가 아직 낫지 않은 거예요. 마음은 한 번 다치면 쉽게 낫지 않잖아요……."

그의 집 문 위엔 언제나 그가 가진 두 벌의 셔츠 중 하나가 걸려 있다. 그걸 보면 오늘은 그가 어떤 옷을 입고 걸어 다니고 있는 지 알 수 있다. 그리고 문 왼편엔 직사각형으로 된 플라스틱 화분이 하나 놓여 있다. 언젠가, 그 화분에 심은 풀 두 포기에 물을 주고 있는 그를 본 적이 있다. 오므린 두 손바닥에 담긴 물을 조심스레 흘리면서 그는 풀들을 향해 또 무언가를 중얼거리고 있었다.

그의 이름은 '지번_Jivan' 이다. 우리말로는 '삶' 이란 뜻이다.

눈물이 주룩주룩

네 번째로 네팔을 떠나기 이틀 전, 어디꺼리 씨가 숙소까지 나를 찾아왔다. 길가에 떨어진 개나리들이 주정차 금지선처럼 노랗게 줄을 그은 늦은 봄날이었다.

"갠 바둘, 놀라지 말고 들으렴."

말의 내용과는 달리, 어디꺼리 씨의 어조는 놀라울 정도로 평화롭고 차분했다.

"내 목에 종양이 생겼어. 우리 가족들 중에도 디빠만 알고 있어. 그 아인 간호사니까 당연히 알아야지?"

그의 침착한 말투가 나의 놀라움을 억누를 수는 없었다. 종양은 목

에도 생기는 거였구나. 나는 잠시 멍해져 있었다.

"고민을 하다가 왔어. 그래도 넌 나한테 아들과 같은 사람이니까, 아니지, 정말 내 아들이 될 뻔한 사람이지. 하하. 너한텐 알려줘야겠다는 생각이 들었어. 한동안 연락을 할 수도 없을 테니까."

어디꺼리 씨는 당분간 네팔 남부의 평원 지대인 '치뜨완'에 머무를 계획이었다. 그가 수술을 받을 수 있는 병원이 거기에 있다고 했다. 수술의 성공 여부는 아직 가늠할 수 없다고 했다.

왜 이런 일이 생기는 걸까? 아프고 가난한 사람들을 치료하면서 평생을 살아온 사람에게 종양이라니. 그것도 모르고 나는 디빠에게

네팔에서 찍은 내 가족사진. 오래전부터 병원에서 목 부위를 치료받아온 어디꺼리 씨.
그것이 암이란 것을 숨겨온, 모질고 모진 당신. 그리고 당신……

장난을 쳤었다.

　며칠 전이었다. 참 오랜만에 디빠의 집을 찾아갔었다. 잘 지내냐는 안부 전화를 가끔 하긴 했지만, 디빠를 굳이 만나고 싶지는 않았다. 이미 나에겐 '버히니'로 불릴 수밖에 없는 사람이지만, 어쩔 수 없는 찜찜함 같은 것이 내 마음에 남아 있었다. 그날 디빠를 찾아간 것도 그런 쓸데없는 찌꺼기들을 없애고 싶은 마음에서였다. 다시, 혹은 마지막으로 네팔을 떠나기 전에.

　디빠와 같이 빨래를 하게 된 건 정말 고마운 우연이었다. 달리 자연스러운 구실이 없어 빨랫감을 몇 개 가지고 갔는데, 마침 디빠도 옥상에서 다음날 입고 갈 가운을 빨고 있었다. 나는 디빠의 허락을 구한 뒤 맞은편에 자리를 잡고 앉았다. 우리는 당연한 대화들을 당연한 표정으로 주고받았다. 언제 한국으로 돌

네팔을 마지막으로 떠나던 아침. 못난 꼴을 보여주기 싫어 나는 벗들에게 공항까지 따라오지 말라고 부탁했다. 그렇게 혼자 택시에 오르다 그만 서러움을 내보이고 말았다.

아가느냐, 병원 일은 힘들지 않느냐, 네팔 말은 많이 늘었느냐, 그때 그 의사는 잘 있느냐, 텔레비전에서 'J.S. Park'이란 축구 선수를 봤는데 한국 사람이냐……. 그러다 그만 헛다리를 딛고 말았다.

"방글라데시엔 언제 갈 거야?"

"몰라요. 돈을 조금 더 모아야 할 것 같아요."

"돈이 너무 많이 모이면 한국으로 오는 거 아냐?"

"내가 거길 왜 가요?"

사심이 없다는 걸 보여주려는 농담이 사심이 있는 것으로 비치고 말았다. 그런 사심은 정말 없었다. 하지만 거기서 멈춰야 했었다. 뾰로통한 그 말이 매정하게 느껴져 한 걸음을 더 내딛고 말았다.

"그래도 아버지는 한때 내 편이었잖아."

그게 디빠에게 건넨 마지막 말이 될 줄 알았더라면…….

"잘 돌아가세요."

비누칠 하던 가운을 버려두고 디빠는 내 앞에서 사라져버렸다.

"디빠가 방글라데시 유학을 미루겠대. 나하고 같이 치뜨완으로 내려갈 거야. 그럴 필요까진 없다고 했는데도……. 나 닮아서 그렇게 고집이 센가 봐."

어디꺼리 씨는, 한국에 돌아가면 수지침에 관한 영문 서적을 구해 병원으로 부쳐달라는 부탁을 남기고 일어섰다.

"병원에 있으면 지루할 거야. 디빠랑 같이 공부나 하려고. 빨리 나아서 사람들한테 수지침을 가르쳐주고 싶거든."

나는 그를 배웅하며, 수술이 꼭 성공할 거라는 바람을 몇 번이나 내뱉고 말았다. 꿋꿋해지려고 애쓰는 사람에게 바보같이 못난 조바심을 내보이고 말았다.

네팔에서의 마지막 밤에 나는 친구들과 진창 술을 마셨다. 라마도 있었고 셔러드도 있었다. 먼저 자리에서 일어나던 셔러드가 잠깐 눈물을 비쳤던 게 기억난다. 나는 금방 다시 올 건데 애들같이 왜 우냐고 타박을 줬다. 라마가 숙소까지 나를 배웅해줬다. 비틀거리는 나를 두

팔로 감싸 안고 정말 보고 싶을 거라고 속삭이던 라마의 목소리도 기억난다.

방으로 돌아와 엎치락뒤치락 가방에 짐을 밀어 넣다 말고 불을 꺼 버렸다. 깜깜한 어둠 속에서 두 무릎과 두 손으로 바닥을 짚고 눈을 감았다. 금방이라도 토할 것만 같았다. 구토를 참느라 온몸에 힘을 꽉 줬을 때, 눈물이 터져 나왔다. 흐르는 눈물이 서러워서 또 눈물이 났다. 그러다 엉엉 목을 놓고 말았다.

미안해, 디빠.
미안해요, 어디꺼리 씨.
모두들, 정말 미안해요.

그리고 고맙습니다…….

그곳을 그리워하며 이곳에 살기

글을 쓰는 데 2년이란 시간이 걸렸습니다. 제가 너무 게으른 게 가장 큰 이유였습니다. 그 다음으로는, 기억과의 싸움이 쉽지 않아서였습니다. 세상에 둘도 없는 빛을 발했던 경험과 풍경들이, 잔혹하게 바쁜 이곳의 일상 속에서 나도 모르는 사이 하나 둘 그 빛을 잃어가고 있었습니다. 어떤 날은 네 시간 동안 한 문장과 씨름을 했고, 어떤 날은 노트북 앞에서 멍하니 앉아만 있다 일어나야 했습니다. 어렵게 써내려간 몇 페이지의 글을, 이를 악물고 휴지통에 버려야 했던 날도 많았습니다. 글을 쓰는 건 정녕 순간의 '빛' 을 복원하는 일이었습니다. 그 일에 2년이 걸렸지만 비슷하기만 할 뿐, 온전한 제 빛을 되찾은 글은 하나도 없습니다. 참 면목 없는 일입니다.

짐작하시다시피, 2년 사이 많은 일들이 일어났습니다.

빌 바둘 이승복 씨와 버선띠 이정여 씨 부부는 승복 씨의 대학원이 있는 뉴욕 맨해튼 인근에 새살림을 꾸렸습니다. 승복 씨는 9년 전 네팔에서 자원봉사를 시작하며 품었던 꿈을 기어이 이루고 말았습니다. 대학원에서 '국제 개발'을 전공하고 곧바로 UN 산하 UNICEF 본부에 들어가, 네팔에서 그랬듯 도움이 필요한 세계 각지의 아이들을 위해 동분서주 바쁘게 일하고 있답니다. 그리고 2007년 12월에 두 사람의 딸 소원 양이 태어났다고 합니다. 18개월을 산 소원 양은 얼마 전부터 말 비슷한 걸 하기 시작했는데, 우리말 70%에 영어가 30% 섞인 절묘한 언어를 구사하고 있답니다.

로지의 어머니가 쿠웨이트에 돈을 벌러 갔다가 1년 만에 돌아왔고, 카타르에 있는 디페쉬의 아버지는 21인치 LG 텔레비전을 사들고 귀국했다가 며칠 뒤 다시 떠났다고 합니다. 로지는 지난해부터 갑자기 탁구 국가대표 선수가 되겠다며 집안의 반대에도 열심히 탁구를 배우고 있답니다. 어찌된 영문인지는 저도 모르지만, 로지가 하는 일이면 일단 열렬한 지지와 응원을 보내고 싶습니다. 디페쉬는 제가 있을 때 사귀던 이슬람교도 여학생이 자신을 떠나자, 불교도 집안의 여학생과 교제를 시작했다고 합니다. 지극히 바람직한 현상입니다.

시집 같은 건 절대 가지 않겠다고 고집을 부리던 셔러드의 네 누나들 중 셋째 누나 꺼멀라가 시집을 갔습니다. 가장인 자신에 대한 누나들의 기대와 음악에 대한 열망 사이에서 고민하던 셔러드는, 올해 5월 핀란드행 비행기를 탔습니다. 합격만 하면 학비 전액이 무료인 헬싱키의 한 음악대학에 원서를 내고 각종 시험을 치르고 있는 중이랍니다. 조만간 그의 인생에 일대 전환점이 될 반가운 소식이 날아들기를 기다리고 있습니다.

‘서루네 주막’의 서루도 시집을 갔습니다. 남편이 카트만두 시의 경찰이라는군요. 네팔로 다시 가게 되면 서루 남편의 ‘빽’ 덕을 볼 일이 생길지도 모르겠습니다. ‘수닐 꾸꾸르’는 예견했던 대로 제가 떠나고 몇 달 뒤 세상을 떠났습니다. 이제 일곱 살이 된 또 다른 수닐 꾸꾸르에게 얼마 전 새 친구가 생겼다는군요. 역시 길에서 살다가 홀연히 서루네 주막 앞에 둥지를 튼 크고 검은 개랍니다. 이번엔 수닐 꾸꾸르가 이 새 친구의 이름을 직접 지어줬답니다. 새카매서 ‘블랙’, 개라서 ‘꾸꾸르’, 줄여서 ‘블랙꾸’. 과연 수닐 꾸꾸르다운 발상입니다.

인드라는 ‘축제’에서 일을 그만두고 인도로 내려가 델리의 한 호텔에서 웨이터로 일하고 있습니다. 한국 여대생들은 찾지 않는 현지인 전용 호텔이라고 합니다. 라마의 형 디빽은 중국산 기름으로 잠시 재미를 봤다가 인도산 기름 공급량과 가격이 안정세를 되찾자 ‘언데리’의 도롯가에 가판대를 차리고 카트만두와 카사를 오가는 보따리

장수들을 상대로 버팔로 소
시지 튀김 등을 팔고 있다
고 합니다.

　자나깨나 '요꼬' 타령
을 하던 라마는 지금 오사
카에 있습니다. 그녀에 대
한 라마의 진심 여부를 떠
나 온 가족과 친지들이 진
심으로 바랐던 요꼬와의 결

혼에 성공한 것입니다. 작년 12월의 일이랍니다. 아직도 일본말이 너
무 어렵다는 메일을 받고 며칠 전에 영어로 된 일본어 학습서 한 권을
부쳐줬습니다. 라마가 일본에서 자신의 '니르바나'를 찾을 수 있을
지는 미지수입니다. 오사카라면, 적어도 바다는 실컷 볼 수 있겠지요.
여유가 생기면 스킨다이빙을 하며 라마 특유의 친화력으로 물고기들
과 친해질 수도 있을 겁니다.

　그리고 2년 사이, 제 곁의 많은 사람들이 세상을 떠났습니다. 모두
제가 존경하고 사랑했던 사람들입니다. 우연의 일치겠지만, 모두 약
속이라도 한 듯 스스로 생을 마감하셨습니다.

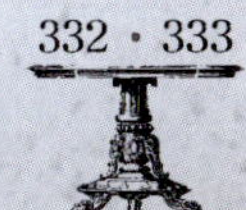

가장 최근에 돌아가신 분이 노무현 전 대통령입니다. 이분에 대해
선 더 할 말이 없습니다. 그 몇 주 전, 한때 제가 모시고 일했던 방송사
선배님이 세상을 등지셨습니다. 돌아가시고 나서야 제가 그분을 얼마
나 흠모했는지, 그분에게 얼마나 많은 빚을 지고 있는지를 깨달았습
니다.

디빠의 아버지가 돌아가신 건 작년 2월의 일입니다. 그러니까 제
가 떠난 지 1년이 되어가던 무렵이었죠. 길을 걷다 받은 국제전화에서
몇 주 전의 소식을 전해 듣고는 한참 동안 그 자리에서 움직이지 못했
습니다. 어디꺼리 씨……. 감히 당신의 딸을 달라고, 제 장인어른이 되
어 달라고 간청했던 분. 말기암 판정을 받고도 믿을 수 없을 정도로 의
연하게 병마와 싸워오시던 그분이, 어느 날 문득 스스로 목숨을 끊으
셨다고 합니다. 이유가 무엇인지 밝혀 말하는 게 무슨 의미가 있겠습
니까. 당신을 보내는 슬픔보다, 아마와 당신의 딸들이 흘렸을 눈물의
양을 가늠하는 슬픔이 더 컸습니다. 먼 타지 방글라데시에서 동생과
함께 유학중이던 디빠였습니다. 그녀가 2박 3일 동안 버스를 타고 오
며 흘렸을 그 눈물의 양을 어찌 짐작할 수 있을까요. 제가 사랑했던 한
사람이 세상을 떠나고, 제가 사랑했던 또 한 사람이 아주 오랫동안 슬
퍼했습니다.

이보다 한 달 전. 그러니까 2008년 1월의 어느 눈보라치던 밤, 어

머니가 제 곁을 떠났습니다. 이제 사는 게 재미없다고 하셨습니다. 늙고 병든 육신으로 아무것도 할 수 없다고, 앞길 창창한 자식들에게 짐이 되기 싫다고 하셨습니다. 나이 마흔에 남편을 여의고 요구르트 배달에 마을 목욕탕 청소에 술집 부엌데기를 전전하며 사남매를 홀로 키워낸 강인한 분이셨습니다. 당신은 그렇게 이생의 짐을 묵묵히 다 털어내고 스스로 짐이 되기를 거부하셨습니다. 그리고, 생애 처음이자 마지막으로 제게 '미안하다' 라는 낯선 말을 남기셨습니다.

어머니를 묻던 날, 셀 수 없이 많은 것들을 함께 묻었습니다. 살아 생전 끝내 들려드리지 못한, 서럽디서러운 그 한마디도 꼭꼭 다져 묻었습니다.

엄마, 사랑해요.

어머니를 모시고 네팔로 효도관광을 가겠다는 계획도 함께 세상을 떠났습니다. 제 인생의 가장 즐거운 계획 하나가 사라졌습니다. 하지만 괜찮습니다. 이제, 먼저 가신 당신들이 계신, 눈부시게 아름다울 그곳을 그리워하겠습니다. 내 인생의 보물섬, 가난하고 따뜻한 나라 네팔을 열심히 그리워하겠습니다. 그곳을 그리워하며 이곳에 살겠습니다.

삶은 계속되고
인생은 여전히 아름다울 것입니다.

기억이 사라지지 않는 한 말이죠.

할 수 있는 사랑이 너무 많습니다.

e·p·i·l·o·g·u·e

산띠, 서스띠, 디페쉬

탁구 선수의 꿈을 키우는 로지

서루와 그녀의 남편

디페쉬와 그의 여자 친구

일곱 살이 된 수닐 꾸꾸르

핀란드에서 셔러드와 그의 친구

라마와 그의 아내 요꼬

수닐의 새 친구 블랙꾸

신부가 된 셔러드의 누나 꺼멀라

아마, 아사, 디빠, 어디꺼리 씨

그리운 어디꺼리 씨

빌 바둘과 버선띠, 딸 소원 양